灼眼のシャナS

高橋弥七郎

イラスト／いとうのいぢ

Design : Yoshihiko Kamabe

「そろそろ見栄えのいい夜が来るから、行くわ」
〝蹂躙《じゅうりん》の爪牙《そうが》〟マルコシアスのフレイムヘイズ『弔詞《ちょうし》の詠《よ》み手《て》』
——マージョリー・ドー

「……やっぱり、僕は変なフレイムヘイズ、なんでしょうか」
〝虺蜴《きえき》の帥《すい》〟ウァラクのフレイムヘイズ『魑勢《ちせい》の牽《ひ》き手《て》』
——ユーリイ・フヴォイカ

「そうよね、悠二!」
〝天壌《てんじょう》の劫火《ごうか》〟アラストールのフレイムヘイズ『炎髪灼眼《えんぱつしゃくがん》の討《う》ち手《て》』——シャナ

「……う、うーん」
御崎《みさき》高校生徒——坂井《さかい》悠二《ゆうじ》
「ほ、本当ですか？　坂井君」
クラスメイト——吉田《よしだ》一美《かずみ》

〔とむらいの鐘《トーテングロッケ》〕大幹部『九垓天秤《くがいてんびん》』の隠密頭《おんみつがしら》――〝闇《やみ》の雫《しずく》〟チェルノボーグ
「なんの用だ、痩《や》せ牛《うし》」

灼眼のシャナS

灼眼のシャナ

マイルストーン

夢を描きかえる自在法《じざいほう》は、あるのだろうか。

「みんな、よく聞いて」

愚《ぐ》にもつかないことだが、いつもそう思う。

「明日の夜、またテトス親父《おやじ》の一座が来るのは、知ってるわね？」

悪夢《あくむ》……それを傍《はた》から見ている自分がいる。

「今度は、大道芸《だいどうげい》を披露《ひろう》するためじゃない。一つの計画を実行するためよ」

見る度《たび》に、飽《あ》かず鮮明《せんめい》な感情が溢《あふ》れてくる。

「ええ、ご期待通り。宮宰《きゅうさい》に帰順《きじゅん》した父の旧友《きゅうゆう》と、渡りをつけることができたの」

沸き立つ、自分を取り巻く全てへの、怒り。

「テトス親父の仲間が、その宮宰の所に出入りしてた縁《えん》ってわけ。世間って狭いわ」

それらを砕き尽くさんとする、渇望《かつぼう》と闘志《とうし》。

「デイヴィットの糞野郎《くそやろう》は宮宰の政敵《せいてき》でしょ？　軽くつついたら案《あん》の定《じょう》、乗ってくれた」

そして、なによりも深く暗い、復讐《ふくしゅう》の悦《よろこ》び。

「私の要請《ようせい》が通っていれば、今夜来る一座の中に、宮宰の兵士が数人、混じってる」

あるいは、解放と自由よりも大きな、悦《よろこ》び。

「私たちの役目は、分かってるわね？　せいぜい最後の晩餐《ばんさん》を楽しませてあげなさい」

痛いほどに胸躍《おど》らせる、大きすぎる、悦び。

「それと、一つだけ、忘れないで。ジェイムズもデイヴィットも……私が殺す」

悪夢《あくむ》の中、溢《あふ》れるものは、苦悶《くもん》ではなかった。

「無様《ぶざま》な末路《まつろ》を、栄華《えいが》の終焉《しゅうえん》を、たっぷり見せ付けてから、嗤《わら》ってやる」

悪夢の中、満たされている気持ちは、悦び。

「私たちを汚し、奪った全てを抉《えぐ》り取ってから、嗤ってやるわ」

決して果たされることのない、復讐《ふくしゅう》の悦び。

「そうして、幾度《いくど》も、殺す。殺して、私たちは……」

だからこその、悪夢。

1　燃える川

全世界を揺るがした大恐慌《だいきょうこう》から数年。

「――ああ、人間よ――」

その震源地《しんげんち》となったニューヨーク、マンハッタン島が、新規まき直し政策《ニューディール》の元、かつての繁《はん》栄《えい》を取り戻し、さらなる発展を捥《も》ぎ取ろうと、おっかなびっくり身じろぎを続けている。

「――私は讃《たた》えます――」

南北に長いこの島は、二つの川に挟まれていた。東を細く流れるのは、意味を名となすイースト川、西を太くたゆたうのは、この川を発見した探険家の名を取ったハドソン川。

「――物質を、力を――」

イースト川河口《かこう》には、十六年もの歳月《さいげつ》を費やして架《か》けられた巨大な吊《つ》り橋があった。両端《りょうはし》の接岸部《せつがんぶ》に、優雅《ゆうが》にして剛健《ごうけん》なローマン・アーチを聳《そび》えさせる、ブルックリン橋である。

「――運動を、変化を――」

真昼の陽光を翳《かげ》らす曇天の下、この中世の城門とも見える石造りアーチの上に、最先端のトレンチコートをはためかせ、また朗々《ろうろう》たる音吐《おんと》で歌い叫ぶ奇怪《きかい》な姿があった。

「——ああ、人間たちよ——私は、祝福します——」

冬迫《せま》る寒風にも堪《こた》えず笑うそれは、人間ではなかった。ソフト帽《ぼう》を押さえる火掻《ひか》き棒のような手。瀟洒《しょうしゃ》なスーツの上、本来なら首のある場所に突き出た丸型メーター。体中からは、鉛《なまり》色《いろ》の火《ひ》の粉《こ》が漏れ、舞う端《はし》から蒸気となって立ち上っていた。

「もっと、変えなさい、もっともっと、作りなさい——」

感極《かんきわ》まったそれが、遂《つい》に見ること叶《かな》った世界第一の近代都市、橋の向こうに摩天楼群《まてんろうぐん》を聳《そび》えさせるマンハッタン島へと、両腕を広げ、声を張り上げる。

「人間たちよ、見せなさい、世界を塗り替えるほどの力を、私に!!」

刹那《せつな》、

ゴオッ、と群青色《ぐんじょういろ》の炎《ほのお》が直下のイースト川から吹き上がり、全てを舐《な》めて通り過ぎた。

「おおっ!?」

後には、イースト川の水面に奇怪《きかい》な紋章《もんしょう》が火線《かせん》で描かれ、ブルックリン橋全体を丸ごと包み込む陽炎《かげろう》のドームが出現している。ドームの壁面には火線と同じ群青色が揺《よ》らめき過ぎり、内部にある全て——橋上の車が人が、川行く船が水面が——静止していた。

この世の理《ことわり》に干渉《かんしょう》し、在り得ない事象《じしょう》を思うが儘《まま》に起こす『自在法《じざいほう》』の一つ。
内部を世界の流れから切り離し、外部から隠蔽《いんぺい》する因果《いんが》孤立空間。

「封絶《ふうぜつ》!?」

驚いたそれは咄嗟《とっさ》に、鉛色の蒸気を足下から噴射《ふんしゃ》して飛び退《すさ》った。

その影も消えない足元へと、群青色に輝く炎の弾丸《だんがん》がドドドッ、と立て続けに突き刺さり、炸裂《さくれつ》する。石組みのローマンアーチが粉々《こなごな》に爆砕《ばくさい》され、濛々《もうもう》たる粉塵《ふんじん》の中、崩落《ほうらく》を始める。

「フレイムヘイズか!!」

ドームの高い天井へと舞い上がり、眼下の光景に目ならぬメーターを落とすそれの頭上、

「こーんにちは、〝紅世《ぐぜ》の徒《ともがら》〟」

「早速《さっそく》だがよ、死ね」

一つの姿が、二つの声を投げ落とした。身の周りを幾重《いくえ》にも渦巻《うずま》き輝いていた奇怪な文字列が弾《はじ》けるように散って、今まで遮断《しゃだん》していた存在感を気配を、十全《じゅうぜん》に誇示《こじ》する。

浮かぶ本の上に立つ、美貌《びぼう》の女だった。

風に靡《なび》く艶《つや》やかな栗色《くりいろ》の長髪《ちょうはつ》と、抜群《ばつぐん》のスタイルを包む白く細いロングドレスの麗容《れいよう》。しかし、見る者に刻み付けられるのは、眼差《まなざ》しに満ちた殺気《さっき》の脅威《きょうい》のみ。

対する、〝紅世《ぐぜ》の徒《ともがら》〟と呼ばれたそれが、

「この炎の色から察して、貴女《あなた》は――」

言う間にも、女は腕を鋭く振り下ろしている。指先の軌跡《きせき》をなぞるように群青色《ぐんじょういろ》の力が迸《ほとばし》り、力は炎《ほのお》に、炎は無数の矢となり、空を貫《つらぬ》いて行く。

（評判どおり、短気で乱暴だ）

〝徒《ともがら》〟は呆《あき》れつつ、火掻《ひか》き棒のような両手を上に差し出して、袖口《そでぐち》から鉛色《なまりいろ》の蒸気を噴出《ふんしゅつ》させる。襲《おそ》い来る矢を防ぐのではなく、自身を急《きゅう》降下させるためである。

（名乗り合いもなしに仕掛けてくるとは）

穴の空《あ》いた風船のように、コートを纏《まと》った頼りない体はヒュルヒュルと落下し、追いすがる炎の矢が触れるか触れないか、という際で、蒸気が、今度はズボンの裾《すそ》から猛烈《もうれつ》な勢いで噴《ふ》き散らされる。川面《かわも》は爆発したかのように蒸気で満ち、その中から、

「おお、っと、っと？」

〝徒《ともがら》〟は水切りの石のように、火線《かせん》走るイースト川を、横に跳ね滑った。

僅《わず》か遅れた炎の矢は、蒸気の圧力に撓《たわ》んだ川面に悉《ことごと》く没し、爆発する。

その膨《ふく》れ上がる水煙《みずけむり》の中から、

「どうやら、そちらの名乗りは受けられぬようで――ならばこちらから！」

封絶《ふうぜつ》のドーム中空に浮かぶフレイムヘイズへと、堂々たる音声《おんじょう》が届けられる。

「我が名は〝穿徹《せんてつ》の洞《ほら》〟アナベルグ!!」

返答は、

「ちっ」

という、一手二手《いってにて》の攻撃をかわされたことへの舌打《したう》ちだけだったが、〝徒《ともがら》〟・アナベルグは構わずに続ける。

「貴女方《あなた》は、我らが〝紅世《ぐぜ》〟にも名高き〝蹂躙《じゅうりん》の爪牙《そうが》〟マルコシアス殿、世界でも屈指《くっし》の腕利き、『弔詞《ちょうし》の詠《よ》み手《て》』マージョリー・ドー殿、とお見受けしましたが？」

水煙の晴れてゆく中、川面に立つソフト帽《ぼう》にトレンチコートの怪人《かいじん》は、芝居《しばい》がかった仕草《しぐさ》で一礼した。帽子《ぼうし》の鍔《つば》の下から上空を、メーターだけの顔で覗《のぞ》く。

「だったらどーだってんだぁ!?」

まっしぐらに突っ込んでくる本・マルコシアスが耳障《みみざわ》りな雄叫《おたけ》びで、

「黙って死んでりゃいいのよ!!」

その上に立つ女・マージョリーが、戦意に燃える怒声《どせい》で、それぞれ返した。返して、本を宙で急停止させ、掌《てのひら》を広げる。

動作の峻烈《しゅんれつ》さが煌《きらめ》きとなって現れたかのように、攻撃の自在法《じざいほう》・炎弾《えんだん》が数十もの数、放たれた。先の二手と違い、炎は直接アナベルグを狙わず、弾道《だんどう》を四方八方《しほうはっぽう》へと散らしてゆく。

「お、おお？」

メーターの首が、針を揺らしてクルリと回り、自分の周囲に着弾《ちゃくだん》する群青色の輝きを、ガラスの顔面に映した。

と、その輝きが水面を跳ねた。跳ねて転がり、後に炎《ほのお》の軌跡《きせき》を残してゆく。

ものの数秒で、水面にはアナベルグを囲んだ、高々と燃え上がる炎の壁が現れていた。包囲《ほうい》に落ちた〝徒《ともがら》〟は再びクルリと首を回し、感嘆《かんたん》の声を火《ひ》の粉《こ》から蒸気に変えて、漏らす。

「なんとなんと、さすがは音に聞こえた自在師《じざいし》。これだけの自在法《ほう》を、ろくな式の構成補助《ほじょ》もなく、瞬時《しゅんじ》に——」

マージョリーには、話を聞く気など全くない。

「っは！」

気合一閃《いっせん》、広げていた掌《てのひら》を握り込んだ。

応えて炎の壁が、中央にあるアナベルグへと収束《しゅうそく》する。

ボガッ、

と空気が圧縮《あっしゅく》される鈍い響《ひび》きがあり、遅れて水面が逆巻《さかま》き爆《は》ぜた。水蒸気の奥、川の真ん中に穴が空《あ》き、すぐに水が緩く大きく流れ込んでゆく。

鉄塊《てっかい》すらも容易《たやす》く砕き潰《つぶ》す、全周からの爆圧《ばくあつ》である。いかに〝徒《ともがら》〟が身体《からだ》を強化していようと一たまりもない。

「ヒャーッ、ハーッ！」

先の攻撃で崩れた橋げたが、幾重《いくえ》もの高波に打たれるのを見下ろして、

「これでお陀仏《だぶつ》、チョロいもんだ！」

マルコシアスが下品《げひん》に笑い、本たる身を激しく揺らした。

これを踏ん付けて鎮《しず》め、マージョリーも鼻で笑う。

「ふん、気配がやたらと大きいから、隠蔽《いんぺい》の自在法までかけて近付いたってのに。案外《あんがい》大したことなかったわね」

言って、いつもの仕事『〝徒《ともがら》〟の討滅《とうめつ》』に付き物の、いつもの後《あと》片付け『封絶《ふうぜつ》内部の修復《しゅうふく》』を行おうと、未だ泡立《あわだ》つ水面に指を向け、

「とんだ雑魚《ざこ》だっ――」

感想を口にしかけて、ようやく気付いた。

「――っは!?」

熱と衝撃《しょうげき》の余韻《よいん》に荒れ狂う水面下に、未だ気配がある!!

「なんだ!?」

マルコシアスも叫ぶ。

気配の源泉《げんせん》は、大重量の出現を予感させる水面の撓《たわ》みを反秒起《お》こし、盛り上がる。

濁った紫色の光を爆発させての、出現。

(これは!)

(ヤベェ!)

二人、声をかける間も惜しんで身をかわした――はずだった本の端《はし》を、イースト川の中から

伸び上がったモノの巨体が、表面の鱗《うろこ》が、纏《まと》った炎《ほのお》が、危うく掠《かす》めた。

「っ！」

「う、おっ!?」

「ゴアアオオオオオオオオオオ――!!」

水を巻き上げ牙《きば》を震わす豪咆《ごうほう》とともに鎌首《かまくび》を持ち上げたのは、悪夢《あくむ》の住人のような、鉄道貨車より一回り二回り太い、巨大な海蛇《うみへび》。

その怪物《かいぶつ》が、見た目以上の脅威《きょうい》を持つ存在であることを、宙できりきり舞いするフレイムヘイズは知っていた。視界《しかい》の回る中、

（しまった、トーガ――）

身を守る鎧《よろい》ともなる炎の衣を纏おうとしたマージョリーに、

（下だ！）

マルコシアスが四半秒の内、声なき声で叫んだ。

距離を取ろうとした二人の直下から、
もう一本、二本、三本の、先より細い海蛇が、先に倍《ばい》する速度で突き出された。

状況は分かっていた。

多数の〝徒《ともがら》〟が襲《おそ》い掛かってきたのではない。これらの海蛇は全て、水面下で一つに繋《つな》がっている、全てが一人の〝徒《ともがら》〟――否、〝紅世《ぐぜ》の王〟なのである。

「くっ！」

焦るマージョリーは本ごと身をひねり、立った姿勢のまま曲芸《きょくげい》のように、三本の刺突《しとつ》をかわした。その傍《かたわ》ら、通り過ぎた首の全てに炎弾《えんだん》を発射、命中《めいちゅう》させている。

が、立て続けに炸裂《さくれつ》する群青《ぐんじょう》の爆炎《ばくえん》の向こうから、

「ガアアアアア————！」

真正面、最初に飛び出した巨大な鎌首が、まるで太い鞭《むち》か棍棒《こんぼう》のように、マージョリーへと振り下ろされてきた。
ズ、ドンッ、と、
（や、られた！）

（く、そったれえ！）

二人して罵《ののし》る間に、吹っ飛ばされていた。

体中の骨がバラバラになるような衝撃《しょうげき》が、一瞬で痛みを通り越して痺《しび》れに変わり、意識が飛びかける。先のアナベルグのように水面を跳ねた身は、マンハッタン島の東岸、サウス・ストリート・シーポートへと、叩《たた》きつけられる。

寂《さび》れた埠頭《ふとう》のコンクリートが弾《はじ》け、打ち捨てられたボートが幾《いく》つも砕け、嵐《あらし》のように木切れが宙を舞い、渦《うず》と巻いた。

その残滓《ざんし》が、カラ、カラン、と乾いた音を立てる中、

「う、ぐ」

マージョリーは乱れた髪を押しやるように、グイと頬《ほお》を拭《ぬぐ》う。

（く……なんて、こと……大きな気配の持ち主は、こいつの方……！）

大きな気配を持った一人がいたのではなく、大きな一人と小さな一人が同じ場所にいたのだった。気付かれないよう、遠くから自身に気配遮断《しゃだん》の自在法《じざいほう》をかけて近付いたため、細かな察《さっ》知《ち》に数秒のタイムラグができてしまったらしい。

（なんて、ヘマを……!!）

怒りと衝撃《しょうげき》に揺らぐ視界《しかい》の中、海蛇《うみへび》の全体——炎弾《えんだん》で砕けた三本の首と巨大な鎌首《かまくび》——が輪郭《りんかく》を乱した。まるで圧縮《あっしゅく》されるかのように、それは小さく凝《こご》り、ジワジワと人の形を取ってゆく。やがて現れたのは、スーツを着崩《きくず》した長身、オールバックスタイルのプラチナブロンド、彫の深い顔に、近年出回り始めた黒レンズの眼鏡《サングラス》をかけた男だった。

海蛇の額《ひたい》に乗っていたらしいアナベルグが、男の傍《かたわ》らに降りてきた。ソフト帽《ぼう》を取って、また芝居《しばい》がかった、より丁重《ていちょう》な一礼をする。

「あの『弔詞《ちょうし》の詠《よ》み手《て》』を一撃《いちげき》とは……救援に感謝いたします、〝千変《せんぺん》〟シュドナイ殿」

「そういう、依頼だからな」

誇るでもなく、シュドナイと呼ばれた男は肩をすくめ、答えた。

（やっぱり……奴、か）

　砕けた木片《もくへん》に埋もれる中、マージョリーは半《なか》ば閉じた目で、崩れたアーチの上に浮かび、猛《もう》烈《れつ》な違和感《いわかん》を周囲へと撒《ま》き散らす男を捉《とら》える。

　実際に交戦《こうせん》したことこそなかったが、噂《うわさ》は常々、耳にしていた。

　己《おのれ》の体を状況に応じて自在に変形させる、圧倒的な戦闘《せんとう》力の持ち主。

　古来《こらい》より、幾人《いくにん》もの名のあるフレイムヘイズを屠《ほふ》ってきた〝紅世《ぐぜ》の王〟。

　他者から護衛《ごえい》の依頼を受け、それを果たすことに喜びを見出すという変わり者。

〝千変《せんぺん》〟シュドナイ。

　考えるまでもない。彼が今ここにいるということは、〝穿徹《せんてつ》の洞《ほら》〟アナベルグの依頼で護衛を務めているのである。万全《ばんぜん》の状態で戦っても勝敗の見極め付かない難敵《なんてき》たる〝王〟が。

　マージョリーは、事前に気配の大きさを感じていながら、迂闊《うかつ》に仕掛けた自分の間抜《まぬ》けさを呪《のろ》った。

（今、正面から仕掛けられたら、やばい……！）

（ちっ、半世紀ぶりに教皇子午線《きょうこうしごせん》越えて早々、〝徒《ともがら》〟を仕留《しと》め損《そこ》なって逃げの算段《さんだん》かよ、なんとも幸先《さいさき》のいいこったぜ）

（無様《ぶざま》の上に殺されるよりはマシでしょ）

（そりゃ、そーだ）

　声なき声を交わす二人をシュドナイは遠くに見て、顎《あご》で指す。

「とどめを刺すか？」

ところがアナベルグは、

「いえ、放っておきましょう」

軽く答え、ずれた帽子《ぼうし》を被《かぶ》りなおした。

シュドナイは、決着にややの執着《しゅうちゃく》を示す。

「いいのか？　あの女、野放《のばな》しにしておくと厄介《やっかい》だぞ」

「お知り合いですか？」

「いや、直接やり合うのは初めてだが……この数百年の間に、多くの盟友《めいゆう》らが討《う》ち滅ぼされている」

「それはそれは」

アナベルグは、彼が所属《しょぞく》するという古く大きな組織のことを思い、しかし、

「とはいえ正直、私は彼女の身命《しんめい》に興味など持てないのですよ」

言って蒸気の溜息《ためいき》を吐《つ》いた。

「フレイムへイズは、力を得る代償《だいしょう》に、己《おの》が全てを〝王〟に捧《ささ》げてしまった人間、世界に向けて広がるはずだったものを捨ててしまった抜け殻《がら》ですから……それに」

さらに、金属パイプの首をギイ、と傾《かし》げる。

「すぐに片付けられる相手でもないのでしょう？」

「まあ、な」

シュドナイは、遥《はる》か遠方へと打ち飛ばした敵にサングラスを向ける。

痛撃《つうげき》を与えることには成功したが、油断《ゆだん》は禁物《きんもつ》だった。それですんなりと、とどめまで刺させてくれるような女なら、そもそもフレイムへイズ屈指《くっし》の殺し屋と同胞《どうほう》たちに恐れられてはいないだろう。数百年の戦歴《せんれき》は、決して運や力だけでは拾えない、討《う》ち手としての、強さの所以たる何かの賜物《たまもの》なのである。

一方のアナベルグも、依頼者としての都合《つごう》で言う。

「もし手こずったりして、その中で私に危害が及んでは本末転倒《ほんまつてんとう》。なにより、無駄《むだ》に時間を費やすわけにもいきません。せっかくフレイムへイズたちが欧州《おうしゅう》に駆り出されている隙《すき》を見計って、この美しきマンハッタンにやってきたのですから」

「……分かった、依頼主《ぬし》に従おう」

シュドナイも、示された揺るぎようのない理屈《りくつ》に納得《なっとく》の頷《うなず》きを返した。

「どうも」

今度は軽く、ひょいと帽子を上げてアナベルグは礼を言い、宙で体ごと向き直る。

「では、お二方《ふたかた》！」

マージョリーを遠く映すメーターの顔が、針をいっぱいに振って興奮《こうふん》を示す。ショーの司会者のように、両手がいっぱいに広げられる。

「どうぞ、広き世界にても数々起こしたる我が悦楽《えつらく》、『文明の加速』を、ご覧《らん》あれ！　加速させる我が行いを、人間たちへの礼賛《らいさん》を、ご覧あれ!!」

音吐朗々《おんとろうろう》の声が、その奇怪《きかい》な姿が、身から零《こぼ》れ落ちる火《ひ》の粉《こ》の変じた鉛色《なまりいろ》の蒸気に埋もれ、ぼやけてゆく。

「ほどなく、ほどなく……」

木霊《こだま》が失せる頃には、二人の姿は封絶《ふうぜつ》の内から消えていた。

この去る様《さま》を、好き放題《ほうだい》に見せられ聞かされた二人は、木片《もくへん》の中で倒れたまま、負けた悔《くや》しさへの歯軋《はぎし》りではなく、生き延びたことへの安堵《あんど》を漏らした。

「……」

「……ひゅう、天の賜物《ゴッドセンド》、棚《ラック》から幸運《ラック》、ってか」

「……バカマルコ」

ボン、とマージョリーは力なく本を叩《たた》いた。

それを契機《けいき》として、彼女の力が火の粉の形を取って、巨大な封絶《ふうぜつ》内に舞い上がる。

群青《ぐんじょう》に輝く力の粒《つぶ》は、崩れ落ちたブルックリン橋、砕けた橋げた、バラバラになったボートへと吸い込まれ、まるで時を戻すように、戦いの痕跡《こんせき》を修復《しゅうふく》してゆく。

一分あるなしの間に、全ては元通りに直っていた。

「……あとは、これか」

マージョリーは、木片も失せ、埠頭《ふとう》に転がるままとなった自身の惨状《さんじょう》を見て、言う。

「このドレス、結構《けっこう》気に入ってたんだけど」

純白だったロングドレスの各所は、引っ掛けてズタズタに破られ、焦《こ》がされて穴が開き、川の水と粉塵《ふんじん》と泥に汚れて、最低限の面積しか隠《かく》せないボロ雑巾《ぞうきん》と成り果てていた。

封絶《ふうぜつ》内の修復は、断絶した外部に、内部を整合させるという形で行われる。この、自在法《じざいほう》の持つ特性・現象《げんしょう》から、どんな大きなものであっても、焼かれ砕かれた人間が何百といても、修復は完全確実《かくじつ》に行われる。

ただし、内部で戦うフレイムヘイズ、あるいは〝徒《ともがら》〟という『断絶の中にあっても動ける存在』は、自身に付随《ふずい》する物体含め、この埒外《らちがい》に置かれる。自身に付随する云々《うんぬん》とは、服や装飾《そうしょく》品のことである。封絶《ふうぜつ》内の全ては修復が可能で、体力や負傷も時間さえあれば回復するが、フレイムヘイズ自身の纏《まと》う物品だけは戦闘の名残《なごり》を留め、ボロボロのままだった。

マルコシアスが下品《げひん》に笑いかける。

「キーッヒヒヒ！　しゃーあんめえ、負けの烙印《らくいん》、生の代償《だいしょう》にしちゃ安いもんよ！」

「たしかに、ね」

相棒《あいぼう》の活《かつ》を受けて、マージョリーはきしむ体を思い切って立ち上がらせた。ついでに、素早く全身に手をやって、負傷の度合いを確かめる。あるのは僅《わず》かな気だるさと鈍痛《どんつう》、目に見える傷も擦過傷《さつかしよう》や打撲《だぼく》程度。重症というほどのことはなさそうだった。

「それじゃ……っしょ、と」

拍子をつけて、〝グリモア〟——彼女にフレイムヘイズとしての異能《いのう》の力を与える〝紅世《ぐぜ》の王〟、〝蹂躙《じゆうりん》の爪牙《そうが》〟マルコシアスの意思を表出《ひようしゆつ》させる本型《ほんがた》の神器《じんぎ》——を、すぐ脇にある、直ったばかりのボートの中へと放り込んだ。

すぐさま抗議《こうぎ》の声があがる。

「おい、もう少し丁寧《ていねい》に扱ってくれや、我が放埓《ほうらつ》なる投擲《とうてき》者、マージョリー・ドー？」

「着替えに速《すみ》やかな退去を求めるのは、レディの権利よ」

「あーあー、そうかい」

「スーツを頂戴《ちようだい》。マルセイユで買ったやつ。下着は白ね」

「あーいあいよ、我が過酷《かこく》なる命令者、マージョリー・ドー」

不平とともに〝グリモア〟のページがバラリと開き、群青《ぐんじよう》の輝き一閃《いつせん》、服を吐き出した。

マージョリーは、ヒラヒラと舞い降りるこれらを笑って受け取り、

「ん——」

周囲をぐるり見渡した。敵たる〝徒《ともがら》〟に対するものではなく、着替える女性の、気分として

の警戒《けいかい》である。もちろん封絶《ふうぜつ》は、未だ世界を静止させている。〝徒《ともがら》〟の去った後は、完全なる閑寂《かんじゃく》の世界だった。

「――ん、よし」

誰にともなく言うと、受け取った服を傍《かたわ》らに置く。そうして、美麗《びれい》の女傑《じょけつ》は半《なか》ば破るようにボロボロのドレスを脱ぎ、焦《こ》げた靴を放り捨てた。さらに軽く手を振って、薄手《うすで》の下着も燃やし尽くすと、ボートの中の相棒に声をかける。

「マルコシアス、お願い」

「あいあいよー」

ボン、と突然その体が群青の炎《ほのお》に包まれた。

これは『清めの炎』という、体を消毒、洗浄《せんじょう》する自在法《じざいほう》である。

フレイムヘイズらは戦いの後、傷の治癒《ちゆ》を早めるために、これを使うことが必然を伴った習慣となっている（この簡便爽快《かんべんそうかい》な自在法のあるためか、討《う》ち手らは古来から総じて清潔《せいけつ》を尊び、身の周りを衛生的に保つ傾向にある）。

強力なフレイムヘイズは治癒も早い。擦過傷は、この炎に包まれる間に治っていた。

「さて、と」

そうして、群青の消えた後に現れたのは、まさに絶世《ぜっせい》たる――白き裸身《らしん》。彫像《ちょうぞう》絵画の美では決して在り得ない、生命の躍動感《やくどうかん》としなやかさに満ち満ちた、豪壮絢爛《ごうそうけんらん》なる起伏《きふく》だった。

あ…

それを、

「っ大丈夫ですか!?」

「……」

封絶《ふうぜつ》の中に居るはずのない、突然飛び出してきた少年の目に、眼鏡《めがね》に、余すところなく、晒《さら》した。

「あ、れ？」

「……――ッ」

絹《きぬ》を裂いて砕いて擂《す》り潰《つぶ》すような悲鳴とともに、また封絶《ふうぜつ》内に爆発が起こった。

悪夢《あくむ》の中では、全てが上手《うま》く行く。

これ以上ないほどに、上手く行く。

テトス親父《おやじ》は、父の旧友《きゆうゆう》からの書状を携《たずさ》え、予定に倍《ばい》する兵士たちを引き連れてきた。書状には、同僚《どうりよう》の娘たちの身の安全、然《しか》るべき身請《みう》け先を探す旨《むね》、保証されていた。

（やめて）

芸人と馬丁《ばてい》に扮《ふん》した兵士たちは、玄関《げんかん》や庭、裏口《うらぐち》だけでなく、調べ上げた隠《かく》し扉や抜け道にも密《ひそ》かに配置された。女たちを囚《とら》える檻《おり》だった屋敷《やしき》は、主《あるじ》と客にとって必殺の死地《しち》と化した。

（もう、やめて）

（見たく、ない）

ジェイムズの色金狂《いろがねぐる》いは、私によってデイヴィットの糞野郎を落とすことで、その近隣《きんりん》の筋《すじ》から、『館《やかた》』の新たな上客《じようきやく》を獲得《かくとく》できる、宮廷《きゆうてい》に繋《つな》がりができる、と浮かれていた。

（もう、見たくない）

常は用心深《ぶか》いデイヴィットの糞野郎《くそやろう》も、遂《つい》に私に受け入れてもらえる日が来た、という期待と確信から、緩みきっていた。屈強《くつきよう》の護衛《ごえい》たちにも、その緩みが伝染《でんせん》するほどに。

（お願い）

娘たちは、この護衛《ごえい》たち、『館《やかた》』の用心棒《ぼう》や男どもを、いつも以上に歓待《かんたい》した。私と糞野郎《くそやろう》の愛の成就《じょうじゅ》を祝う、という名目《めいもく》を怪しむ者は、どこにもいなかった。

（お願い、だから）

腰に感じる腕、頬《ほお》に感じる頬に、思わず催《もよお》す吐き気と悪寒《おかん》を、しかしドレスの中のナイフを握りしめることで、必死に抑え込んだ。これを存分《ぞんぶん》に振るう時を思い描いて、耐えた。

（見せないで）

今ここにある全てを、壊して、殺して、奪《うば》って、嘲笑《あざわら》ってやる――そう、誓《ちか》った。

私の合図で始まる、私の手で変える、私の意思が世界を拓《ひら》く――そう、思った。

（ここから先を、見せないで――）

背中を焼くような焦燥感《しょうそうかん》と、胸に甘く満ちる快美感《かいびかん》だけを、抱いていた。

そして、時は来た。

2　人外《じんがい》の扉

人ならぬ者たちが、この世の日に陰に跋扈《ばっこ》していた。

古き一人の詩人が与えた彼らの総称《そうしょう》を、〝紅世《ぐぜ》の徒《ともがら》〟という。

彼らは〝紅世《ぐぜ》〟という、〝歩いてゆけない隣《となり》〟から渡り来た。彼らは〝存在の力〟という、人がそこに在るための根源的な力を喰らって自分自身を顕《あらわ》し、在り得ない不思議《ふしぎ》を現した。

彼らに〝存在の力〟を喰われた人間は、いなかったことになった。

その人間が育ち、関わり、接するはずだった全ては、この欠落により、歪《ゆが》んだ。生まれ、決して埋め合わされない歪みは〝徒《ともがら》〟の跋扈に伴い、大きくなっていった。

そして、〝紅世《ぐぜ》〟において、『この世で生じた歪みが両界《りょうかい》に大いなる災厄《さいやく》を齎《もたら》す』との観念《かんねん》が広まり……危機感を持った〝王〟たちは一つの、苦渋《くじゅう》の決断を下した。

同胞《どうほう》たる存在の乱獲《らんかく》者たちを討《う》ち滅《ほろ》ぼす、という決断を。

その尖兵《せんぺい》、あるいは道具となったのは、〝徒《ともがら》〟への復讐《ふくしゅう》を誓った、人間たち。

己《おの》が全《ぜん》存在を契約する〝王〟に捧《ささ》げ、代償《だいしょう》として異能《いのう》の力を得た復讐鬼《ふくしゅうき》たち。

彼らの総称《そうしょう》を、フレイムヘイズという。

「あのー」

「……」

ブルックリン橋を渡って入るマンハッタン島の南端部《なんたんぶ》、ロウアー・マンハッタン。

この島が、アメリカ・インディアン——まだ先住民《ネイティブ》という呼び名は一般的ではない——からオランダ人に僅《わず》か二十五ドル相当の物品で売り渡され（もちろん、この国の開拓神話の大半《たいはん》と同じく、真偽《しんぎ》のほどは定かではない）、ニューアムステルダムという名で入植《にゅうしょく》の始まった最初期から開発を受けていた地区である。

「ぼ、僕、〝虺蜴《きえき》の帥《すい》〟ウァラクのフレイムヘイズ、『魑勢《ちせい》の牽《ひ》き手《て》』ユーリイ・フヴォイカって言います」

「……」

当初、陸海の敵に備えるオランダの要塞外縁部《ようさいがいえんぶ》だった木製の防壁《ウォール》は、三百年の時を経た今、名をそのままに金融《きんゆう》の一大拠点《きょてん》へと変貌《へんぼう》を遂《と》げている。即《すなわ》ち、先だって世界を席巻《せっけん》した大恐慌《こう》の震源地《しんげんち》・ウォール街である。

「えーと、今、イーストエッジさんの外界宿《アウトロー》で、見習いとして働いてます。さっきも、その、封絶《ふうぜつ》が張られたので、様子《ようす》を見に……戦闘、終わってたみたいでしたから……だから、あれは別に、見ようと思って、見たわけじゃ……」

「……」

新たにスリーピースのスーツを纏《まと》ったマージョリーは今、ユーリイと名乗る少年フレイムヘイズとともに、この高層《こうそう》建築の壁に挟まれた通りを、西に向かって歩いていた。忙《せわ》しなく行き来する雑踏《ざっとう》の頭越《あたまご》し、正面に聳《そび》える高い尖塔《せんとう》を見て、思わず眉《まゆ》を顰《ひそ》める（この尖塔を持つ古い教会の名は、トリニティ教会という）。

「い、いえ、この眼鏡《めがね》を弄《いじ》るのは癖《くせ》で、さっきの、あれを見たからとか、そういうのは関係なくて、えーと……そうだ、ウクライナ移民で、十六歳《さい》です。あ、これはフレイムヘイズになってからの一年も足してます」

「……」

サウス・ストリート・シーポートでの衝撃的な出会い以降、必死に話しかけるユーリイを無視し続けるマージョリー……ではなく、少年の腰にある古風《こふう》な短剣が、気だるそうな女の声で難詰《なんきつ》する。

「バーカ、フレイムへイズが年齢《ねんれい》なんか数えてどーすんのよ」

「あ、ごめん」

ユーリイは、自分と契約した〝紅世《ぐぜ》の王〟――〝虺蜴《きえき》の帥《すい》〟ウアラクに、その意思を表出《ひょうしゅつ》させる短剣型の神器《じんぎ》〝ゴベルラ〟に、ペコリと頭を下げる。その拍子に眼鏡《めがね》がずり下がった。

慌《あわ》ててこれを押さえる契約者へと、ウァラクは気だるさに呆《あき》れを混ぜて言う。

「だから、簡単に頭下げんじゃないわよ。ったく」

「ごめ——あ」

「ふう……」

「ヒャーッハハハ！　新兵《しんぺい》さんゴクローサンってとこか、〝魑魅の帥《すい》〟？」

マージョリーの右脇に提《さ》げられた〝グリモア〟を揺すって、マルコシアスが大笑いする。

さすがにこの大声は、周囲のニューヨーカーたちを驚かせたらしい。老若貧富《ろうにゃくひんぷ》を混ぜた人ごみから、奇異《きい》の視線が一見二人の四人に向けられる。

「えっ、あ」

ユーリイは救いを求めるように腰の短剣を見下ろし、しかしそこから薄情《はくじょう》な静寂《せいじゃく》だけを受け取った。窮《きゅう》した挙句《あげく》、大声で先の物真似《ものまね》をする。

「ハ、ハハッ、ハーッハハハ！」

「……」

マージョリーは僅《わず》かな溜息《ためいき》を吐いて、この少年を横目で見る。

『魑勢《ちせい》の牽《ひ》き手《て》』ユーリイ・フヴォイカ。

なんともらしくないフレイムヘイズだった。

見た目の強さを感じさせない、小柄《こがら》で痩《や》せぎすな体格。気弱《きよわ》半分、生真面目《きまじめ》半分の容貌《ようぼう》に、無用なはずの眼鏡までかけている（当然、伊達《だて》眼鏡だろう）。身なりもそこいらの子供と変わらない。長めのジャケットの内側、腰のベルトに古風《こふう》な短剣型の神器〝ゴベルラ〟を差しているのが、せいぜいの特徴《とくちょう》だった。

なにより、世の陰に〝紅世《ぐぜ》の徒《ともがら》〟を狩《か》る討滅《とうめつ》の追っ手らが持つ共通の雰囲気《ふんいき》である、切羽詰《せっぱつ》まった気迫やそれを隠《かく》す演技、悟《さと》り抜いた静けさ……どの匂《にお》いもしない。

少年の存在に苛立《いらだ》ちのようなものを感じつつ、マージョリーはようやく口を開いた。

「ユーリイ、だっけ？」

「はい！」

「イーストエッジは元《げん》──」

「あの！　僕、『弔詞《ちょうし》の詠《よ》み手《て》』さんのこと、ずっと尊敬《そんけい》してたんです！」

「──尊敬？」

マージョリーは自分の言葉を切られた不愉快《ふゆかい》さも忘れ、つい訊《き》いていた。

「はい！」

話しかけられたせいで箍《たが》が外れたかのように、ユーリイは次々と言葉を連ねる。

「外界宿《アウトロー》で見習いとして働いてると、あちこちで活躍されてるフレイムヘイズの皆さんの噂《うわさ》をたくさん聞くんです。『輝爍《きしゃく》の撒《ま》き手《て》』さん、有名な『鬼功《きこう》の繰《く》り手《て》』さんと『極光《きょっこう》の射手《いて》』

さんのお二人、亡くなった方でも、伝説の『炎髪灼眼《えんぱつしやくがん》の討《う》ち手《て》』さんに『理法《りほう》の裁《た》ち手《て》』さん、もちろん『星河《せいが》の喚《よ》び……あ、イーストエッジさんは称号《しようごう》で呼ぶと怒るんですけど」

「ちょっと黙って」

無邪気《むじやき》すぎる声色《こわいろ》に、なにか耐え難いものを感じたマージョリーは、黙らせるつもりで掌《てのひら》をその前に突き出す。

と、なにを思ったかユーリイは、

「わ!?」

叫んで、素早く飛び退《の》いた。

段差による区別もろくにない、轢《ひ》いた者勝ちの車道の端《はし》に。

「馬鹿、なにやって――!」

逆に驚かされたマージョリー(彼女は、大都市における馬車の暴走と轢死《れきし》を日常的に見ていた)が差し出した手を、その袖口《そでぐち》を、ユーリイは慌《あわ》てて掴《つか》む。引かれるとともに、

ブツン、と変な音がして、

「あ」

着替えたばかりだったマージョリーのスーツ、そのボタンが飛んだ。

「っ、す、すいません! イーストエッジさんに、不意《ふい》打《う》ちを食らわないようにする訓練を、いつも受けてて、その、本当にすいません!」

ペコペコ謝っては眼鏡《めがね》を押さえる契約者、異能《いのう》の討ち手であるはずの少年の姿に、

「はあ……」

腰の短剣から、ウァラクが再びの溜息《ためいき》を漏らす。どうやら、この手の失敗は初めてのこと、珍しいことではないらしい。

マージョリーは、そんな〝紅世《ぐぜ》の王〟への同情から、怒るのを止めた。

「イーストエッジは、元気なの？」

脱力した声で訊《き》き直しながら、前のボタンを全て外し、ラフな格好《かっこう》になる。結果として、ジャケットで隠《かく》されていた胸の膨《ふく》らみが、大きく強調されることとなった。

ユーリイは、自他の行為に眺《なが》めに、しょんぼりしたり顔を赤らめたりと忙しい。ついでに、その鼻先に、傍《かたわ》らを走り抜けた自動車の排気ガスを吐き掛けられてむせた。

「ゲホ、ゲホッ、は、は、はい」

「ギィーッヒヤヒヤヒヤブッ!?」

懲《こ》りずに大声で笑う相棒《あいぼう》を平手《ひらて》で黙らせたマージョリーは、率直《そっちょく》な感想として言う。

「あんた、変なフレイムヘイズねえ」

特に他意を込めた言葉ではなかった。この妙《みょう》に腰の低い、らしくない少年なら、まくし立てるような答え、大げさな謙遜《けんそん》の同意、どちらかが返ってくるだろう。そう思っていた。

しかし、

なぜか少年は、表情を曇らせて黙ってしまった。

「なに？」

もう一度訊《き》かれて、慌《あわ》てて答える。

「……いえ、なんでも！」

その不審《ふしん》な様子《ようす》に、僅《わず》かふと引っかかるものを感じたマージョリーは、考えかけて、止めた。

他人の事情をいちいち詮索《せんさく》するのは趣味ではない。

(そうよ、知ったことじゃないわ)

「……」

その店、『イーストエッジ外信《がいしん》』は、ウォール街からウィリアム通りを北に折れた先、探偵《たんてい》事務所と法律《ほうりつ》相談所に挟まれた、小ぶりな低層長屋《ロウハウス》の一階にあった。

昔は多岐《たき》に渡る人種来歴《らいれき》からなる移民向けに故国《ここく》の新聞を売る輸入《ゆにゅう》業者もどきだったが、今は独自に特派員も出して、欧州《おうしゅう》の情勢をそれぞれの言語で伝える真《ま》っ当《とう》な外信社《しゃ》としての業務も行っている……ということになっている。

店構えの割に情報が確かで、各種言語《げんご》版《ばん》も揃《そろ》っていることから、定期の配信日《はいしんび》には大変な賑《にぎ》わいを見せるが（現在、最も関心を集めているニュースは、フランコ将軍の動向である）、今日のような通常営業日《つうじょう》だと、単なる場末《ばすえ》の新聞社の趣《おもむき》である。来客も、日に十人あれば良い方、という閑散《かんさん》ぶりだった。

その質実《しつじつ》以前、装飾《そうしょく》の省略が醸《かも》し出す素《そ》っ気《け》ない玄関《げんかん》に、マージョリーは立つ。扉の上、『イーストエッジ外信』という意味の言葉が、数ケ国語・横書き・縦並《たてなら》びに書き付けられた古い看板を見上げた。懐《なつ》かしさを心地よく、変わらなさを愛《いと》おしく感じる。

「半世紀前と同じね」

「ま、模様《もよう》替《が》えする柄《がら》じゃやねーわな」

二人して笑い合い、『弔詞《ちょうし》の詠《よ》み手《て》』は看板の掲げられたドアを素通りした。その隣《となり》、同じ一階にあるドアを何気なく、力を込めて開ける。人間の腕力では絶対に開けられない、単純な力技でしか開かない、これはフレイムへイズ用のドアだった。

ギリギリギリギリッ、とドアに結《ゆ》わえられた紐《ひも》がベルをけたたましく鳴らして、異能《いのう》者の来訪を店《みせ》全体に告げる。

入った中は、意外《いがい》に広い。様相は、数年前までご法度《はっと》だった『もぐり酒場《スピーキージー》』に似ていた。乱雑に置かれた酒瓶《さかびん》と酒樽《さかだる》、板を寝かせただけのカウンターに少数の椅子《いす》、剝《む》き出しの煉瓦《れんが》と板張りからなる壁、宿泊所兼《けん》構成員宿舎《しゅくしゃ》となっている上階への細く急な階段……その、探せば街に幾《いく》らでも見つかるだろう光景に、しかし異質《いしつ》なものが、二つ混じっていた。

一つは、正面の壁を埋めるほどに無数張《は》られた、海図《かいず》と地図。

図法版型《ずほうはんがた》、てんでバラバラなそれらは、古いものの上に次の図が積み重なって、歴史の層を成している。一つ一つには、異なる筆跡《ひっせき》でのメモや矢印、○や×といった記号が乱雑に書き記されていた。今、壁に見えるのは合衆国地質《ちしつ》測量局の最新版《ばん》世界地図で、中心に位置するヨーロッパに、大きく○が書き付けられている。

もう一つは、青磁《せいじ》色の光で店の中を薄く照らす、掌大《てのひらだい》の正《せい》十二面体《めんたい》。釣《つ》り糸もなく天井近くに静止するこれは、不思議《ふしぎ》な、在り得ない現象《げんしょう》を起こす器物《きぶつ》、すなわち宝具《ほうぐ》である。設置した者の力を受け(青磁色は、宿主《やどぬし》たるイーストエッジが持つ炎《ほのお》の色)、一定範囲内《はんいない》の気配を遮断《しゃだん》するガラスの正十二面体『テッセラ』……全世界に点在するフレイムヘイズらの情報交換《こうかん》・支援施設《しせつ》たる外界宿《アウトロー》の核、世界で最も数の多い宝具だった。

表向《おもてむ》きの職業や調度《ちょうど》の差異《さい》に拠《よ》らず、この二つを備えている建物・場所が、外界宿《アウトロー》と定義される。『イーストエッジ外信《がいしん》』は、そのニューヨーク支部だった。

マージョリーは、この見た目も異質《いしつ》な無人の店内をドカドカと進み、カウンター席に腰掛けた。ついでに横の席へと、重い〝グリモア〟を据《す》える。

と、板壁《いたかべ》一枚挟《はさ》んだ隣《となり》、表向きの商売である外信社《しゃ》から、

「はーい、店番《みせばん》代わりまーす!」

元気なユーリイの声が響《ひび》いてきた。彼はここの構成員なので、来客用のドアは使わず、人間用のドアから入っている。

やがて一人の男が、きしむドアを開けて入ってきた。

中肉中背《ちゅうにくちゅうぜい》、まるで岩になめし革を被《かぶ》せたような厳《いか》つい面相《めんそう》の、頑健《がんけん》そのもののアメリカ・インディアンである。ワイシャツにズボン、今《いま》付けた分厚い布のエプロン、というごく普通の格好《かっこう》が、微妙《びみょう》に似合《にあ》わない。

最低限、唇《くちびる》を震わすように、しかし意外《いがい》に爽《さわ》やかな声で、フレイムヘイズ『星河《せいが》の喚《よ》び手《て》』イーストエッジは挨拶《あいさつ》をした。

「未だ暴狼《ぼうろう》の加護《かご》を受けているようでなによりだ、怒れる獣《けもの》」

「よく、きたな」

短く深く、貫禄《かんろく》のある男の声で続けたのは、イーストエッジがベルトから提《さ》げている、浮き彫《レリーフ》りを施《ほどこ》した石のメダルである。これは、彼が契約した〝紅世《ぐぜ》の王〟――〝啓導《けいどう》の籟《ふえ》〟ケツアルコアトルの意思を表出《ひょうしゅつ》させる神器《じんぎ》〝テオトル〟だった。

「おひさしぶり、イーストエッジ、ケツアルコアトル。また寄らせてもらったわ」

ユーリイに対するものとは打って変わった、喜びを含んだ声でマージョリーが返した。

ゆっくりとカウンターの中へと入る同業者に、マルコシアスも、こちらは常と同じ軽薄《けいはく》な口《く》調《ちょう》で挨拶する。

「しーばらくだったなあ、怪物《かいぶつ》コンビ」

「ああ」

「変わりない、ようだな」

一人は顔に皺《しわ》を刻むように、もう一人は声に少量滲《にじ》ませて、笑い返した。

「こっちは、すーっかり変わっちまってるよーだな」

マルコシアスは炎《ほのお》を少量噴《ふ》いて囃《はや》す。

「なんでえ、この流行《はや》らなさはよ。世界恐慌《きょうこう》、未だ暴威《ぼうい》健在なり、ってか？」

マージョリーは相棒《あいぼう》の言う状況、一人の討《う》ち手もいない、寂寞《せきばく》とした店内を見渡した。

「やっぱり、このニューヨークからも駆り出されたのね。あの坊や以外にいないの？　マンハッタンに同業の気配がまるでないなんて、どんな冗談《じょうだん》かと思ったわ」

イーストエッジは微《かす》かに顎《あご》を引いて頷《うなず》き、

「仕方あるまい。悪名高き［革正団《レボルシオン》］との戦いだ。皆、勇んで出て行った」

「無事であれば、いいが」

ケツアルコアトルが慨嘆《がいたん》する。

答えを受けたマージョリーは、店の壁にある最新版の地図、ヨーロッパを大きく囲む○印に目をやった。

現在、世界中のフレイムヘイズたちは、とある〝紅世《ぐぜ》の徒《ともがら》〟による大集団との戦いに駆り出されている。この、近代に忽然《こつぜん》と現れた結社《けつしゃ》［革正団《レボルシオン》］は、奇天烈《きてれつ》な思想の元、討ち手と〝徒《ともがら》〟双方《そうほう》にあった暗黙《あんもく》の掟《おきて》を平然と破り暴れる（当人たちは「運動」と呼んでいたが）、無茶苦茶《むちゃくちゃ》な連中《れんちゅう》だった。彼らの孕《はら》む危険性を恐れた欧州《おうしゅう》の外界宿《アウトロー》は、急ぎ全世界へと伝令を送り、応えた者たちが久方《ひさかた》ぶりの大規《だい》模な戦いへと赴《おもむ》いている。

マルコシアスが、その戦いの一端《いったん》を見た者として笑う。

「ヒッヒ！　フレイムヘイズってな、協調性ゼロだからなあ。今度は旗持《はたも》ちの炎髪《えんぱつ》灼眼《しゃくがん》もいねえし、集まったところで統制《とうせい》が取れんのか、怪しいもんブッ!?」

「わざわざ心配を煽《あお》ってんじゃないわよ、バカマルコ」

ゲタゲタ笑う〝グリモア〟を、マージョリーは張り飛ばした。彼女は、この心身ともに落ち着いたフレイムヘイズが嫌いではないのである。

「事実だろーがよ。ゾフィーの雷《かみなり》ババアも、今度は参戦《さんせん》しねーんだろ？」

なおも言うマルコシアスに、カウンターから声がかかる。

「天空《てんくう》の槌《つち》――」

イーストエッジは、〝払《ふっ》の雷剣《らいけん》〟タケミカヅチのフレイムヘイズ『震威《しんい》の結《ゆ》い手《て》』ゾフィー・サバリッシュのことを、こう呼ぶ。

「――は、緒戦《しょせん》で生涯の友を二人も失ったのだ。無理もあるまい」

「あんなイカレた奴《やつ》らが相手じゃあね。一度の不覚《ふかく》がたまたま命に届いた、ってことよ」

マージョリーは今日のことも含めて平然と言った。

「こっちだって、やられる一方ってわけでもなし。なんせ、フォン・クーベリックの……あ、そうそう、マルコシアス」

「おっと、ほいさ」

〝グリモア〟がページを開いて、そこからポイ、と蜜蠟《みつろう》で綴《と》じた封筒を吐き出した。

ピッ、と指二本でマージョリーはこれを取り、差し出す。

「はい、そのフォン・クーベリックから」

「手紙……？」

イーストエッジは怪訝《けげん》な面持《おもも》ちで受け取り、封を開けた。

外信社《がいしんしゃ》も、ドレル・クーベリック……この、欧州《おうしゅう》の外界宿《アウトロー》を束ねる現代の偉人《いじん》とは常時、表《ひょ》裏《うり》の業務で連絡し合っている。とはいえこの場合、手段に意味があった。

十九世紀の内に、大西洋海底《かいてい》ケーブルは開通している。アメリカの外界宿《アウトロー》も、とうに委託《いたく》業者を通じて、重要な情報の大半《たいはん》をそちら経由で遣《や》り取りする仕組みになっていた。わざわざ手紙を、しかも名うての討《う》ち手に託し送ってくるというのは、特別な案件《あんけん》である証拠《しょうこ》だった。

それを感じて、イーストエッジは表情を曇らせる。

「この席は空《あ》けられん、参戦《さんせん》はしない、と既に伝えたはずだが」

言って天井を、心持ち顎《あご》を上げるように見上げた。

その先に浮かぶ正《せい》十二面体《めんたい》……結界《けっかい》発生装置『テッセラ』は、設置型の宝具《ほうぐ》である。結界を作るためには一つ場所に据《す》えておかねばならず、力も断続的に給与《きゅうよ》しておく必要があった。動かすか力を途切《とぎ》れさせるか、どちらかの禁《きん》を破ると、途端《とたん》に結界はその効力を失い、再び動かすにも相当な時間を要することとなる。

そうでなくとも、広大な大陸に古くから在る強力なフレイムヘイズ、『星河《せいが》の喚《よ》び手《て》』イーストエッジは、マンハッタン島における討ち手らの拠《よ》り所たる外界宿《アウトロー》『イーストエッジ外信』を維持する、という役割に自らを縛《しば》っている。他行《たぎょう》の要請に応えるわけもなかった（よほどの危機的状況でもない限りは戦意が湧《わ》かない、とある理由もある）。

もちろん、マージョリーもこれらの事情は重々承知《しょうち》である。

「別の用事じゃないの？　いくらフォン・クーベリックが急進的な人でも、この大陸から『大《だい》地《ち》の四神《ししん》』を動かそうなんて思ったりしないはず」

彼女の言う『大地《だいち》の四神《ししん》』というのは、イーストエッジも含むアメリカ・インディアンの、いずれも強力な討ち手たる外界宿《アウトロー》の管理者たちのことである。

「どーだかな。あの若え爺さん、とっぴなこと思いつくからよ、ヒッヒッヒ」

「ま、ゆーっくり、読んで頂戴《ちょうだい》」

この、何気ない客の気遣《きづか》いを、酒場の主人は察し、言う。

「品が確かなのは、コーンウイスキーくらいだな」

「まだ、酒のルートが不安定だ」

ケツアルコアトルの補足に、クスリと小さな笑いが返った。

「やっぱ、しばらく寄り付かなくて正解だった?」

「そうだな。禁酒法時代《きんしゅほう》は、出回る酒の質も最低だった」

また、皺《しわ》を刻むように笑い返して、イーストエッジは大きな酒瓶《さかびん》と重いグラスをそれぞれ一つ、カウンターに置いた。


この十九世紀から二十世紀の初頭、百年程《ほど》の短い期間の内に、欧州《おうしゅう》のフレイムヘイズ、特に外界宿《アウトロー》の在り様《よう》は、急速な、そして抜本的《ばっぽん》な変革を起こしていた。

外界宿《アウトロー》という、逃げ込むための隠《かく》れ家、立ち寄るだけの溜《たま》り場でしかなかった『場所』が、情報の交換と共有、活動資金《しきん》の援助、迅速《じんそく》な交通手段の手配といった、本格的な『支援《しえん》施設』へと再《さい》編成されたのである。

フレイムヘイズ――そもそもが個人的な理由に拠《よ》って立っているため協調性に乏しい――異能《いのう》独自の力で世を押し渡る性質ゆえに集団行動が苦手《にがて》――感情を爆発させる若年《じゃくねん》で契約する者が大半であることから組織感覚《かんかく》や社会通念《つうねん》に疎《うと》い――これら、群れることに全く向いていない人種に、支援の面のみとはいえ変革を与えたのは、たった一人の男だった。

『愁夢《しゅうむ》の吹き手《ふて》』ドレル・クーベリック。

〝虚《きょ》の色森《しきしん》〟ハルファスのフレイムヘイズたる幻術使《げんじゅつつか》いである。

彼は、老境《ろうきょう》に入ってから契約した変り種《だね》であるためか、闘争《とうそう》本能に衝《つ》き動かされ、復讐《ふくしゅう》に猛《たけ》り狂うという、常の討《う》ち手らとは全く違うメンタリティを持っていた。

曰く、『漫然《まんぜん》と〝徒《ともがら》〟を追うより効率的なやり方は幾《いく》らでもある。協力せよ、互助《ごじょ》せよ、提《てい》携《けい》せよ』……一人一党を旨《むね》とする復讐鬼《ふくしゅうき》たちに受け入れられるわけもない主張を、彼は契約直後から、行く先々で説いた。もちろん、誰もまともに耳を貸していない。彼自身が、直接的な戦闘力に欠けるフレイムヘイズだった、という理由もある（言うまでもない、討ち手らにとって最も権威《けんい》ある箔《はく》は、強さである）。

そして数十年後、彼は煙たがられた挙句《あげく》に、当時、あぶれ者や変り種が行き着く定位置、あるいは暇人《ひまじん》の座る椅子《いす》でしかなかった外界宿《アウトロー》の管理者に就任《しゅうにん》した。彼を知る誰もが、「これであの変物《へんぶつ》も大人《おとな》しくなる、意味不明《ふめい》な説教も聴かずに済む」と思った。

ところが、彼にとって、それは行き着く先などではなかった。

どころか、本当の事業の、ほんの始まりに過ぎなかったのである。

その証《あかし》として、各地の外界宿《アウトロー》へと、「情報提供《ていきょう》の定期《ていき》通信と交換を行いたい」という提案が、回状として巡り始めた。小さな、苦難に満ちた、しかし大事業への、一歩だった。

当初は、これを通わせる協力者や志願者の確保にすら苦労した。回状を渡す約束を守らない者、端《はな》から行為《こうい》自体を馬鹿にしていた者などが多かったからである。肝心《かんじん》の回状を渡す相手の外界宿《アウトロー》管理者にすら、当初はその意味や実効性を疑われれるばかりだった。

まさに孤立無援《むえん》、孤軍奮闘《こぐんふんとう》の状況下、それでも彼は驚異《きょうい》的な粘り強さと熱意を持って、説得と実行を続けた。

その彼に対する協力は、道化《どうけ》への哀《あわ》れみという形で芽吹《めぶ》いた。

次に、討《う》ち手として動いていた時代にできた友との合流があった。

すぐに、彼の外界宿《アウトロー》を訪れる顔馴染《かおなじ》みの討ち手間で、習慣化していった。

やがて、回状に記された情報の恩恵《おんけい》、追跡の利益を受けた者が、幾人《いくにん》か出た。

いつしか、出回る範囲《はんい》、交換する討ち手、情報網《もう》に加わる外界宿《アウトロー》が、増えていた。

幾《いく》つもの大きなトラブルを、幾十《いくじゅう》もの小さなトラブルを、じっくり確実に超えてゆく内に、また十年単位での月日が流れ……回状のみでない、情報の交換と共有は、外界宿《アウトロー》を行き来する討ち手らにとっての慣例《かんれい》から、守るべき規範《きはん》に、遂《つい》には使命の一部として遂行《すいこう》する制度となっていた。欧州《おうしゅう》における大半《たいはん》の外界宿《アウトロー》も、ドレルの影響《えいきょう》・制度下に置かれていた。

これらは、好意や友誼《ゆうぎ》の結果ではない。討滅《とうめつ》を行う助けになる、無駄死《むだじ》にを減らせる、という……どこまでも普通の、なにより重要な、実績による変化だった。

そしてこの時期、ドレルはまた別の支援《しえん》体制構築《こうちく》に着手していた。自身の外界宿《アウトロー》をチューリヒに移し、人間社会の、それも主に金融《きんゆう》・運輸関連《かんれん》の企業を架空《かくう》名義で経営しだしたのである。

英雄豪傑綺羅星《ごうけつきらぼし》の如《ごと》く揃《そろ》うフレイムヘイズの歴史上にも、こんな奇行に走った者は一人としていない。人間だった頃に何者だったのか、若き老人はその天稟《てんぴん》と経験と知識を多彩《たさい》豊富に持っており、程《ほど》なく人間に事業実務《じつむ》の大半を任せて、外界宿《アウトロー》に在る彼がこれを総括《そうかつ》する、という体制を作り上げてしまった。情報に続き、フレイムヘイズを最も直接的に動かす、資金と交通網のバックアップ体制が整備されたのである。

マージョリーがマンハッタンに現れた頃には、彼の理念《りねん》を掲げ、集った討ち手ら（中心となったのは、自身の復讐《ふくしゅう》を果たし、生きる目的を見失った者たちだった）によって、チューリヒを中心に緊密《きんみつ》な連携《れんけい》を取る有機的《ゆうきてき》組織が、欧州に誕生していた。

世に言う『ドレル・パーティ』である。

現在、世界中のフレイムヘイズらを欧州に集結させている［革正団《レボルシオン》］との戦いでも、この新たに育った支援施設は、大きな役割を果たしていた。

今度の戦いは、中世に起きたフレイムヘイズと〝紅世《ぐぜ》の徒《ともがら》〟による史上《しじょう》最大の戦争『大戦《おおいくさ》』のような、彼我《ひが》の軍勢《ぐんぜい》を一箇所に集める決戦ではなかった。欧州全域《ぜんいき》で策動《さくどう》する［革正団《レボルシオン》］に、同じく各地に点在する外界宿《アウトロー》が一つ作戦意図《いと》の元、各個に対処《たいしょ》する、という一目で見えない、全面戦争だった。主戦場すら明確でない、局地的な勝敗が入り乱れる混沌《こんとん》の中で、じわじわと全体の情勢が一進一退《いっしんいったい》を続けていた。

これら推移《すいい》の間も、総指揮官《そうしきかん》であるはずのドレルは幕僚団《ばくりょうだん》『クーベリックのオーケストラ』をチューリヒから動かしていない（むしろ、この戦いで最も忙しいのは、欧州の交通支援を総括するピエトロ・モンテベルディと言われている）。頭の古い復讐鬼たちには勝敗の判定さえ理解できない、しかしこれも厳然《げんぜん》たる『大きな戦い』だった。

文面を読み終わったイーストエッジは、手紙を丁寧《ていねい》に折り畳《たた》み、封筒に戻した。マージョリーはもちろん、文面について尋《たず》ねるような不躾《ぶしつけ》な真似《まね》はしない。ただグラスを傾け、唇《くちびる》を酒で湿《しめ》す。

少しして、眼《め》を瞑《つぶ》っていたのかどうか分からない細い双眸《そうぼう》が、深く黒い光を揺らした。

「幻の涙《まぼろしなみだ》——」

イーストエッジは、ドレルのことを、こう呼ぶ。

「——といい、今、彼が討《う》ち手らを集め戦っている[革正団《レボルシオン》]といい、時が経《た》つと、人も〝徒《ともがら》〟も、様々な考え方を持つようになるものだ」

「我ら全て、変わりゆく者なのだ」

ケツアルコアトルも同じく、何か含むような声で言った。

マージョリーは酒精《しゆせい》の吐息《といき》に乗せて、少し笑う。

「ふふ、変わりゆく、ねえ。たしかに時が経つほど、いろんな酒が出てくるみたいだけど」

「私からも、討ち手の大義《たいぎ》を説く檄文《げきぶん》が欲しいそうだ」

と、イーストエッジは自分から、手紙の内容について触れた。

「欧州《おうしゅう》で、未だ態度を不明瞭《ふめいりょう》にしている者、［革正団《レボルシオン》］の企図《きと》にやや感銘《かんめい》を受けている者らの目を、我らの確たる言葉で覚ましてやって欲しい、と」

「なんとも、見込まれたものだ」

ケツアルコアトルまでもが、呆《あき》れ半分、感心半分の声を漏らす。

この二人のめったに見ることのできない動揺の様に、マルコシアスは大笑いした。

「ギイヤーッハッハ！　おめえらの吐く言葉なら、アルファベットの一つにも１００万ポンドの重みがあるだろうぜ！」

マージョリーも鼻で笑う。

「ハッ、有名人の説得力を借りたい、ってわけ？　自分で道も決められないなんて、最近のフレイムヘイズってば軟弱《なんじゃく》ねえ」

「自分の道を進みすぎってのも考えもんだがよ。こんな時期に、一人遡《さかのぼ》って新《しん》大陸に来るってのも……っと、合衆国《がっしゅうこく》だな、アメリカ大陸！」

騒ぎかけたマルコシアスは、慌《あわ》てて言い直した。

イーストエッジとケツアルコアトルは、アメリカ・インディアン側に立つ者として、西洋人が発見したと称する観点からの呼び名である『新大陸』の呼称《こしょう》を嫌っている。

訂正を受けて、尊崇《そんすう》を受けるフレイムヘイズは明確に返答した。

「この話、たしかに受けた。平穏《へいおん》を乱すこと、我らが世の陰にある意味を、文字に記そう」

マージョリーはグラスを掲げ、乾杯《かんぱい》をして見せた。

「そりゃけっこーなこと。さっさとあっちの戦いが終わってくれないと、あんたたちも大変でしょうしね」

「あんなとっぽい兄《にい》ちゃん、物見《ものみ》に使わにゃなんねーくれえの人手《ひとで》不足たあな。いくら〝虺蜴《きえき》の帥《すい》〟が付いてるっつっても、ちーとヤバ過ぎだぜ、ヒッヒッヒ！」

笑うマルコシアスに、先と別の感情を込めた視線が向けられる。

「あの少年――」

イーストエッジは、ユーリイのことを、こう呼んでいた。

「――を、どう思う？」

「……」

マージョリーは答えず、視線だけを板壁《いたかべ》一枚挟《はさ》んだ向こう、外界宿《アウトロー》の副業兼隠《けんかく》れ蓑《みの》たる『イーストエッジ外信《がいしん》』の事務所側《がわ》へと流す。

薄い壁越しに、来客の相手をする元気なユーリイの声が聞こえていた。

「はい、アイルランド版ですね、入ってます！」

フレイムヘイズや〝徒《ともがら》〟とは関係のない人間社会で、なんの違和感《いわかん》もなく過ごしている、溌《はつ》剌《らつ》とした明るい、声が。

「うちのペーパーはどうです？　あ、そうですか、はは……」

マージョリーは数百年の戦歴《せんれき》を持つ討《う》ち手として、少年の見せるそれら、あ、ま、り、な、真、っ、直、ぐ、さを、

「向いてないわ」

一言、容赦《ようしゃ》なく斬《き》って捨てた。

「百年もてば、ある程度、人格は練られるかもしれないけど……まず、そうさせるための執《しゅう》着《ちゃく》になる、〝徒《ともがら》〟への憎《にく》しみと怒りが感じられない」

「そうか、やはりな」

イーストエッジは予想された答えに、硬い面相《めんそう》をさらに強張《こわば》らせた。

マージョリーはグラスをカウンターに置いて、呟《つぶや》く。

「それに、あいつ……」

ここに来る前に見た、少年の不審《ふしん》な表情を思い出す。

（――「……いえ、なんでも！」――）

世界のバランスを守る、という道理《どうり》によって作られた物。

でありながら、理非《りひ》を超えた感情によって歩んでゆく者。

討滅《とうめつ》の追っ手・フレイムヘイズ。

少年の表情に垣間《かいま》見えたものは、その存在にとって、なにか相容《あいい》れない因子《いんし》であるような気がした。

「……どっか、おかしい」

「そうだ。尋常《じんじょう》の討《う》ち手ならば、復讐《ふくしゅう》を果たすために、苛烈《かれつ》な戦意と酷薄《こくはく》な打算《ださん》を両立させている。しかし少年は言動の端々《はしばし》、胸の奥に……在ってはならない狂いを持っている」

「危険すぎて、とても戦いには出せない」

イーストエッジは頷《うなず》きを戻さず頭を垂《こうべ》れ、ケツアルコアトルが呟《つぶや》く。付き合いが昨日《きのう》今日ではない彼らにとって、ユーリイの持つ危険性は、より大きな心配事であるらしかった。

その様《さま》に、マージョリーはようやく得心《とくしん》の入ったように溜息《ためいき》を吐《つ》く。

「やっぱり、あの封絶《ふうぜつ》の中に入ってきたのは、あんたたちの指示じゃなかったのね」

「ッハ、なーるほど。仮にも〝千変《せんぺん》〟みてえな大物とやり合った場所に、終わった早々新兵《しんぺい》さんがノコノコやってくんだからよ。ガキの火遊びにしちゃ、度が過ぎるってもんだ」

こと戦いに関してはシビアなマルコシアスも、軽く馬鹿にした。

マージョリーは頰杖《ほおづえ》をついて、置いたグラスの縁《ふち》を指でなぞる。

「で、なに？」

この男が無駄《むだ》話を好まないことは、よく知っている。訊《き》いたからには、なにかしたい、なにかしてもらいたいのであろう。

果たしてイーストエッジは言う。

「見ての通り、今のマンハッタンには、お前たちの他には我々、二者四人の討ち手が在るのみだ。常なら〝徒《ともがら》〟も恐れて近付かず、少年にも注意を喚起《かんき》するだけで済んできたのだが」

「我々は、ここを動かない」

ケツアルコアトルが、『星河《せいが》の喚《よ》び手《て》』を始めとする『大地《だいち》の四神《ししん》』らが独自に持つ苦渋《くじゅう》の鉄則《てっそく》を、やはり宣言していた。

少年になんらかの措置《そち》が必要で、しかし彼らは動かない。

動けないのではなく、動かない……その訳を、かつて彼らと戦ったフレイムヘイズの一人として、今は友の一人として、マルコシアスは了解《りょうかい》している。重く受け取り、軽く返す。

「へっ、分かってらあ。『大地《だいち》の四神《ししん》』の一柱《いっちゅう》がウッカリ外界宿《アウトローあ》空けて、もし万が一の事があったら、この大都会ががら空きになっちまう」

「すまん」

我儘《わがまま》への許しを請《こ》うイーストエッジを無視して、情厚《じょうあつ》き狼《おおかみ》は相棒《あいぼう》に求める。

「よう、我が――」

「分かってるわよ。新兵の監視《かんし》に心構えの教育、でしょ」

マージョリーは皆まで言わせず、即答《そくとう》した。

「でも、あいつらを片付けるまでよ。そもそも柄《がら》じゃないんだから」

頬杖の上で渋い顔を作り、

「今度はよりにもよって、あの〝千変《せんぺん》〟が相手だってのに……あー、やだやだ」

「裸《はだか》見られる以上のハプニングはねーだろぜ、ヒャーッハハブッ！」

相棒《あいぼう》を平手《ひらて》打《う》ちで黙らせる。


マージョリーは、ユーリイを伴って、日も暮れかかったロウアー・マンハッタンの薄暗い街路を、どこへともなく歩いていた。一旦《いったん》は取り逃がした（と本人は主張する）〝穿徹《せんてつ》の洞《ほら》〟アナベルグと〝千変《せんぺん》〟シュドナイの気配は、未だ強く漂っている。やはり、あの芝居《しばい》がかった怪《かい》人《じん》は、この島《しま》自体に何らかの用があるらしかった。

（気配察知《さっち》の自在法《じざいほう》で、いきなり戦闘に持ち込んでもいいけど……下手《へた》すると、護衛《ごえい》の〝千変《せんぺん》〟だけ出てきて、あの〝徒《ともがら》〟が他所《よそ》で事を起こす可能性もある、か）

（ま、今回は模範《もはん》解答示さにゃなんねーこともあるし、自重《じちょう》だわな、ヒヒ）

足の向くまま、すでに根付いて長いチャイナタウンからリトル・イタリーを抜け、ソーホー地区に入る。行く手に、ミッドタウンの壮麗《そうれい》な摩天楼《まてんろう》群《ぐん》が聳《そび》えていた。

（ふう、ん……模範解答、ね）

（お、ピンと来たか？）

そんな二人の、声なき会話にも気付かず、

「感激《かんげき》です。『弔詞《ちょうし》の詠《よ》み手《て》』さんの探索に同行させてもらえるなんて」

さっきからユーリイは、まるで遠足のように無邪気《むじゃき》な声で話を続けていた。

マージョリーは適当に手を振って返し、

「イーストエッジの頼みだもの、しょーがないでしょ」

突然、大いに凄《すご》んで見せる。

「それより、約束忘《わす》れんじゃないわよ」

「……はい」

声に押されて少年は渋々頷《しぶしぶうなず》き、ずれた眼鏡《めがね》を戻した。

「もし〝徒《ともがら》〟と遭遇《そうぐう》して戦闘になっても参加はしません」

言う腰からウアラクが、カチャンと短剣の鯉口《こいぐち》を鳴らして言う。

「どのみち、今のあんたにできることって、チョロッと炎弾撃《えんだんう》つことと、高速《こうそく》飛行くらいでしよ？　参戦《さんせん》しても迷惑《めいわく》なだけよ。早いとこ一人前の『魑勢《ちせい》の牽《ひ》き手《て》』として、私の『隷群《れいぐん》』を使いこなして欲しいもんだわ」

契約した〝紅世《ぐぜ》の王〟の辛《しん》らつな評価はいつものことである。

「分かってるよ、ウアラク」

新米《しんまい》フレイムヘイズは苦《にが》く笑って、暮れ行くニューヨークを眼鏡に映した。

「でも、皆が留守《るす》の間に、このニューヨークを〝徒《ともがら》〟に襲《おそ》われたってのに……討滅《とうめつ》を他所からのお客さんに任せるなんて、少し悔《くや》しくてさ」

マンハッタン島《とう》中南部にあたるミッドタウン。その、ビルやアパートメントの作る低層の森から、幾《いく》つもの高層ビルが巨木のそそり立つように天を突いている。夜になれば、低層は暗く高層は明るい、不思議《ふしぎ》な夜景——実際には、貧困に喘《あえ》ぐ者の多い低層部には電灯を付ける余裕《よゆう》もないだけ、という非常に世知辛《せちがら》い事情からなる——夜景が望めるはずだった。

「動けないイーストエッジさんはともかく、僕がいるのに……」

「約束」

早々に零《こぼ》れた危《あや》うい台詞《せりふ》に、マージョリーは一言、釘《くぎ》を刺した。

ユーリイは慌《あわ》てて口を噤《つぐ》——まず、話題を逸《そ》らした。

「は、半世紀ぶりだと、ニューヨークも変わったんじゃありませんか？」

「……」

「まあ、来て一年の僕が言うのも変な話ですけど」

尊敬《そんけい》する大先輩《だいせんぱい》のフレイムヘイズ、何度も外界宿《アウトロー》で噂《うわさ》に上った（良い噂なんかほとんどないだろうに、と本人は自嘲《じちょう》気味に思う）『弔詞《ちょうし》の詠《よ》み手《て》』マージョリー・ドーから、少しでもなにかを聞きたい、という意欲が声に隠《かく》れず、溢《あふ》れ返っていた。

「その僕が見ても、日ごとに変わるほどですから」

「……」

「五十倍の歳月《さいげつ》だと、よほど違ったんじゃないか、マンハッタンは一面荒野《こうや》だったんじゃない

か、とか思ったりして」

イーストエッジに請合《うけあ》った手前、マージョリーとしても、ただ突っぱね続けているわけにもいかない。釘《くぎ》を刺すだけでなく、ある程度は人格の見極めをして、効果的な掣肘《せいちゅう》をしておく必要があった。面倒臭《めんどうくさ》さを声に隠《かく》さず、ようやく答える。

「……たしかに、ね」

根競《こんくら》べに負けたようで、少し気に食わなかった。

「とりあえず、街中《まちなか》に豚《ぶた》や馬が少なくなったのは結構《けっこう》なことだわ」

「豚?」

驚く少年へと、気に食わない気分で、面白くもない話を、つまらなさそうに話す。

「荒野どころか、ゴミ貯《た》めだったわ。あっちもこっちも、豚だらけ、馬だらけ、糞《ふん》だらけ、藁《わら》屑《くず》だらけ。港もダウンタウンもゴミが山積み。ハンターズ・ポイントなんか、毒ガス寸前《すんぜん》の化学臭《しゅう》の底よ」

「そう、だったんですか……」

ユーリイには、一昔《ひとむかし》前の苛烈《かれつ》な都市環境《かんきょう》について、いまいち想像力が働かないらしい。これで少しは黙るか、と思ったマージョリーの希望は、

「……許せません」

「はあ?」

しかしあっさり破られた。

「そんな酷《ひど》い時代を乗り超えて、禁酒法《きんしゆほう》もようやく廃止されて、今も大恐慌《だいきようこう》から皆が立ち直ろうと頑張《がんば》ってる、そんな大事な時期に襲《おそ》ってくるなんて、許せませんよ」

（こいつ……？）

マージョリーは、新米《しんまい》フレイムヘイズの言動が、自分の知るそれの在り様と違っている、どころか間違っている、そんな直感を得た。

（これが、イーストエッジの言ってた『在ってはならない狂い』か）

「そのアナベルグとかいう〝徒《ともがら》〟、ただ人間を喰らいに来ただけじゃなくて、『文明の――加速』でしたっけ、変なことを言ってたんですよね？」

「……ええ」

マージョリーの不審《ふしん》を他所《よそ》に、少年は声に熱さを加える。

「人を喰らって世界を停滞《ていたい》させるのが〝徒《ともがら》〟だっていうのに、加速だなんて暴言《ぼうげん》にも程《ほど》があります。あの〝千変《せんぺん》〟シュドナイまで護衛《ごえい》に付けて、一体なにを企《たくら》んでたのか……どんな悪事《あくじ》であっても、絶対に僕らが阻んで――！」

「ちーっと落ち着いたらどうでえ、兄《にい》ちゃん」

口舌《くぜつ》が加速する寸前《すんぜん》、マルコシアスが絶妙《ぜつみよう》のタイミングで口を挟んだ。

「――えっ、あ」

ユーリイは、ようやく我に返り、

「……すいません」

反射的に謝って、俯《うつむ》く。また、ずれそうになる眼鏡《めがね》を押さえた。

そうして、二人にして四人のフレイムヘイズは、無言のまま、歩く。

夕日を早々に隠《かく》すビルの谷底を、行き交う人々と自動車に混じって。

すぐ傍《かたわ》らを自動車が、ガリガリッ、と金属音を鳴らして走り抜けた。

それを契機《けいき》にしてか、ウアラクが気だるい呟《つぶや》きを漏らす。

「あんたは人間に入れ込みすぎなのよ。いつまで人間のつもりでいるわけ？」

ユーリイは、気弱に笑うしかない。

「うん、分かってるんだけど」

「どーかしら、ね」

「……」

また少し歩いてから、少年は顔を上げた。道路の両脇《わき》から聳《そび》える壁の上、分厚いスモッグの向こうに、星も見えない暗さを染み込ませつつある、夕の空がある。

眼鏡に映るのは、心洗う星空ではなく、白々と光る真新しい街灯《がいとう》ばかりだった。

「……やっぱり、僕は変なフレイムヘイズ、なんでしょうか」

自分に向けられた質問だと気が付いて、マージョリーは少しだけ、目線《めせん》を傍らに流す。

そこには、真摯《しんし》な、答えを求める瞳《ひとみ》が眼鏡越《ご》しに揺れていた。

（子犬みたいな顔すんじゃないわよ）

困惑《こんわく》しつつも、口を開く。

「まだ一年だったら、そんなもんでしょ」

我ながらの日和《ひよ》った答えに、『弔詞《ちょうし》の詠《よ》み手《て》』たる女傑《じょけつ》は少し不愉快《ふゆかい》になった。

それを自分への不満と思い、ユーリイは肩を落とす。

「……イーストエッジさんからも、『おまえは変なフレイムヘイズだ』って、常々言われてるんです。他の、どんな討《う》ち手の方々とも、僕は違うらしくて……訓練も受けているのに、欧州《おうしゅう》の戦いには行かせられない、って言われました」

（そりゃそーでしょーよ）

こんな甘《あま》ちゃんのひよっ子が行ったところで、犬死にがオチである。これならまだ、大戦期《たいせんき》に乱造《らんぞう》された『ゾフィーの子供たち』の方が、己《おのれ》の使命を理解し、憤怒《ふんぬ》憎悪《ぞうお》にギラギラしている分だけマシだった。

その、今度は本当に抱いた不満が、つい口を突いて出る。

「なんで、あんたみたいなのが契約でき――っと」

しかし、その不用意な問いに、ユーリイはまた笑い返した。

「分かってます、僕は……」

「あー、兄《にい》ちゃん」

マルコシアスの制止にも、首を振る。

「僕は……いえ、僕らは一年前、アメリカに向かう移民船で、〝徒《ともがら》〟に襲《おそ》われました」

「海魔《クラーケン》……まだ、そんなのが」

マージョリーは少し驚いた。


海魔《クラーケン》というのは、海洋上で人を襲う〝徒《ともがら》〟の総称である。

絶海《ぜっかい》に孤立した密室《みっしつ》、しかも大人数《おおにんずう》を一挙《いっきょ》に喰らうことのできる長距離就航《しゅうこう》の旅客船は、〝徒《ともがら》〟にとって格好《かっこう》の餌場《えさば》だった。フレイムヘイズの同乗でもなければ助からない、しかしフレイムヘイズが乗っている船を〝徒《ともがら》〟は襲わない……なんとも厄介《やっかい》な環境だった。

古くは北洋《ほくよう》から地中海《ちちゅうかい》等の近海《きんかい》に多かったため、まだフレイムヘイズにも察知《さっち》と対処《たいしょ》は可能だったが、定期的に大きな船が就航する時代になって以降、この阻止は、ほとんど運次第《うんしだい》という状況になっていた。

外界宿《アウトロー》が多く港に存在するのは、交通の便が良い、という目先の理由のみならず、この海魔《クラーケン》への対処に、昔から彼らフレイムヘイズが腐心《ふしん》してきた証《あかし》なのである。

とはいえ、一昔前《ひとむかし》、この無道《むどう》を撲滅《ぼくめつ》しようという機運《きうん》がフレイムヘイズの間に高まり、大《たい》半《はん》の海魔《クラーケン》は討滅《とうめつ》された。狙われる定期航路《こうろ》には近隣《きんりん》の外界宿《アウトロー》に在る討《う》ち手が随時《ずいじ》乗り込む、という予防策も取られるようになって、近年は被害の噂《うわさ》さえ珍しくなった。

はずだったのだが。

少年の脳裏《のうり》に、移民としての惨《みじ》めな光景が蘇《よみがえ》る。

「あの狭く苦しい船底で、皆の人いきれにむせていたとき――」

まるで荷物のように扱われ、両親ともども船倉《せんそう》の最下層に放り込まれた。故国《ここく》を見送ることさえできず、澱《よど》んだ空気と酷《ひど》い臭《にお》いの底、暗く狭い場所に、皆で腹を空《す》かして蹲《うずくま》っていた。不意に衰弱《すいじゃく》・発病して、アメリカの影すら見ることも叶《かな》わず死にゆく同胞《どうほう》も数多く見た。

自分はその中で、渡航《とこう》にあたって父から贈られた物を手に、新天地《しんてんち》を、求めて働けば手に入らないものはないという自由の国――それが妄想《もうそう》の産物であると、当時は知らなかった――への到達を、ひたすらに待っていた。父からの贈り物とは、当時は高級品だった眼鏡《めがね》。

「のし上がるためには、学ばねばならない」

渡航を決めてから口癖《くちぐせ》のように言っていた父の、それは新生活への意気込みの表れだった。サイズが違っているのは、父の財力だと、度数《どすう》を合わせるだけで精一杯《せいいっぱい》だったからである。

そんな自分も含めた、なにもかもが一杯一杯の、行く先にある漠然《ばくぜん》とした希望のみに縋《すが》りついていた移民たちは……辿《たど》り着いた先で絶望することすら許されなかった。

人間としての旅が、海の上で終わったのである。

事件は、全く唐突《とうとつ》に起きた。

船倉の最下層まで届く轟音《ごうおん》と衝撃《しょうげき》、悲鳴すら混ぜて俄《にわ》かに騒がしくなる天井、そして、刺すように差し込む日の光……在り得ない、その光を遮る影は、もっと在り得ないもの。

缶詰の蓋《ふた》を開けるように天井を剝《は》ぎ取った、化け物。

巨大な蛸《たこ》、腐った藻《も》のような暗い緑色の光を撒《ま》き、うねり蠢《うごめ》く化け物だった。

腰を抜かす親切にしてくれた老人、周りを突き飛ばして走る知らない男、狂ったように叫ぶ可愛《かわい》かった少女、泣き喚《わめ》く傲慢《ごうまん》だった船員、怯《おび》えへたり込む父、ただ祈る母……皆、化け物に触れる側から燃え、吸われ、消えていった（その、存在を失うという現象《げんしょう》の感知《かんち》が、フレイムヘイズたる者としての素質《そしつ》だったことを、後でイーストエッジから聞かされた）。

やがて、船体のきしむ音が響《ひび》き、足元から冷たい海水が溢《あふ》れた。実際には自分の方が海中に落ちていたのだが、もちろんその時点で冷静に状況を把握《はあく》できるわけもない。数分で全身が麻《ま》痺《ひ》し、死んでしまう冷水の中で、なおも放り出された人々を喰い続ける化け物、水の中で燃えて消える人々の光を、見続けた。そのために、なぜか眼鏡《めがね》を押さえ続けていた。

ずっと上に、さらなる輝きを見せる海面があった。

しかし間に、人喰いの化け物が、立ちはだかっていた。

苦しんで、もがいて、上に向かおうとした。なのに、力が足りなかった。冷たい水をかく力がなかった。化け物を押しのける力がなかった。輝く海面に辿《たど》り着く力が、なかった。

（上に）

と望んだ。

（力を）

と望んだ。

（上に、向かう、力を）

と望んだ。

そのとき、

「……　……――　――求める？　飛べない誰かさん？」

全く不意に、

「求める？　飛ぶことを」

気だるそうな、女の声が響いた。

「求めるのなら、誓《ちか》いなさい」

不思議《ふしぎ》な声は、揺らいで燃える、ここではない、、、、、、どこかから響いていた。その広がりを感じながら、いつしか体は力尽き、水底へと沈み始めていた。意識は朦朧《もうろう》として、しかし眺《なが》めはどこまでも冴《さ》え渡って、頭上の海面を、立ちはだかる化け物を、見続けた。

どこからか響《ひび》く声に、問うていた。

(誓《ちか》うって、なにを?)

「私と、飛ぶ誓い」

なぜそんなものが見え、聞こえるのか。

「あんたの目の前にいる敵を、打ち破る誓い」

今、自分の目はたしかに、化け物と人の燃える光を、その向こうに輝く海面を、確かに見ている。自分の耳はたしかに、水圧に痛みを覚え、泡《あわ》の感触《かんしょく》を水の中に聴《き》いている。

「そして、戦い続けるという、誓い」

しかし同時に、揺らいで燃える、幻想《げんそう》的な世界も見え、声もはっきりと聞こえていた。

「望みのままに、飛べるようになる。敵を打ち破る、力を得る。そして……あらゆる人の記憶《きおく》から消え、絆《きずな》を全て失い、人ではなくなる」

(誓ったら、どうなる?)

(そん、な)

「飛びたいという願い、戦うという意思、それだけが、誓いに代わる」

気だるい声は、しかし有無《うむ》を言わせなかった。

父も母も目の前で火に変わって、化け物に吸い取られてしまった。新天地《しんてんち》で暮らすための全て、移民として故国《ここく》から持ち出した家財《かざい》も全て、船ごと沈んでしまった。今、自分に残されているものは、遠く輝く海面と、その間に立ちふさがる、巨大な化け物。

それだけだったのに、
それだけだったからこそ、

「選びなさい。誓うか。それとも……」

ドクン、と、胸が打破の予感に高鳴った。

「諦《あきら》めるか」

「――！」

ガボッ、と思うだけでなく、声として叫んだ拍子に、口の中へと冷たい海水が入り込んできた。観念的《かんねん》なものではない、残酷《ざんこく》な実感としての死が、咽喉《のど》に肺に入ってきた。

必死にもがいた。

もがいて、心で叫んだ。

「いやだ!!」

と。

「誓いは……成《な》された」

声が聞く間に近くなり、耳元で弾《はじ》けた。

途端《とたん》、今まで冷たい海中で死にかけていた体に、猛烈《もうれつ》な熱さが満たされた。のみならず、周囲の海水までをも沸騰《ふっとう》させ泡立《あわだ》たせていた。

気付けば、望んだ場所へと、輝く海面へと、向かっていた。

その向かう先に、もう一つのものが、立ちはだかっていた。

化け物。

「戦いなさい！　そのための力は、もう宿っている!!」

声が自分の中から響《ひび》いてくる。

「うわあああああああああああああああああ――!!」

湧《わ》き上がる熱が体の回りに渦巻《うずま》き、吹き出す力が上昇の感触《かんしょく》を与える。

バガン、
と硬く大きなものを砕いたような、妙《みょう》に乾いた音が海中で響き、

「わ、あ――」

気付けば、深い紺碧《こんぺき》を下に、広い蒼穹《そうきゅう》の中にいた。

手には、鞘《さや》に収まった短剣があった。それは、故国《ここく》で眼鏡《めがね》を得る際、父が断腸《だんちょう》の思いで売り渡した、フヴォイカ家重代《じゅうだい》の宝剣に、そっくりだった。

怪物《かいぶつ》の爆発が、遠い下方の海中で起こったが、それはもはや、『魑勢《ちせい》の牽《ひ》き手《て》』ユーリイ・フヴォイカにとって、過去の残滓《ざんし》でしかなかった。

あらゆる人の記憶《きおく》から自分が消えても、なんの意味もない。

絆《きずな》など、家族を喰われた時点で、とっくになくなっていた。

それらのことに、全てが終わってから、ようやく気付いた。

自分の契約について語り終えたユーリイは、歩きながら地面に眼《め》を落とす。

「でも、後悔《こうかい》もしてるんです」

「後悔？　契約したことに？」

「おいおい、そりゃやねーぜ」

言ったマージョリーとマルコシアスに、少年は慌《あわ》てて手を振って見せた。

「いっ、いえ、そういう意味じゃないです！　僕をあの地獄《じごく》から救い出してくれたウァラクには、本当に感謝しています！」

「あたりまえよ」

とウァラク。

「それに今、イーストエッジさんの所にいさせてもらえることにも……まあ、欧州《おうしゅう》行きを許してくれなかったのは正直、不満ですけど……普通に移民としてやってきたよりも、たぶんずっと、恵まれた暮らしを送れていると思ってますから。ただ――」

「ただ？」

怪訝《けげん》な顔をするマージョリーに、再び路面に眼を落としたユーリイは苦《にが》く、呟《つぶや》いた。

「あのとき、誰も助けられなかった」

（あっ）

「自分のことだけに精一杯《せいいっぱい》で……」

（なーるほど、な）

マージョリーとマルコシアス、二人で一人の『弔詞《ちょうし》の詠《よ》み手《て》』は、ようやく理解した。

少年が漂わせる、違和感《いわかん》の正体を。

「今度くらいは、誰かを助けたいんです」

彼は、世界のバランスを保つことを使命とするフレイムヘイズの身で、人間に執着《しゅうちゃく》しすぎていた。本来持つべき熱意の方向が、完全に狂っていた。倒すべき〝徒《ともがら》〟ではなく、人間の方を向いていた。緊急避難《きんきゅうひなん》的な契約によって己《おの》が身命《しんめい》を救われたがために、フレイムヘイズという存在に、なにか奇妙《きみょう》な幻想《げんそう》を……希望のようなものを仮託《かたく》してしまっていたのだった。

違和感の正体、狂いの指す方向とは、つまりは『善意』なのだった。

この、自分が生き抜くことにおいて、容易に危険へと取って代わるものを、彼は存在の根底として持ってしまっていた。復讐《ふくしゅう》者として生まれるはずのフレイムヘイズ。エゴによってようやく自身の悲境《ひきょう》を受け入れ、生き延びることに執着できるという異能《いのう》者。

ユーリイ・フヴォイカは、その例に倣《なら》っていないイレギュラーだったのである。

（こんな危険な子、戦いに使えるわけがない）

（向く向かねー以前の問題だったなあ、こりゃ）

相棒《あいぼう》に次いで、マージョリーは少年の短剣に声をかける。

「ウァラク」

「……分かってる。けど、どーしようもないでしょ？」

その気だるい声には、諦《あきら》めが匂《にお》っていた。

マージョリーも、少年の抱える病魔《びょうま》の抜き難《がた》さを思い、眉《まゆ》を顰《ひそ》める。

復讐や執念《しゅうねん》という、手段を正当化する、ゆえに生き延びる力となるもの。

利害や打算《ださん》という、冷徹《れいてつ》に割り切る、ゆえに生き残る確率を高めるもの。

それらをなにも持っていない少年は、その場の感情で、非論理《ひろんり》的に動く。生き延びたいと願う者、生き残ろうと望む者の行く手を、善意によって掻き回す、最悪の存在なのだった。

マージョリーにとっては当然の帰結《きけつ》としての、

「今すぐ帰りなさい」

しかしユーリイにとってはあまりに唐突《とうとつ》すぎる、冷たい言葉が放たれた。

「え、えっ!?」

「すぐ外界宿《アウトロー》に帰って、あと十年、まず人間として暮らしなさい。あんた程度じゃ、フレイムヘイズは務まらない」

「え、えっ!?」

自分の決意を示すつもりで語った契約の話、それが齎《もたら》した、期待とは正反対の結果に、ユーリイは狼狽《ろうばい》した。自分たちがうろついている目的で、せめてもの抵抗を試みる。

「でも、〝徒《ともがら》〟を探さないと」

「んなもん、出てきたら叩《たた》くだけのこった」

マルコシアスまでが無情に言う。

「そんな、無茶苦茶《むちゃくちゃ》ですよ、『弔詞《ちょうし》の詠《よ》み手《て》』さん！」

「無茶も何もない。ここまでうろついて、まだ〝徒《ともがら》〟の目的も分からないような未熟者《みじゅくもの》に付いて来られても迷惑《めいわく》なだけ」

「そんな」

「私たちは、分かった」

「えっ」

弱々しくなる抵抗に、マージョリーはとどめとして言ってやった。

「じゃあ、改めて訊《き》くわ。〝穿徹《せんてつ》の洞《ほら》〟についての情報は、出掛けに教えた通り」

「は、はい」

ユーリイは必死に思い出す。

（——「どうぞ、広き世界にても数々起《お》こしたる我が悦楽《えつらく》、『文明の加速』を、ご覧《らん》あれ！加速させる我が行いを、人間たちへの礼賛《らいさん》を、ご覧あれ!!」——）

どの言葉も抽象《ちゆうしよう》的過ぎて、込められているらしい意味など、微塵《みじん》も掴《つか》めない。

「ここそこ隠《かく》れてるくせに、どうして『ご覧あれ』なんて言ったのか。言った〝徒《ともがら》〟の性格と、今歩き回った結果から、私は奴《やつ》の目的を推測できた。あんたはどうなの？」

畳《たた》み掛けるようにマージョリーは言う。

「おめえのレベルはその程度ってこった。帰ってじっくり考えな。もうガキは寝る時間だ」

マルコシアスにも、取り付く島がない。

このマンハッタンを守るため、腕利《うでき》きのフレイムへイズと一緒に〝徒《ともがら》〟と戦うことを望んでいた少年は、最後の希望と、自分の腰に目をやった。が、

「たしかに、分からないのなら、参戦《さんせん》の資格はないわね」

「ウァラク!?」

なんだかんだで優しいはずの〝紅世《ぐぜ》の王〟までもが、同行を諦《あきら》めた。

頷《うなず》いて、『弔詞《ちようし》の詠《よ》み手《て》』は、少年ではなく短剣〝ゴベルラ〟に、別れを告げる。

「そういうこと。そろそろ見栄えのいい、いい夜が来るから、行くわ」

「ま、イーストエッジにゃあ、『悪い』って言っといてくれや、〝虺蜴《きえき》の帥《すい》〟！」

一人、会話から取り残され立ちすくむユーリイに、背が向けられる。

「待っ――」

遠ざかる姿の端《はし》を掴もうと駆け寄る少年の手を、マージョリーは遠慮《えんりよ》なく掴み、乱暴に放り

投げた。

「——わあっ！」

無様《ぶざま》に尻餅《しりもち》をついた少年に、背中越《ご》し、必殺の気合を込めた声が降りかかる。

「来るんじゃないわよ、絶対」

雑踏《ざっとう》の奥に彼女の姿が消えた後も、少年は立ち上がれなかった。

迷惑《めいわく》そうによけて歩く人々の間、刺すように光る街灯の下、行き交う自動車の騒音《そうおん》の中、座り込んだまま……フレイムヘイズの残影《ざんえい》を、ただ目だけで追っていた。

突然、目の前が、真っ白になった。

違う――銀色の光で、満たされた。

燃えている――『館《やかた》』が、炎《ほのお》に包まれていた。

階下、恐怖の絶叫《ぜっきょう》と逃げ惑《まど》う騒ぎが、分厚《ぶあつ》い絨毯《じゆうたん》と石作りの床越《ゆかご》しに伝わってきた。

ジェイムズの色金狂《いろがねぐる》いが、デイヴィットの糞野郎《くそやろう》が、慌《あわ》てふためいて立ち上がった。

伏せていた兵士が気取《けど》られた――娘たちが秘密を漏らした――テトスの親父《おやじ》が、父の旧友《きゆうゆう》が裏切った――最初から全てが罠《わな》だった――あらゆる可能性を並べ立て、すぐに否定した。

用心棒《ぼう》たちを求め女を押し退《の》ける太った爺《じじい》、目の前で護衛《ごえい》に飛びつく軟弱《なんじゃく》な男、叫ぶだけの女たち、戸惑《とまど》いを見せる用心棒、護衛、男ども、誰も、なにも、分かっていない。

が、なにが起こったのかは、どうでもよかった。目に明らかな異常《いじよう》事態も、例え天が砕け地が消えても、知ったことではなかった。

こいつら、こいつら、こいつら、こいつら、こいつらを自分の手で消す。自分の全てを、今ここに遂《と》げねばならない。

それだけしか、頭になかった。

ドレスの内に隠《かく》していたナイフを摑《つか》み、助けを求める振りをして糞野郎に――

グン、

と、床が大きく撓《たわ》むのを感じた、また沈み込んだかと思った、

途端《とたん》、全てが弾《はじ》けた。

屋根が巻き上げられ、壁が砕け、窓が破れ、床が抜けた。カーテンが絨毯《じゅうたん》が椅子《いす》がテーブルが食器が酒が食べ物が吹き飛び、燃えた。梁《はり》が落ち、煉瓦《れんが》が散り、炎《ほのお》が舞い、黒煙が満ち、

自身は、転がっていた。

血と煤《すす》に塗《まみ》れて、痛みで動けず、手にナイフはなかった。

そんな、無様《ぶざま》に転がる、転がることしかできない自分の前に、

銀色に燃える狂気の姿が、聳《そび》え立っていた。

覆《おお》い被《かぶ》さってくるように、太い手足を大きく広げる、歪《ゆが》んだ西洋鎧《よろい》。その汚れた板金《ばんきん》の隙間《すきま》からザワザワと這《は》い出そうとしている、虫の脚《あし》のような物。鬣《たてがみ》のように炎を噴《ふ》きあげる兜《かぶと》。まびさしの下にある、目、目、目、目……

（なに、よ、これ……）

わけが、分からない。

理解不能《ふのう》な状況の中、想像を絶する相手は、腕を振り上げた。軋《きし》む板金の中に蠢《うごめ》く虫の足、その隙間から銀色の炎が噴き出し、瓦礫《がれき》の間から、目当てのものを引きずり出す。

苦痛《くつう》以上に、恐怖の悲鳴を上げる、同僚《どうりょう》の娘たち。

宙吊《ちゅうづ》りのまま喚《わめ》き、怯《おび》えて暴れる、『館《やかた》』の用心棒《ぼう》や男ども。

同じく暴れる兵士たちに芸人衆《げいにんしゅう》、流血し意識を失っているテトス親父《おやじ》。

そして、護衛《ごえい》もろとも磔《はりつけ》のように持ち上げられる、ジェイムズとデイヴィット。

(こい、つ)

銀色に燃える化け物は、覆い被さる姿勢のまま、無数の目を全て、自分に向けている。

(私を、見ている)

やがて化け物は、宙にある者らを喰らい始めた。まるで果実をもいでは頬張《ほおば》るように。娘たちから、順番に、一人ずつ……一人ずつ……一人ずつ……一人ずつ……

(違、う)

なぜか皆、一人喰われる毎《ごと》に、同じ反応を示した。まるで、自分が初めて喰われるかのように。それまでに喰われた者たちを忘れてしまったかのように。一人が傍《かたわ》らで喰われていくという極限の恐怖が過ぎると、また次の者が、喰われるという未知の恐怖に叫ぶ。

(わらってる)

こんなことになっても、起き上がれない、指《ゆび》一本動かせない、ナイフもない。

ただ、床に転がっていることしか、化け物の為《な》す様《さま》を見続けることしか、できない。

(私を、わらっている)

今ここにある全てを、壊して、殺して、奪って、嘲笑《あざわら》う――

自分の合図で始まる、自分の手で変える、自分の意思が世界を拓《ひら》く――

あるいは今の光景こそ、自分が遂《と》げ、果たすべきものだったはずなのに、それを――

(あざ、わらって、いる)

ジェイムズの色金狂《いろがねぐる》いとデイヴィットの糞野郎《くそやろう》が、炎《ほのお》の中で引き裂かれ、鮮血《せんけつ》を撒《ま》き散らすのを見ても、血を啜《すす》られるように喰われてゆくのを見ても、動けなかった。自分のものを、自分の全てを、本当になにもかも、奪われた瞬間だったというのに――動けなかった。

ただ、銀色の怪物《かいぶつ》は、笑っている。

(嘲笑っている)

だから、瀕死《ひんし》の体に残された全てで、叫ぶ。

悪夢《あくむ》を破るために、全身全霊《ぜんしんぜんれい》を奮《ふる》い起こして、叫ぶ。

叫ぶ。

3　生きる道

当時のニューヨークは、一九一六年に制定されたゾーニング法によって、聳《そび》え立つビルディングに、とある様式《ようしき》が加えられるようになっている。

一定の高さより上層の階は、街路への採光のため、敷地線《しきちせん》から角度をつけて後退させることを義務付《づ》けられた結果たる様式……いわゆるセットバックである。簡単に言うと、この時期の高層ビルは、先端《せんたん》に行くに従って細くなる尖塔型《せんとうがた》（さらに簡単に言えばエンピツ型）にするよう定められていたのだった。

世界的に有名なものとして、車のホイールをデザイン化した華美《かび》極まるクライスラー・ビル、ゴシック様式を存分《ぞんぶん》に取り込んだウールワース・ビル、電波をモチーフにした複雑な頂部を持つRCAヴィクター・ビル、アール・デコの巨大なモニュメントたるロックフェラー・センター（着工中《ちゃっこう》）等がある。

これら絢爛《けんらん》な摩天楼群《まてんろうぐん》を取り揃《そろ》えたニューヨークという都市は、まさしく文明の象徴《しょうちょう》、二十世紀における近代建築《けんちく》の万国博《ばんこくはく》、という趣《おもむき》さえあった。

このビルも、その一つ。

夜なお、というより、夜であればなおのこと増える来客に賑《にぎ》わうエントランスホール。

ビルを象《かたど》る大きな銅版《どうばん》レリーフの下、総合受付に、不思議《ふしぎ》な来訪者があった。

「こんばんは、お嬢《じょう》さん」

係員の女性が顔を上げると、目深《まぶか》に被《かぶ》ったソフト帽《ぼう》に真新しいトレンチコートという、小洒《こじ》落《やれ》た出で立ちの男が、忽然《こつぜん》と立っている。

「……」

女性は、常の接客を一瞬忘《わす》れ、ポカンとなった。職業柄《がら》、人の気配に敏感《びんかん》なはずの自分が、寸前《すんぜん》に立たれるまで、全く気付けなかったからである。紛《まぎ》れて近付けるような人混《ひとご》みは、どこにも見えなかった。逆に、なぜかこの男の周りだけ、妙《みょう》に人との距離がある。

「……あ、ようこそ、いらっしゃい、ませ」

ようやく、それだけをたどたどしく答えた。

不思議な男は、洗練《せんれん》された挙措《きょそ》で帽子《ぼうし》をヒョイと持ち上げて一言、

「いやまったく、素晴らしいビルです」

と賞賛《しょうさん》する。

観光に訪れるおのぼりさんから、それに類する言葉を何万回と受けた彼女が、言葉に詰まった。先からの奇妙《きみよう》な感覚だけが、理由ではない。

「写真では幾度《いくど》も拝見《はいけん》しましたが……いざ実見するとまた、別の感嘆《かんたん》を抱かされますな。これだけの構造物を、僅《わず》か四〇五日という短い工期で建造《けんぞう》してしまうとは。まさに古《いにしえ》のバベル、バビロンにも並ぶ偉業《いぎよう》です」

熱っぽく語る、どうやら壮齢《そうれい》らしき男の顔が、まるで靄《もや》か蒸気でもかかっているかのようにぼやけ、ハッキリと見ることができなかったからである。目の前にいるというのに。

自分の頭の中までがぼやけてしまったかのように、あやふやな声で、受付の女性は返す。

「お、恐れ入り、ます」

男は気配だけで笑い、両掌《てのひら》を受付のカウンターに突いた。なぜか、ガチャン、と金属のぶつかる音がする。

「このビルは、人間という生き物の底知れないパワー、建築という文明の壮大な営み、双方《そうほう》の確かな証《あかし》として、永劫《えいごう》、記録に留められるでしょう――」

いつしか男は、朗々《ろうろう》と大声を上げていた。

「――そして、新たな人間のパワーが次のビルを生み出し、営みは限りなく大きく、底なしに深く、果てもなく広がってゆくでしょう!!」

唐突《とうとつ》に繰り広げられた演説に、係員の女性だけでなく、ホールにあった人々が皆、驚きと奇《き》異《い》の視線を向け、また僅《わず》かな感嘆《かんたん》の声を混ぜる。

それら観衆のあることを大いに自覚した風《ふう》に、男はクルリと半《はん》回転し、ソフト帽《ぼう》を取り、腰を折って一礼した。低い姿勢のまま、ゆっくりと受付を離れ、ホールの中央に向かう。

物好きな数名が、演説の熱意に比して寂しい拍手をパチパチと贈った。

男は帽子《ぼうし》を被《かぶ》り直すと、背を伸び上がらせ、両手を大きく広げる。

「人間たちよ――」

と、
男の周りに、明るいのか暗いのか分からない光が漏れていた。

すぐ蒸気になって消えてゆくその光は、火《ひ》の粉《こ》であるらしい。

「――私は、祝福します」

ボッ、と今度は明らかな発火音が、した。

突如《とつじょ》、男を中心とした輪を作るように、鉛色《なまりいろ》の炎《ほのお》が、暗く昏《くら》く閃《ひらめ》き走り、鈍く緩く広がりたゆたい、熱く厚く燃え上がった。

「見せなさい。この灰燼《かいじん》の跡に、この喪失《そうしつ》の先に、新たに塗り替える、世界を‼」

ホールに在る誰《だれ》一人、眼前で起きている事象《じしょう》を理解できない。不思議《ふしぎ》な男――〝穿徹《せんてつ》の洞《ほら》〟アナベルグが、蒸気の内から丸型メーターの顔を、火掻《ひか》き棒の手を、既に現していることにすら、気付けない。

騒ぐことも忘れ、展望台への観光客、オフィス勤めのビジネスマン、幾人《いくにん》も詰めていた警備《けいび》員、最初に接客した受付嬢《じょう》、皆してその場で呆然《ぼうぜん》と、男の周りで踊る炎《ほのお》を見つめている。
「さあ、我が『文明の加速』に殉《じゅん》じなさい……エンパイア・ステート・ビル‼」
アナベルグの叫びに応じて、炎が溢《あふ》れ出そうとした、
そのとき、
人間でない一人が、理解し、気付き——呟《つぶや》いた。
「封絶《ふうぜつ》」

道端《みちばた》、空《あ》き家の玄関口《げんかんぐち》に座り込んでいた『魑勢《ちせい》の牽《ひ》き手《て》』ユーリイ・フヴォイカが、自在法《じざいほう》発現の気配を察して、顔を上げる。

「……始まった」

「みたい、ね」

腰にある短剣型の神器《じんぎ》〝ゴベルラ〟から、〝虺蜴《きえき》の帥《すい》〟ウァラクが短く答えた。

遠くミッドタウンに張られた、特大の封絶《ふうぜつ》が見える。

その中で、どんな戦いが起こっているのか、ここからでは分からない。

ただ、戦いが始まったこと、それだけしか分からない。

「ユーリイ」

ウアラクが、ゆるりと口を開いた。

遠い封絶《ふうぜつ》を、なにかを請《こ》うように見上げながら、少年は答える。

「なに？」

「なんで、バカ正直に答えたのよ」

「……さっきの、こと？」

少年の脳裏《のうり》に、尊敬《そんけい》するフレイムヘイズへと示した決意の声が蘇《よみがえ》る。

（――「あのとき、誰も助けられなかった」――）

実のところ、それらの言葉は、初めて口にしたわけではなかった。

（――「今度くらいは、誰かを助けたいんです」――）

彼は一年前、この大陸に流れ着いて初めて出会ったフレイムヘイズ……『星河《せいが》の喚《よ》び手《て》』イーストエッジに、全く同じ言葉を向けていたのだった。

（――「おまえの思いは、誰にも求められない。おまえの望みは、危険すぎる」――）

それが、少年の真摯《しんし》な決意に対する、偉大《いだい》な討《う》ち手からの答えだった。

「フレイムヘイズから、同じ答えを……拒絶をもらうことは、分かってたはずよ」

ウアラクの言うとおりだった。

「なのに、どうして？」

「分かってたよ……うん、分かってた」

ユーリイは頷《うなず》いて、また見上げる。フレイムヘイズの戦場を。

「けど」

ポツリと、口にする。

「僕には、それが間違ってることだとは、どうしても思えないんだ」


ホテルのロビーからさらに外、数個先《さき》の区画《スクエア》まで広がる巨大な封絶《ふうぜつ》が、世界最高峰《ほう》の高層《こうそう》建築物、エンパイア・ステート・ビルを丸ごと飲み込んでいた。地面に大きく紋章《もんしょう》を描く火線《かせん》は、陽炎《かげろう》のドームに時折《ときおり》よぎる炎《ほのお》は、再び見《まみ》える群青色《ぐんじょういろ》。

「やれやれ、なんと無粋《ぶすい》な停滞を」

アナベルグは全てが静止する中で呟《つぶや》き、自身の周囲から溢《あふ》れ出しつつあった炎の渦《うず》を、幻《まぼろし》のように消した。封絶《ふうぜつ》が張ってあっては、何の意味もない。改めて『文明の加速』を行うには、封絶《ふうぜつ》を張る者を倒すしかなかった。

そこに、声がかかる。

「封絶《ふうぜつ》も張らずに大暴れ？」

「ナリに似合《にあ》わず、ギョーギが悪いじゃねーか」

声の源へと、アナベルグは答えを返す。

「ふふ、趣味は人それぞれ、というやつですよ。我々〝徒《ともがら》〟であれば、なおのこと……」

ガラスと銀色のフレームに群青を映す、豪勢《ごうせい》な玄関口《げんかんぐち》に、女が仁王立《におうだ》ちしていた。

「進歩の舞台にようこそ、おいで下さいました。〝蹂躙《じゅうりん》の爪牙《そうが》〟マルコシアス殿、『弔詞《ちょうし》の詠《よ》み手《て》』マージョリー・ドー殿」

呼ばれて、マージョリーは笑いかける。愛想《あいそ》笑いではない。心の底からの、獲物《えもの》に再会できた猛獣《もうじゅう》の喜悦《きえつ》たる笑いである。止まった周囲を見渡し、

「舞台、って割には寂しいわね。一人？」

「な、わけねーわな」

逆に真剣な声のマルコシアスが、唸《うな》るように続ける。

『弔詞《ちょうし》の詠《よ》み手《て》』たる二人は、先から奇妙《きみょう》な感覚の中にあった。

この付近、何処《いずこ》かに潜《ひそ》んでいるだろう、護衛《ごえい》の〝千変《せんぺん》〟シュドナイと、眼前にあるアナベルグの気配が、混じり合って捉《とら》えきれないのである。最初にアナベルグと戦ったときは、自分たちが気配遮断《しゃだん》の自在法《じざいほう》を使っていたため、その気配を細かに感じることができなかったのだとばかり思っていた。

（それが、間違ってたってこと？）

（チッ、意外《いがい》に面倒《めんどう》な野郎《やろう》だな）

二人して、土壇場《どたんば》での計算違《ちが》いに戸惑《とまど》う。もっとも、

（まあ、違ってたとしても）

（やることにゃ変わりはねえ！）

戸惑いはしても、恐れはしない。躊躇《ためら》いもない。

「こんな寂しい舞台で空演説《からえんぜつ》ぶつより、私の招待を受けてくれない？」

「っ夜空で楽しく踊ろうぜ、ッヒヤーッハーッ!!」

二人して笑い、跳びあがる間に、その全身が燃え上がった。

「おおっ！」

驚くアナベルグに向かって、弾丸《だんがん》のように飛んでくるそれは、群青色《ぐんじょういろ》の炎《ほのお》によって形作られた寸胴《ずんどう》の獣《けもの》――『弔詞《ちょうし》の詠《よ》み手《て》』の纏《まと》う炎の衣〝トーガ〟だった。

慌《あわ》てて足元から蒸気を噴射《ふんしゃ》し、横っ飛びに逃げるアナベルグを無視するように、炎の獣となったマージョリーらはロビーの壁面、エンパイア・ステート・ビルのレリーフへと、正面からぶつかった。

と、
ぶつかった炎の衣が砕け、幾百《いくひゃく》もの欠片《かけら》となって飛び散った。その破片が、周囲の床に壁に天井に、人に観葉《かんよう》植物に絨毯《じゅうたん》に燃え移り、体積を増して渦巻《うずま》いてゆく。

「むうっ!?」

アナベルグがよけた先、よけた後を追う間に、いつしか炎はエントランスホール全体に燃え移り――翻然《ほんぜん》、炎の濁流《だくりゅう》と化して押し寄せた。

残された退路は、唯《ただ》一つ。

ボン、と再び蒸気を袖口《そでぐち》から噴《ふ》いて、アナベルグはその退路、ビルの玄関口《げんかんぐち》に向かって飛んだ。一旦《いったん》、外の石畳《いしだたみ》を踏んで、さらに足元から蒸気を噴射、上空へと逃れる。

間一髪《かんいっぱつ》、その後をロビーから溢《あふ》れた群青色の炎の雪崩《なだれ》が襲《おそ》い、通り過ぎた。

「ふう。フレイムヘイズは人間の抜け殻《がら》、と言いましたが……訂正しなければならないようですね。その抜け殻に、危険と殺意を詰め込んである。価値《かち》がない以上の、害毒《がいどく》でしかない」

率直《そっちょく》な賛辞《さんじ》とともに、メーターの顔を持つ〝徒《ともがら》〟はエンパイア・ステート・ビルの直線的過ぎる壁面へと、真横に着地した。

眼下に溢れた炎は、やがて渦を巻いて凝縮《ぎょうしゅく》し、再び炎の獣の形となる。

その立てた枕《まくら》のような、しかし凶暴《きょうぼう》な牙《きば》を剝《む》き出して唸《うな》るトーガに向けて、アナベルグはガッチャンガッチャンと、火搔《ひか》き棒のような手で拍手する。

「さすがは世に知られた自在師《じざいし》、多彩《たさい》高度な力ですな。私など、ほとんど一つの特性のみしか扱えま――」

せん、とまでは言わせてもらえなかった。

トーガの獣が、熊《くま》よりも長く太い両腕を大きく振り上げ、その先から幾《いく》十もの炎弾《えんだん》を、まるで先の世界大戦で登場した機関銃《きかんじゆう》のように、釣瓶《つるべ》撃ちに放ってきていた。

アナベルグが壁面を垂直に走って逃げる、その後に炎弾《えんだん》は次々と着弾《ちやくだん》して、コンクリートとガラスの大雨を降らす。

その、人間に当たれば即死《そくし》さえする破片と瓦礫《がれき》からなる大嵐《おおあらし》の中を、トーガの獣《けもの》は全く意に介《かい》せず高速で上昇、討滅《とうめつ》すべき敵の後を追う。

「私の特性は、見ての通りの、っと！」

蒸気を噴《ふ》いてアナベルグの避けた後を、手品のように伸びた腕が掠《かす》める。

「全てをぼやかす蒸気、ってして！」

転がるように、弱い力しか持たない〝徒《ともがら》〟は壁面を駆け上がってゆく。

「幸いなことに、この蒸気は広がり薄まっても、ある程度の広範囲《こうはんい》に効果を及ぼすのです。そして、ぼやかす対象は、ご存知《ぞんじ》のはず――」

これを猛然《もうぜん》と追うトーガの獣は、炎弾を放つ傍《かたわ》ら、大きく息を吸い、腹を膨《ふく》らませた。火炎《かえん》放射の予備《よび》動作である。

「――気配、です！」

言ってアナベルグの避けた向こう、既に迫っていたエンパイア・ステート・ビルの頂部が見えた。針のような尖塔《せんとう》、その先端《せんたん》にある飛行船を繋留《けいりゆう》するためのマスト（名ばかりのもので、実際に繋留しようとして大失敗《だい》している）が、陽炎《かげろう》のドームを刺すように伸びている。

（これが、この弱っちい〝徒《ともがら》〟の）

それを何気なく見たトーガの中のマージョリーは、

（手品のタネか!!）

マストの頂《いただき》に、アナベルグと混じり合った気配を感じていながら、今まで位置を特定できなかった〝千変《せんぺん》〟シュドナイが立っているのを――無造作《むぞうさ》に飛び降りてくるのを――体の輪郭《りんかく》が膨れ上がるのを――虎《とら》とも獅子《しし》ともつかない有翼有角《ゆうよくゆうかく》の化け物となるのを――その鉤爪《かぎづめ》が眼前に迫ってくるのを――見た。

「美貌《びぼう》は、隠《かく》すものではないだろう!?」

平然と言って、怪物《かいぶつ》に変じたシュドナイはトーガの獣を引き裂いた。


ユーリイは、道端《みちばた》に立って、封絶《ふうぜつ》を遠く見つめていた。

「間違ってない、ねえ」

「うん。例え他の人たちがどうであっても、それが僕にとっての、『フレイムヘイズとして此《こ》処《こ》に在る理由』だと思えるんだ」

ウアラクに答える顔には、強い決意の色があった。

「皆の留守《るす》を狙って、このニューヨークに〝徒《ともがら》〟が来たんだ」

「そりゃ、来るでしょうね」

腰で、短剣の鯉口《こいぐち》が、ガチンと鳴る。

その動作の重さを感じて、ユーリイは呟《つぶや》く。

「イーストエッジさんは、動けない」

「そういう、立場だもの」

また、ガチンと鳴る。

また、返して呟く。

「今、『弔詞《ちょうし》の詠《よ》み手《て》』さんが戦ってる」

「それが、彼女の使命よ」

さらに、ガチンと鳴る。

今度は、即答《そくとう》しない。

「……」

言われたことを考えて、
自分のことを考えて、
そして、それでも、はっきりと言う。

「い、い、い、い、い、い、
助けられるのは僕だけなんだ」

「……危険視《し》されたことを、そのまんま言うなんて、いい度胸《どきょう》してるわねえ」

フレイムヘイズ本来の使命とユーリイの目指すものとの間には、明らかな齟齬《そご》と乖離《かいり》があった。異能《いのう》の討ち手たちは、正義の味方ではない。世界のバランスを保つため〝紅世《ぐぜ》の徒《ともがら》〟を討《とう》滅《めつ》する、それだけを唯一《ゆいいつ》の目的とする存在である。人助けは結果であり、目的ではない。

（なんだけど、ねえ……）

ウァラクは、短剣の身を小さくカチヤカチヤと震わせた。笑っている。

「ホント、変な子と契約しちゃったもんだわ」

「ごめん、ウァラク」

素直に頭を下げる少年には、常のフレイムヘイズのような貫禄《かんろく》は欠片《かけら》もない。しかし、また慌《あわ》ててかけ直す眼鏡《めがね》の奥、おっとりした双眸《そうぼう》には、決意の力が満ちている。もう、譲《ゆず》る気はないらしかった。

「ごめん、で済むわけないでしょ、このスカタン」

いつものように気だるそうに言い、

「でも、ま」

やはり気だるい声を、継ぎ足す。

「復讐鬼《ふくしゅうき》の行く先ってのは正直、見飽《みあ》きちゃってんのよね」

「えっ？」

「たまには、別のケ、、、、ースを見届けるのも、悪くはないかも」

「いいのかい、ウァラク⁉」

少年の顔が、喜びに輝いた。

その無邪気《むじゃき》さに釘《くぎ》を刺すように、ウァラクは言う。

「最後に一つだけ、確認させて。イーストエッジは、あんたの心構えや他人にかける迷惑《めいわく》だけを、心配してたわけじゃない、ってことは？」

もちろん、ユーリイには分かっていた。

「……」

あの無表情な、怒るときも諭《さと》すときも、笑うときでさえ表情をほとんど変えない、偉大《いだい》な討ち手が、自分を戦いに出さなかった理由の、使命《しめい》以外の部分での、大きな一つ――命の心配。

それは他でもない、彼の慈《いつく》しみ。それを思ってなお、決意は揺るがない。

「……戦うんだ、分かってるよ」

「なら、いいわ」

ウァラクも軽く流し、戦いにおける注意を始める。

「で、助けに入るのは結構《けっこう》だけど、封絶《ふうぜつ》内部の状況が分からなきゃ、かえって足を――」

「大丈夫」

少年は、今度は一人の、異能《いのう》の討ち手として笑った。

「たった今、支配しておいた蜥蜴《とかげ》を三匹ほど、中に潜《もぐ》らせて監視《かんし》し始めたところだよ。まだ自《じ》在《ざい》に数千数万を操《あやつ》る『隷群《れいぐん》』には程遠《ほどとお》いけど、これくらいなら、なんとか」

相棒《あいぼう》に披瀝《ひれき》して見せたそれは、『魑勢《ちせい》の牽《ひ》き手《て》』の持つ力、周囲に在る小動物を使い魔《ま》として操る『隷群《れいぐん》』の一端《いったん》だった。

「あっ、あんた、さっきからじっとしてたのは……！」

してやられたことに気付き絶句《ぜっく》する〝虺蜴《きえき》の帥《すい》〟ウァラクに、フレイムヘイズ『魑勢《ちせい》の牽《ひ》き手《て》』ユーリイ・フヴォイカは言う。

「あのときみたいに、飛ぶよ」

静かに、宣言する。

「そして、今度こそ助ける」

鉤爪《かぎづめ》によって引き裂かれたトーガの獣《けもの》が、その傷口《きずぐち》に沿ってパックリと分かれた。

「!?」

虎《とら》とも獅子《しし》ともつかない様相《ようそう》を驚きに歪《ゆが》めるシュドナイ、その周囲に、分かれた数だけのトーガが出現していた。それらは摩天楼《まてんろう》の風に揺られ、またすれ違う間に数を増す。

いつしか、空に留まるシュドナイと、ビルの壁面に立つアナベルグを、無数のトーガの獣たちが取り囲んでいた。

「パンチとジュディのパイ取り合戦《がっせん》！」

トーガ全体から、マージョリーの歌声が響《ひび》き渡る。

「パンチはジュディの目に一発！」

さらに続けて、マルコシアスの歌声が風に混じる。

アナベルグはメーターの首でクルクルと、異常な光景を見回した。

「これは!?」

「……『鏖殺《おうさつ》の即興詩《そっきょうし》』か！」

シュドナイが叫び、蝙蝠《こうもり》の翼《つばさ》を一打《ひとう》ち、依頼主の元へと急行する。

フレイムヘイズ『弔詞《ちょうし》の詠《よ》み手《て》』による、自在法《じざいほう》発現の予備《よび》動作、『鏖殺《おうさつ》の即興詩《そっきょうし》』。

本来ならば、式の構築《こうちく》や力の配分等《など》、繊細《せんさい》複雑な作業を必要とする大掛かりな自在法を、即興の歌を口ずさむだけで発現させるという、恐るべき技能、殺し屋たるの所以《ゆえん》だった。

そのマージョリーの声と、

「パンチが曰《いわ》く、もひとついかが!?」

最後にマルコシアスの声で、

「ジュディが曰く、もうケッコー!!」

空にあったトーガの獣《けもの》が一斉《いっせい》に弾《はじ》けた。猛烈《もうれつ》な炎《ほのお》が爆圧《ばくあつ》を伴い空を迸《ほとばし》り、ビルの上層階《かい》が撓《たわ》んで砕け、先端《せんたん》のマストと尖塔《せんとう》が粉々《こなごな》に吹き飛ぶ。

ガラスを溶解《ようかい》させるほどの壮絶《そうぜつ》な熱量が残したものは、濛々《もうもう》と上がる白煙《はくえん》と、頂部《ちょうぶ》に見るも無残《むざん》な半壊《はんかい》の様《さま》を現すエンパイア・ステート・ビル。

そして、砕けたビルの壁面に埋まる、奇妙《きみょう》な物体。

宙に一つだけ残されていたトーガの獣の中で、

「ん……？」

「は、はあ」

マージョリーが怪訝《けげん》に眺《なが》め、マルコシアスが理解したそれは、まるで二匹の亀《かめ》を腹でくっつけたかのような、人を丸々《まるまる》二人入れられるほどの大きさの、球体状《じょう》の甲羅《こうら》だった。シュドナイの防御《ぼうぎょ》体勢らしい。

「さすがは〝千変《せんぺん》〟、なんでもありね」

「丸焼きが嫌で壺《つぼ》焼きになった、ってか、ヒャーハハハッ！」

と、その甲羅の中から、くぐもった返事が。

「いやはや、本当にお見事です。『弔詞《ちょうし》の詠《よ》み手《て》』マージョリー・ドー」

アナベルグの声だった。

「しかし、どうせなら封絶《ふうぜつ》を張らずに壊して頂きたいものですな。せっかくの破壊力が、もっ、い、いたいないではありませんか」

「……あんた、やっぱり、このビルを」

「封絶《ふうぜつ》もなしに、ブチッ壊すつもりだったってのか」

マージョリーとマルコシアスは剣呑《けんのん》な声で、確認する。

甲羅《こうら》の中からの声は、聴衆に漲《みなぎ》る怒気《どき》を知ってか知らずか、

「もちろん、すでにお聞かせした通り――これぞ『文明の加速』！」

悦《よろこ》びに高まり、大きく反響《はんきょう》した。

「素晴らしいとはお思いになりませんか、この聳《そび》え立つ摩天楼《まてんろう》！　人間の力、世界の在り様《よう》すら変える文明の力を！　この、無いものを目指し、失って補う、という形で育《はぐく》まれてきた偉大《いだい》な力の先を、もっと見たい、自分の力で引き寄せたい、とは思われませんか？」

ようやく『弔詞《ちょうし》の詠《よ》み手《て》』たる二人は、この怪人《かいじん》の目的――否、手段への確信を得た。得て、憤激《ふんげき》を覚える。

「だから、私は与えるのです……炎《ほのお》による喪失《そうしつ》を、次なる変化に向かう人間たちへの祝福として。そうすれば、焼け跡から、今を超える力が芽吹《めぶ》く。世界の在り様を変える文明の力が、私の手で、私の力で、私の炎で――変わる！　なんという悦楽《えつらく》、なんという快美感《かいびかん》!!」

興奮《こうふん》も絶頂《ぜっちょう》な声に、トーガの獣《けもの》は並ぶ牙《きば》をジャリン、と鳴らした。中からマージョリーが、

不愉快《ふゆかい》さを音にしたような声で、眼前で閉じ籠《こも》る人間の敵に向かって言う。

「ふん、大した理論武装《ぶそう》の放火魔《ほうかま》ね」

「言葉だきゃあ、大仰《おおぎょう》だがな。こりゃ傑作《けっさく》だ、ハハ、ヒーッヒッヒッヒ!!」

同じく、言葉だけで笑うマルコシアスに、落胆《らくたん》の溜息《ためいき》が漏れる。

「ふう、む……やはり、人間であることを捨てた、広がりを持ち得ない抜《ぬ》け殻《がら》には、この偉業《いぎょう》の価値《かち》は理解できませんか」

トーガの獣は答えるついでに、口を開けた。

「こっちは抜け殻、そっちは消し炭、どっちが酷《ひど》いのかしらね」

メラメラと揺れ動く群青色《ぐんじょういろ》の炎が、中から覗《のぞ》く。

「ほいじゃま、そろそろ、壺《つぼ》ごと程《ほど》よくとろかして――」

「上!!」

「!?」

マージョリーは、突然届《とど》いた、聞き覚えのある少年の声から、声に込められた危機感から、反射的に宙にある身を逸《そ》らした。

「――っ」

ゴシャッ、と硬いもの柔らかいものが引き裂かれる音が、その耳元を掠《かす》める。

「――つぐ、あ!?」

真上から来たなにかが、凄《すさ》まじい勢いで脇を突き抜けていった。

群青《ぐんじよう》の炎《ほのお》で編まれた頑健《がんけん》な鎧《よろい》たるトーガを容易《たやす》く半壊《はんかい》させ、中にあったマージョリーの本体、右肩から脇腹《わきばら》を抉《えぐ》り引き裂いたそれは、下方で翼《つばさ》を開き、滞空《たいくう》する。

「マージョリー!?　くそっ!」

マルコシアスが驚き見やったそれは、紛《まご》うことなき〝千変《せんぺん》〟シュドナイ。先の虎《とら》とも獅子《しし》ともつかない異形《いぎよう》の、脳天《のうてん》から背中までに、まるで衝角《しようかく》の如《ごと》き巨大な一本角《つの》を生《は》やしている。

そのシュドナイは、やや不快げに目線《めせん》を下方にやり、

「要《い》らぬ邪魔《じやま》を——ッゴアア!」

一発、炎弾《えんだん》を口から吐き出した。

ビルの壁面にへばりついていた蜥蜴《とかげ》、遠くにある少年フレイムヘイズの声を伝え、マージョリーの命を救った使い魔《ま》、『隷群《れいぐん》』の一匹が、瞬時《しゆんじ》に爆砕《ばくさい》される。

「惜しかったですな」

中からの声を合図に、球形の甲羅《こうら》が濁《にご》った紫《むらさき》の火《ひ》の粉《こ》となって散った。その後には、ソフト帽《ぼう》にコートの怪人《かいじん》、アナベルグ一人だけが残される。

(しま、った……)

(体を切り離してやがったのか!)

『弔詞《ちようし》の詠《よ》み手《て》』は、自分たちがまんまと敵の策にはまっていたことを知る。

シュドナイは、アナベルグの蒸気によって起きる気配の混淆《こんこう》に乗じて、自身の一部だけを依

頼者の守りに残し、本体を遠く上空に逃がしていたのである。そうして、眼前に彼が在ると誤《ご》認《にん》させたマージョリーを、猛烈《もうれつ》な速度による完全な不意《ふい》打ちで一撃必殺《いちげきひっさつ》する、はずだった。

妙《みょう》な蜥蜴《とかげ》の介入《かいにゅう》さえなければ。

その不愉快《ふゆかい》さを獣面《じゅうめん》の内に隠《かく》して、シュドナイは依頼人に答える。

「なに、構わんさ。予定が少々、ずれ込んだだけだ」

答えて、虎《とら》の顔を嘲笑《ちょうしょう》で歪《ゆが》めた。

肩から脇腹《わきばら》を一線《いっせん》引き裂く深手《ふかで》を受け、血みどろになったマージョリーは、宙に浮かぶ〝グリモア〟の上で片膝《かたひざ》を着くという……もはや敵ではない、獲物《えもの》としての姿を、〝徒《ともがら》〟たちの目に晒《さら》していた。

エンパイア・ステート・ビルを中心とした封絶《ふうぜつ》の、すぐ外側。

五番街とブロードウェイの交差路に建つ、鋭角な三角型のフラット・ライアン・ビル屋上に、ユーリイは立っていた。望んで、しかし望んでいなかった今の状況で、

(僕が助けないと、『弔詞《ちょうし》の詠《よ》み手《て》』さんは死んでしまう)

自分を必死に焚《た》き付ける傍《かたわ》ら、右手で動悸《どうき》激しい胸を押さえる。

「さっきの、伝声《でんせい》で警戒《けいかい》されたろうから……もう『隷群《れいぐん》』は近づけないだろうね」

左手では、腰に差した短剣型の神器《じんぎ》〝ゴベルラ〟の柄《つか》を、摑《つか》んでいる。

「そーね。でも、それは同時に、狙いどころでもあるわ。あれで終わり、って油断《ゆだん》してくれれば、今からの本命を、まともに食らってくれる」

そこから響《ひび》くのは、今までとは打って変わって真剣な、ウアラクの声。

「改めて、おさらいよ。私たちの『隷群《れいぐん》』、本来の特性は、数多くの使い魔《ま》を力の奔流《ほんりゅう》に変えて、これを自在《じざい》に操作すること。でも、あんたにはまだ、それだけの技量はない」

「うん」

ユーリイは率直《そっちょく》に自分の実力を認め、頷《うなず》く。

「だから大して技量の必要ない、乱暴な突撃《とつげき》だけを行う」

「うん」

また頷いて、徐《おもむろ》に〝ゴベルラ〟を抜く。

「乱暴だけど、あんたの全力を注《そそ》ぎ込む、強烈《きょうれつ》な一撃よ。遠慮《えんりょ》なく、食らわせてやんなさい」

「うん」

さらに頷いて、夜景を仄《ほの》かに宿す刀身《とうしん》を、前にかざす。胸に添えていた手も加え、両手で真正面に、短剣を突き出す姿勢となる。

「狙いは、定まってるわね？」

「うん。残り二匹の蜥蜴で、遠くから計測してる。大丈夫、訓練と同じだ……外さない」

いつしか表情の強張《こわば》りは覚悟《かくご》の厳《いか》めしさに変わる。

ボッ、と全身を丹色《にいろ》の光が薄い輪郭《りんかく》として包んだ。

かつての『魑勢《ちせい》の牽《ひ》き手《て》』たちは、この光の下、無数の『隷群《れいぐん》』を巨大な竜巻《たつまき》として立ち昇らせたという。しかし、今の彼にできるのは、その、ほんの小さな真似事《まねごと》だけ。

異能《いのう》の力に惹《ひ》かれ、夜のマンハッタンで、誰も気付かない移動が始まる。

街灯に引き寄せられていた夜の虫たちが、明かりの元から離れてゆく。様々な、無数の、統制にさほどの力を要しない生き物たちが、一人の少年の纏《まと》う光の元へと、集ってゆく。

それはやがて大きな輪となり、中心に引き込まれて渦《うず》となり、収束《しゅうそく》して竜巻となる。

人一人を包むサイズの、高速で渦巻く無数の虫たちを巻き込み力とする、丹色の竜巻。

「僕は、飛ぶ」

「それが、誓《ちか》い」

二人で一つの『魑勢《ちせい》の牽《ひ》き手《て》』は、

「僕は、戦う」

「選んだのは、あんた」

かつての誓いを再び交わして、夜を飛ぶ。

かつて抱いた思いを再び胸の中で叫び、

(上に、向かう、力を——!!)

望み、見上げる短剣を突きつける。

封絶《ふうぜつ》の中に聳《そび》える、摩天楼《まてんろう》へと。

翼《つばさ》をはためかせて、シュドナイは再びマージョリーの頭上を取った。

今度は、周囲にあの小賢《こざか》しい蜥蜴《とかげ》が存在しないか、一望《いちぼう》して確かめる。

（ちっ、気配を掴《つか》みにくい、が……まずは、こいつだ）

宙に浮かぶ〝グリモア〟の上に膝《ひざ》を着く美麗《びれい》の女は、傷ついてなお……否、傷ついたその姿により改めて、大きな感銘《かんめい》を見る者に与える。

「引き裂き散り行く花は……どれほどの可憐《かれん》さで、目を楽しませてくれるのかな？」

そんな殺しの賛辞《さんじ》に、

「――ペッ」

と血混じりの唾《だ》棄《き》を返礼に受け取ると、

「ふっ」

シュドナイは笑って翼を縮め、降下を始めた。

蹲《うずくま》る女を一撃《いちげき》、引き裂き叩《たた》き潰《つぶ》すべく、腕を振り上げる。

（終わり、だ!!）

思った瞬間、

腹部が、吹っ飛んでいた。

「な」

状況を理解できない僅《わず》かな時を経て、

「にいっ!?」

シュドナイは痛みよりも、まず驚きから叫んでいた。自分が、猛烈《もうれつ》な速度を持つ巨大な弾丸《だんがん》のようなもので貫《つらぬ》かれ、上、下半身が引き千切《ちぎ》られたことに気付く。

「つぐ」

自分を貫いた丹色《にいろ》の弾丸は、封絶《ふうぜつ》の外から飛来《ひらい》したらしい。それは巨大な陽炎《かげろう》のドームの壁《かべ》際《ぎわ》で急速ターンし、引き返してくる。

(速い……さっきの使い魔《ま》の主《あるじ》か!)

シュドナイは急ぎ、上半身の断面から無数の蛇《へび》を伸ばし、下半身に結合させた。やけに大雑《おおざっ》把《ぱ》な構成の、しかしそれなりに強力な自在法《じざいほう》を迎え撃《う》つべく、炎弾《えんだん》を腹の中で練る。

と、

その眼前、空中で数十個、立て続けに爆発が起こった。

（これは!?）

腕で顔をかばったシュドナイは、爆発そのものではなく、輝く色に戦慄《せんりつ》した。

群青《ぐんじょう》。

（まだ、これだけの力を残していただと!?）

並みのフレイムヘイズなら、致命傷《ちめいしょう》という深手《ふかで》を与えたはずである。

だが、
そう、

『弔詞《ちょうし》の詠《よ》み手《て》』マージョリー・ドーは、並みのフレイムヘイズではなかった。

封絶《ふうぜつ》の空をUターンしてシュドナイを狙っていた丹色の弾丸、『魑勢《ちせい》の牽《ひ》き手《て》』ユーリイ・フヴォイカは、突然《とつぜん》前方に閃《ひらめ》いた無数の爆発を見て、再び軌道《きどう》を変えた。

その正面に、〝グリモア〟が。

「つわ!?」

「止まるな!」

マージョリーは鋭く叫んで身を翻《ひるがえ》し、少年の隣《となり》を高速で併進《へいしん》する。

救援への、一片の謝辞《しゃじ》すらない。右腕もだらりと垂れ下がった、鮮血《せんけつ》を振り撒《ま》く重傷の身には、その極限状態《きょくげん》であればこその、煮え滾《たぎ》るような執念《しゅうねん》だけが漲《みなぎ》っていた。

怯《ひる》みや恐れは、見せない。見せれば、死ぬからである。それらの感情を持たない、と見る者に思わせる。思わさねば、殺されるからである。

この、フレイムヘイズという存在を、今まさに目の当《ま》たりにした少年の、

「傷が――」

分かってなお、口にしかけた気遣《きづか》いを、

「役割分担《ぶんたん》、相手は分かってるわね!!」

フレイムヘイズは、咆哮《ほうこう》のような怒声《どせい》で遮《さえぎ》った。

怒声を発した口は、凶暴《きょうぼう》な殺意を漲らせ、笑っている。

笑いが、再び湧《わ》き起こった群青《ぐんじょう》の炎《ほのお》、トーガの内に隠《かく》れた。

なにを言うにも、なにをするにも、まず敵を討《う》ち果たしてから。

そんな存在たるの表明を指示として受け――ユーリイは、また飛ぶ。


あまりに唐突《とうとつ》過ぎる状況の変化に、アナベルグは付いてゆけない。

「い、いったいなにが……?」

ビルの壁面に立って、メーターの針を忙《せわ》しなく揺らして戸惑《とまど》う。

その彼の元に、丹色《にいろ》の光を撒《ま》いてユーリイが飛び込んでくる。

「お、おっ!?」

咄嗟《とっさ》に蒸気を噴射《ふんしゃ》して、アナベルグはこれを避けた。

(しまった、新手《あらて》のフレイムヘイズか!)

心中《しんちゅう》、大いに焦る。

実は、彼の持つ特性、気配や認識《にんしき》をぼやかす蒸気の効果は、自分たち〝紅世《ぐぜ》の徒《ともがら》〟だけに作用するものではない。仇敵《きゅうてき》たるフレイムヘイズらにも同様に効果を齎《もたら》す、諸刃《もろは》の剣だった。その来襲《らいしゅう》を事前に察知《さっち》することは不可能……でなければ、いかに高速とはいえ、あの〝千変《せんぺん》〟シュドナイがみすみす不意《ふい》打ちなど受けようはずもない。

この自在法《じざいほう》の難点《なんてん》ゆえに、彼は敵《てき》味方が入り混じらない状況、つまりフレイムヘイズが欧州《おうしゅう》に集結《しゅうけつ》する隙《すき》を突いてニューヨークへと現れたのである。散発的に現れる敵には、マージョリーとの戦いのように、シュドナイと同じ場所に在ることで対処《たいしょ》する。

しかし、

(いかん、計算違《ちが》いだ!)

この新たな、しかもシュドナイを一撃《いちげき》で叩《たた》き落とすような強者《つわもの》(と彼は思った)の乱入は、彼にとっては予想外の事態だった。慌《あわ》てて、

「〝千《せん》――!!」

呼びかけようとした彼の真正面に、丹色《にいろ》の弾丸《だんがん》が、少年の雄叫《おたけ》びが、飛び込んでくる。

「やっと――」

「う」

反射的に蒸気を噴射《ふんしゃ》して回避《かいひ》しようとするが、間に合わない。

「――捕らえた!!」

「があっ!?」

弾丸を形成する丹色の奔流《ほんりゅう》に巻き込まれた左腕が、根こそぎ捥《も》ぎ取られた。飛び散る金属らしき破片の舞う間も僅《わず》か、腕はトレンチコートの袖《そで》ごと鉛色《なまりいろ》に燃え果て、消える。

その上から、一歩遅かった〝千変《せんぺん》〟シュドナイが、

「貴様《きさま》――!!」

襲《おそ》い掛かろうとする、さらにその脳天《のうてん》へと、

「あんたの相手は」

トーガの獣《けもの》が、両腕をハンマーのように組んで叩《たた》きつけた。

「っ私、よ!!」

叫びを力に変えた打撃のまま、シュドナイを強引《ごういん》に、エンパイア・ステート・ビルの壁面に押し付け砕きながら降下する。

「ぬ、ぐ、おおおおおおおおおおおおおお!?」

異形《いぎよう》の怪物《かいぶつ》は、コンクリートと鉄骨とガラスを八十六階、全長三八一メートル分、凄《すさ》まじい圧力を持って叩きつけられ続けた。ガレキが肉片《にくへん》が火《ひ》の粉《こ》が弾《はじ》け飛び、群青《ぐんじよう》と濁《にご》った紫《むらさき》は、混じり合い縺《もつ》れ合いしながら、遥か下方へと、落ちた。

それを割れたメーターに映す、孤立無援《むえん》のアナベルグは、

「今さら、邪魔立《じやまだ》てを……フレイムヘイズ!!」

今までにない、怒気《どき》を含んだ叫びを上げて、両足から蒸気を噴射した。

封絶《ふうぜつ》の中を大回りに戻ってくる丹色の弾丸へと無謀《むぼう》とも思える突進を行い、その接触寸前《すんぜん》、捥ぎ取られた肩口から蒸気を吐き出して回避《かいひ》する。同時に、スレスレに過ぎ行く破壊力の塊《かたまり》へと、残った右腕を振り向けて炎弾《えんだん》を連射《れんしや》する。

ドドドッ、と空に轟《とどろ》く炸裂《さくれつ》音、宙に膨《ふく》れ上がる鉛色の爆炎《ばくえん》、二つを正反対の方向に破って双《そう》方《ほう》、擦《す》れ違う。

「カ、ハッ!」

至近《しきん》での、ほとんど捨て身の攻撃を行ったアナベルグは、蒸気の勢いですっ飛びながら、鉛色の息を吐き出した。

一方のユーリイは、

「く、仕留《しと》め損《そこ》なった!」

自身の纏《まと》う攻防《こうぼう》一体の力、丹色の竜巻《たつまき》とも見える『隷群《れいぐん》』に包まれていたため、立て続けの

炎弾《えんだん》にも、全くダメージを受けていない。ただし、

(やっぱり、キツいか)

彼の内に在り、また突撃《とつげき》の先端《せんたん》でかざされた短剣〝ゴベルラ〟に意思を表すウァラクは、少年が、どんどん消耗《しょうもう》してゆくことを感じて焦る。

この一年、ユーリイはイーストエッジの指導の元、自在法《じざいほう》を効率的に使う訓練を、毎日欠かさず行ってきた……が、契約以来《いらい》初めてとなる本格的な戦闘への緊張《きんちょう》、上がりすぎたモチベーションが、持てる力を無茶苦茶《むちゃくちゃ》なペースで吐き出させている。

(あまり長くは持たない)

分かっていたことを改めて認識《にんしき》し直すと、ウァラクは愛すべき契約者を焚《た》き付ける。

「ああいう変則的な力を持った奴《やつ》は、細工《さいく》をさせる前に、速攻で片付けるのよ!」

「うん!」

ユーリイは答え、後方から斉射《せいしゃ》される追撃《ついげき》の炎弾をかわしながら、丹色《にいろ》の弾丸《だんがん》の軌道《きどう》を曲げる。その敵の浮遊する座標《ざひょう》を、離れた位置から『隷群《れいぐん》』の一部たる蜥蜴《とかげ》で捉《とら》え、

(すごい、力だ——もっと、上手《うま》く使えれば、もっと、たくさんの人を——)

もっと楽に、とは考えず、自身の得た『魑勢《ちせい》の牽《ひ》き手《て》』の力を、存分に振るう。スタミナが無限でないことは重《じゅう》々《じゅう》理解し、実感もしていたが、それでも抑えられない。技巧からの意味ではなく、心が、抑えを利かなくしていた。

「行く、ぞ!!」

丹色の弾丸が径《けい》を縮めて収束《しゅうそく》、破壊力を増す。

描かれるカーブの行き先を知ったウァラクは、

「ど、どうする────、っ!!」

驚く間に、少年の狙いを察して、息を呑んだ。

その後方、封絶《ふうぜつ》の空に輝く軌跡《きせき》を、アナベルグは蒸気の噴射《ふんしゃ》で追う。

(若い、討《う》ち手だったか)

彼も、それなりにフレイムヘイズとの交戦《こうせん》経験を持っている。ユーリイの戦い振りから、ようやく敵が強者《つわもの》などではない、素人《しろうと》同然の新米《しんまい》であると見抜いていた。

(ただ逸《はや》り猛《たけ》って、不器用《ぶきよう》に力を撒《ま》き散らすだけという相手なら、むしろ組し易《やす》い……攻撃をかわし、いなして、消耗を待てばよろしい)

いかに速いとはいえ、不意《ふい》打ちでさえなければ、そうそう攻撃を受けたりはしない。ターンして向かって来ても、大きく回避《かいひ》しながら逐次《ちくじ》、炎弾をお見舞いするだけのことである。

(あの技、恐らく中からの攻撃はできない……一撃《いちげき》でしとめられなかったのは、敵ながら手抜かりと言う他ありませんね、ふ、ふ)

左腕を失った痛みを怒りの微笑に変え、逃げる丹色の弾丸に次々と鉛色《なまりいろ》の炎弾を撃《う》ち込む。かわされているようだが、実のところ、それも先刻から張っている罠《わな》の一環《いっかん》だった。

（不用意な反転《はんてん》攻勢をかけてきたときこそが、勝機《しょうき》）

二度目の接触で自爆寸前《じばくすんぜん》、擦《す》れ違い様《ざま》の攻撃をかけたのは、炎弾《えんだん》をとにかく命中《めいちゅう》させるためだった。それから以降、後方から同様に炎弾を放っているが、全てかわされている。

それで、いいのだった。

この、命中イコール爆発、という確信を無意識に抱かせ、不用意な突撃《とつげき》をかけてきたところで、立て続けに外れそうな釣瓶《つるべ》撃ちを行う。そうして、隠《かく》し技たる『炎弾の任意《にんい》爆発』によって、外れたと思わせた炎弾を、周囲で一斉《いっせい》に起爆《きばく》させる……!!

（いかにあの自在法《じざいほう》が頑丈《がんじょう》に維持されていたとしても、不意《ふい》に起きた全周からの大《だい》爆発を耐えるためには、相当な力を消耗《しょうもう》せずにはいられますまい——ふ、ふ！）

一旦《いったん》、そうやって彼我《ひが》の戦力バランスを崩し、不意打《う》ちの成功という心理的優勢《ゆうせい》に立つことができれば、後は余裕《よゆう》で自滅《じめつ》を待つことができる。ひたすら逃げ回り、ときに反撃の素振《そぶ》りでも見せれば、年若《としわか》いフレイムヘイズは無意識に、再びの痛撃《つうげき》を警戒《けいかい》する。もはや戦局《せんきょく》を動かす大胆《だいたん》な行動、思い切った攻撃は、選択できなくなる。

（事実、これまでもそうでした）

舌なめずりするように思い、逃げる丹色《にいろ》の弾丸《だんがん》を追う。速度で劣っているため、すぐ引き離されるが、距離さえ開いていれば特段の問題はない……と考える間に、予定との齟齬《そご》が出た。

（どういう、ことだ？）

その弾丸が引き返してこない。本当に逃げている。いつしか、封絶《ふうぜつ》の中心に立つエンパイア・ステート・ビルをグルグルと双方《そうほう》して回る、間抜けな追いかけっこ状態になっていた。

(まさか、こうやって私の後方に付くつもりか?)

向こうの速度が勝っているのだから、当然いつかは立場が逆転する。

(ふん……そうなったとして、後方から来るところを狙い撃つまで)

向こうが時間を稼いでくれるのなら、むしろありがたいこと、攻撃する方向が変わるだけ、やることは同じ、と嗤《わら》うアナベルグは、全く気付いていなかった。

追いかけっこに興《きょう》じる間に、双方の旋回《せんかい》半径が縮まっていたことを。

エンパイア・ステート・ビルとの距離が詰まっていたことを。

ユーリイはただ、その距離だけを欲し、飛び続けていた。

そして遂《つい》に、『隷群《れいぐん》』の一部たる蜥蜴《とかげ》が、射程圏《しゃていけん》内に獲物《えもの》の入ったことを知らせ、これを受けた『魑勢《ちせい》の牽《ひ》き手《て》』は進路を急速変更《へんこう》、敵との距離を一気に詰める。

今まで壁としてあったエンパイア・ステート・ビルを、回らずに、突き抜けて。

「――」

自身の蒸気で気配を混淆《こんこう》させていたアナベルグは、

「――っ」

突如《とつじょ》、至近《しきん》にあったビルの壁面を砕き現れた丹色の弾丸を、

「——っな⁉」

逃げようのない腹の中心に受け止め、上下真っ二つに断ち割られた。

「つぐあああああああああ‼」

この粉砕《ふんさい》を自分の正面に見たユーリイは、遂《つい》に果たした自分の悲願に喜ぶ、

「やった！」

「まだよ！」

間を与えられなかった。

ウアラクの叫びの意味を理解する前に、眼前。

「なん、何、なんという、ことだ」

「つは⁉」

隻腕《せきわん》、上半身だけとなったアナベルグが、空を貫《つらぬ》いて飛ぶ丹色《にいろ》の弾丸《だんがん》、その先端《せんたん》にへばりつき、衝撃《しょうげき》と熱にボロボロと部品を撒《ま》き散らしながら、執念《しゅうねん》の絶叫《ぜっきょう》を上げていた。

「私が、私、ワタシが！　フレイムヘイズ、復讐《ふくしゅう》、だけの、抜《ぬ》け殻《がら》、に！」

「う……」

怒りと欲望に塗《まみ》れた声に押され、ユーリイは咽喉《のど》を詰まらせる。

ウアラクは、この程度の〝徒《ともがら》〟を一撃必殺《いちげきひっさつ》できなかったことに、内心《ないしん》で舌打《したう》ちしていた。

（ちっ、追いかけっことビルの突破で、破壊力が減衰《げんすい》してる）

「振り落とすのよ、ユーリイ！」

「――う、ん！」

我に返り、頷《うなず》いたユーリイの顔色は、既に困憊《こんぱい》の色を隠《かく》せなくなっている。が、その身の危険を押して戦うことへの、自身を燃やす充実を表してもいた。

（そう、だ……敵を、倒すんじゃ、ない――）

丹色の弾丸が、軌道《きどう》を螺旋《らせん》状に変える。

もののの数秒で、残った胴体《どうたい》の半分がゴソッと脱落し、鉛色《なまりいろ》の火《ひ》の粉《こ》に、次いで蒸気となって散った。ガクガクと揺れる絶叫は、未だ続いている。

「も、もっと、見、ワタ、人間の、人間、ニン」

言う間に、バキン、とメーターのガラスが割れ、蒸気が噴出《ふんしゅつ》した。

苦痛と虚脱感《きょだつかん》の中、ユーリイは怪人《かいじん》の遺言に、強烈な怒りを覚える。

「僕は」

脳裏《のうり》に、使い魔《ま》越《ご》しに聞いた彼の宣言が過《よ》ぎる。

（――「だから、私は与えるのです……炎《ほのお》による喪失《そうしつ》を、次なる変化に向かう人間たちへの祝福として」――）

「助ける」

重く咆《ほ》える間に、また、別の言葉が過ぎる。

（——「やはり、人間であることを捨てた、広がりを持ち得ない抜《ぬ》け殻《がら》には、この偉業《いぎょう》の価値《かち》は理解できませんか」——）

「僕は」

体中から力が失せ、骨が肉が悲鳴を上げる。

眼前に〝徒《ともがら》〟が張り付き、立ちはだかっている。

「ニ、見届、ト、」

「抜け殻じゃ、ない」

それでも、咆《ほ》える。

本当に言いたかった言葉——「僕は、僕も、人間だ」——は、事実ではなかった。それを分かって、分かっているからこそ、眼前の〝徒《ともがら》〟に、咆える。

「そう、だ、僕は、お前のような、奪う者から守る——それだけしかない者だ!!」

「人、ゲ、　　」

ユーリイに向かってか、それとも断末魔《だんまつま》の切れ端《はし》か、判別のつかない片言《かたこと》を残して、遂《つい》に怪《かい》人《じん》・アナベルグは最後のパイプ、ネジ、メーターの針までバラバラになって、消えた。

「やっ、た……！」

今度こそ、本当に。

とうとう、自分の力で〝徒《ともがら》〟を倒した。

とうとう、自分の力で、人を――

(!!)

感慨《かんがい》に埋もれかけた心が、覚めた。

(そうだ、まだ、助けてなんかいない)

丹色《にいろ》の弾丸《だんがん》の針路が、変わる。

「よしなさい、無茶《むちゃ》よ!!」

少年の意図に気付いたウァラクが、制止の叫びを上げた。

「分かってる」

答える少年の声は、消耗《しょうもう》というだけでない、静けさに満ちている。

「無茶なのは、分かってるんだ」

それは、自分の道を全力で走り切ると決めた者の、真摯《しんし》過ぎる覚悟《かくご》の様《さま》。

「あんたって、フレイムヘイズは……」

ウァラクは、彼の行為を受け入れるしかないことを悟《さと》り、溜息《ためいき》とともに呟《つぶや》く。

「……こうやってしか、生きられないのね」

慨嘆《がいたん》と呆《あき》れ、哀《かな》しみと共感を綯《な》い交ぜにした、それは理解の言葉だった。

「うん」

ユーリイは頷《うなず》き、神器《じんぎ》〝ゴベルラ〟を、より強く前へと突き出す。

向かう先は、ただ一つ。

ビルの壁面を砕き降りる間にも、互いに爪牙《そうが》を突き立て、猛火《もうか》を混ぜる、壮絶《そうぜつ》な殺し合いを繰り広げた獣《けもの》と獣が、瓦礫《がれき》の底で対峙《たいじ》していた。双方《そうほう》とも疲労に息吹《いぶき》を荒げ、しかし全く衰《おとろ》えない殺意を、言葉として交わす。

「依頼主を殺されたのは、初めてだ……趣味とはいえ、大した屈辱《くつじょく》だな」

「そう思うんなら、余計《よけい》な真似《まね》せずに、星のお姫様と引きこもってなさいよ」

シュドナイとマージョリーは、不敵に言い合う陰で獣の足を摺《す》り、次なる行動への体勢を整える。

互いを動かす戦機《せんき》がなんであるかは、分かりきっていた。

アナベルグの討滅《とうめつ》によって、気配を混淆《こんこう》させていた蒸気も消滅《しょうめつ》している。封絶《ふうぜつ》内に残された者たちの気配は明確に摑《つか》めるようになっていた。誰が、なにをしているか——今、どこにいるか——これから、なにをしようとしているのか——全てが、感じられる。

シュドナイは、

ただそこに在り続けるだけで、正面と頭上、双方からの挟《はさ》み撃《う》ちに晒《さら》されるという、自身の置かれた危機的《ききてき》状況を思った。思って慌《あわ》てず、

（さて、どう動くか）

迷うというよりは、戦機に動くための予備《よび》動作として、思考《しこう》を流す。

（もはや依頼人もいない……ここで妙《みよう》な意地を張って戦う必要はない、が）

眼前で戦意に逸《はや》り猛《たけ》るトーガの獣を、虎《とら》の瞳《ひとみ》で見つめた。実際に干戈《かんか》を交えてこそ摑める、容易ならぬ強敵の実感、それだけが唯一《ゆいいつ》にして絶対の判断《はんだん》材料。

（この殺し屋が、易々《やすやす》と逃《のが》してくれようはずもない）

それどころか、下手《へた》な逃走の挙動《きよどう》、緩んだ様態《ようたい》など見せれば、的確にして苛烈《かれつ》、遠慮容赦《えんりよようしや》のない追い討《う》ちがあることは明らかだった。

（皆殺しにするか）

それが一番簡単《かんたん》な方法ではあった。力技《ちからわざ》で両者を討ち伏せることは十分可能——

（だが）

と、自身の爪《つめ》と炎《ほのお》で摑んだ実感が、掣肘《せいちゆう》をかける。

強力なフレイムヘイズが死に瀕《ひん》して発揮《はつき》する底力は、甘く見てよいものではない。大した意義もない場末《ばすえ》の戦いで、無駄《むだ》な深手《ふかで》を負うリスクは避けるべきだった。

（面倒《めんどう》だな……やはり、退《ひ》くか）

見切りを付けた彼は、退くに容易ならぬ敵を出し抜くための算段《さんだん》を、考えない。ただ戦いの流れに身を任せ、閃《ひらめ》きを得る時を、なおも続く危機的な状況の中で、悠然《ゆうぜん》と待つ。

マージョリーは、不意打《ふいう》ちによる深手《ふかで》を負っている。この身でも、死力を尽くして戦い、挟撃すれば、シュドナイに痛撃《つうげき》を与える、上手《うま》く行けば討滅《とうめつ》することも不可能ではない、だろう。

(でも)

彼女は、『命懸《いのちが》け』の戦いを安売りする気など、微塵《みじん》もなかった。フレイムヘイズという存在が、単純な、ただ力を振るい暴れ回るだけの狂戦士《きょうせんし》でないことの所以《ゆえん》を、最も色濃く宿した者であればなお、当然のこと。すなわち彼女が思うのは、

(こんなところで死ぬわけには、いかない)

この、自身が果たすべき復讐《ふくしゅう》のために生きる、という『戦意に根ざした、生への強烈な渇望《かつぼう》』である。ゆえに、彼女始め、極限《きょくげん》状態にあるフレイムヘイズの大半は、命を使った博打《ばくち》などを軽々に打ったりはしない。使命に生きる云々《うんぬん》は、しょせん〝王〟との契約における建前《たてまえ》、行為を正当化する後付けの理屈《りくつ》に過ぎない。

(奴を、殺すまで、絶対に死ねない……絶対に!)

最終的に、彼女はそれだけを思う。生き延びてこそ、仇敵《きゅうてき》を目指せる。数百年を戦い抜いてきた、というのは、死を避ける選択肢《し》を採り続けてきた、ということでもある。この、極限状態における冷静な判断力を備えていないフレイムヘイズは、生きてゆけない。

(そう、生きる)

そのためだけに感覚を研《と》ぎ澄ます、ほんの数秒間だけの、思考《しこう》と決定。

片方は、無駄《むだ》な戦いに見切りを付け、退《ひ》く判断を下した。

もう片方は、命懸けの戦いを、生き延びるために避けた。

いずれも至極《しごく》当然な、理路《りろ》整然とした、生きるための道だった。

この戦場でただ一人、ユーリイだけが、異なる道を選んでいた。

瓦礫《がれき》の底で戦機《せんき》の到来《とうらい》を待つ獣《けもの》と獣を、丹色《にいろ》の光が照らし出す。


ユーリイの纏《まと》う『隷群《れいぐん》』の竜巻《たつまき》、丹色の弾丸《だんがん》が、今まさにシュドナイを直上から襲《おそ》う。

瞬間、

「ぬうん!!」

不用意に回避《かいひ》すれば双方《そうほう》からの挟撃《きょうげき》に遭《あ》うだけ、と分かっていた戦闘巧者《こうしゃ》たる〝紅世《ぐぜ》の王〟は、より強い敵・マージョリーの反撃を最も遅らせることのできる唯一《ゆいいつ》の突破口《こう》に向かい、全身の輪郭《りんかく》を膨張《ぼうちょう》変形させて――飛ぶ。

驚いたのは、ユーリイだけだった。

巨大な鳥となったシュドナイが真正面《ましょうめん》に迫る、

「――っ」

と見たときには既に、

「――っ、あ!?」

その刃《やいば》となった翼《つばさ》に、力を弱めていた竜巻《たつまき》は切り裂かれていた。

中にあった少年も、諸共《もろとも》に、ひとたまりもなく。

フレイムヘイズ『魑勢《ちせい》の牽《ひ》き手《て》』ユーリイ・フヴォイカは、自分が敵たる"徒《ともがら》"二人にそうしたように、胴《どう》を真っ二つ、断ち割られていた。

そして、百戦錬磨《れんま》の"千変《せんぺん》"シュドナイは、少年のように、詰めを忘れたり誤ったりはしない。断ち割られ、二つになって燃え落ちてゆく残骸《ざんがい》へと、その向こうに在る本当の標的《ひょうてき》へと、肩に一つ生《は》やした鎌首《かまくび》から、

「ゴアアアアァッ!!」

追撃《ついげき》を断つための、特大の炎弾《えんだん》を放っていた。

無論、フレイムヘイズ屈指《くっし》の殺し屋たる『弔詞《ちょうし》の詠《よ》み手《て》』マージョリー・ドーは、欠片《かけら》も油断《ゆだん》などしていない。動揺《どうよう》も今は感じない。この、自分に向けられた必殺の一撃《いちげき》を、トーガの口から吐き出した特大の炎弾によって相殺《そうさい》する。

「はあああああっ！」

間にいる、すでに致命傷《ちめいしょう》を受けた、助けようもない、無謀《むぼう》にも突っ込んできた、ただ殺されるためだけに割って入ったも同然の、ユーリイ少年にも、

無論《むろん》、構わず。

ほんの少しだけ欲しかった――涙は、トーガに包まれていて、見えなかった。

（ごめん、ウァラク）

（し、しくじってない、でしょ？）

しかし、ただの錯覚《さっかく》だろう――炎《ほのお》の獣《けもの》は、悲しげな顔をしているように、見えた。

特大の炎弾同士の激突《げきとつ》は、シュドナイを遥か遠くへ押しやり、マージョリーをその場に押さえつけ、ユーリイを粉々《こなごな》に打ち砕き……激しい戦いにようやくの水入《みずい》りと、死を齎《もたら》した。

それだけの、ことだった。

世界最高を誇る高層《こうそう》建築物、エンパイア・ステート・ビルへの放火と破壊を目論《もくろ》んだ〝紅世《ぐぜ》の徒《ともがら》〟――〝穿徹《せんてつ》の洞《ほら》〟アナベルグは討滅《とうめつ》され、その企図《きと》も潰《つい》えた。

それこそが、成果だった。

全てが当然の、在り様《よう》と結果。

すでに真夜中、外信社《がいしんしゃ》の明かりは落とされていた。

マージョリーは、その隣《となり》のドアを開けて入る。

ギリギリギリギリッ、と夜にも構わず、ドアに結《ゆ》わえられた紐《ひも》がベルをけたたましく鳴らして、異能《いのう》者の来訪を店《みせ》全体に告げた。

重い顔を上げると案《あん》の定《じょう》、外界宿《アウトロー》には、イーストエッジが一人、カウンターの中で待ちわびるように立っていた。帰った人影《ひとかげ》が一つであることを見て、しかしなにも言わない。

付き合うように、黙って戸口に立っていたマージョリーは、やがて新しく着替えたスーツドレスの身をふらつかせながら、倒れ込むようにカウンター席に腰を降ろした。

その拍子に、ゴトン、と〝グリモア〟が床に落ちる。

マルコシアスは黙っていた。

イーストエッジは、細い双眸《そうぼう》の内から、カウンターに突《つ》っ伏《ぷ》す女を静かに見つめ、すぐ背を向けた。バックバーの奥から、隠《かく》してあったウイスキーを一瓶《ひとびん》、粗末《そまつ》なショウガ水を一瓶、グラスを二つ、木のカップを一つ、カウンターに出す。

と、いつの間にか、カウンターの上に、歪《ゆが》んだ針金の欠片《かけら》が放り出されていた。それは、かってガラスのレンズがはまっていた物の、残骸《ざんがい》だった。

グラスが一つ、マージョリーの前に、もう一つがイーストエッジの前に、カップが針金の欠片の前に、それぞれ置かれた。瓶が、突っ伏す肘《ひじ》に当たる。

身を起こしたマージョリーは、自分のグラスにだけ、ウイスキーを注《そそ》ぐ。

少し、溢《あふ》れた。

イーストエッジは、まずショウガ水をカップに、次いでマージョリーから受け取ったウイスキーを、自分のグラスに注ぐ。ショウガ水だけが、少し溢れて、針金を浸《ひた》した。

二人にして四人はなにも言わず、ただ黙って、グラスの水面が静まるのを待った。

と、いきなりマージョリーは一気にウイスキーを呷《あお》った。

それを見たイーストエッジは、自分のウイスキーを飲み干《ほ》した。静かに。

そして、ショウガ水を床に撒《ま》き、カップを握り潰《つぶ》した。やはり、静かに。

その音に、少しだけ肩を震わせたマージョリーは、一言、小さく呟《つぶや》いた。

「やっぱり、迷わなかったわ」

悦《よろこ》びに渇《かわ》き、無力に憤怒《ふんぬ》する、果てなき悪夢《あくむ》を破る叫びは、ただ一つ。
なにがあっても変わらない、それだけでしか破れない、
ブチ殺しの雄叫《おたけ》び。

セレモニー

1　かくしごと

吉田《よしだ》一美《かずみ》の机の上に、写真立てが一つ、置かれている。

写真の中に在るのは、少年。

教室の窓際《まどぎわ》に立ち、こちらへと振り向いた——不意に撮られた、ゆえにこそ自然な佇《たたず》まいを見せる——坂井《さかい》悠二《ゆうじ》という、少年。

極薄《ごくうす》のデジカメを自慢しに持ってきた中村公子《なかむらきみこ》が、ある物いる者、何十と写しまくった中の一枚だった。そのことを知った吉田が、珍しく誰の助けも借りず、中村に頼み込んでプリントしてもらった一枚だった。代償《だいしょう》は、あまり品が良いとは言えない笑いと、肘打《ひじう》ちの連打だった。

やっと得た、一枚きりの、大切な人の、写真だった。


御崎《みさき》高校一年二組の教室には、まだ夏休み明けの弛《ゆる》んだ雰囲気《ふんいき》が漂っていた。

残暑《ざんしょ》の午後、しかも放課後ともなれば、生徒は空気の抜けたボールのように、弾《はず》む活力もないダラダラした身動きのまま帰宅の途《と》につく。

その気だるい流れの中で鋭く、しかし小さな声で、吉田一美《よしだかずみ》は言った。

「池君《いけ》、お願いだから」

「えっ？」

「坂井君《さかい》には言わないで」

常の穏《おだ》やかな、微笑《ほほえ》みこそ似合《にあ》う柔らかな容貌《ようぼう》が、強張《こわば》りの端《はし》に恐れすら覗《のぞ》かせている。

まさかこんな顔をされるとは思ってもいなかった池速人《はやと》は、釣《つ》られて勢いよく頷《うなず》いていた。

「そ、そりゃあ、僕は別に構わないけど」

他人への気配りを忘れない、頼られるクラス委員『メガネマン』として、他意《たい》なく持ち出した、なんでもない話題のはずだったのだが。

「でも――」

どうして、と彼が尋《たず》ねようとしたとき、いつもの面子《めんつ》が教室に帰ってきた。体育館で行われた課外授業《かがい》の上映会、その後《あと》片付けに駆り出されていたのである。

「なははっ！　やっぱまだ、最初に痛い目に遭《あ》わされた時のこと、忘れてないみたいだな。シャナちゃんに椅子《いす》運び言いつけるとき、顔が強張ってたぞ」

意地悪《いじわる》っぽく笑っているのは佐藤啓作《さとうけいさく》、

「もう授業の方だってマトモにやってんだから、堂々としてりゃいいのにな。つーか俺とは普通に喋《しゃべ》ってるぞ。シャナちゃんも、もう気にしてないだろ？」

肩をすくめて見せるのは田中栄太《たなかえいた》、

「気にするって、なにを」

怪訝《けげん》な顔で短く訊《き》き返すのは、平井《ひらい》ゆかりことシャナ、

「あはは、さっすが。やっぱ私、シャナちゃん好きだわ」

その肩を軽く気持ちよく叩《たた》くのは緒方《おがた》真竹《またけ》、
そして、

「あ、二人ともお待たせ。行こうか」

最近、どこか芯《しん》の強さを外にも表すようになってきた少年、坂井悠二《ゆうじ》。

言われて、自然と皆が鞄《かばん》を取った。


市街の中心に当たる御崎市《みさきし》駅が、とある事件で全壊《ぜんかい》して以来、駅から伸びる大通りは歩行者天国となっている。

もはや日常の風景となっているそこは、帰宅の時間帯ということもあり、車歩道《しゃほどう》問わず、行き交う人々でごった返していた。所構《ところかま》わず商品を広げる露店《ろてん》、うろつく物売り、ストリートミュージシャンらも飲まれて埋もれるほどの人出《ひとで》である。

彼ら、男四人に女三人という、やや大所帯《おおじょたい》なグループは、下校ついでに駅前で買い物をした佐藤《さとう》に付き合った後、この大通りの歩行者天国《てんごく》をうろついていた。

寄り道は学生の冒険である。

様々な用事が待ち構える家に帰らないことの開放感、出会うものをなんでも楽しんでしまう遊びの爽快感《そうかいかん》、建前《たてまえ》としての禁止事項《じこう》を破る背徳感《はいとくかん》……制服のままでいることさえ、彼らの足を弾《はず》ませる材料になる。

その足は今、温《ぬる》い夕風と人ごみに揉《も》まれて、一休《ひと》憩に入っていた。ペットボトルを一本ずつ買った彼らは、本来は車道との区分けになっている柵《さく》に並んで腰掛ける。

「――で、その監督《かんとく》が酷《ひど》い奴《やつ》でさ、リアリティとか言っちゃ俳優苛《いじ》めてるらしんだよね」

緒方《おがた》は楽しげに言い、弾《はず》むような勢いで田中《たなか》の隣《となり》に座った。

佐藤が、その田中を挟む反対側に腰掛ける。

「ああ、聞いたことあるある。マラソンをマジで走らせたり、電流とか爆発で怪我《けが》させたりするって話だろ？　あれじゃ役者がついてかねーよな」

笑って、わざと席を詰めるようにして、田中を緒方に押し付ける。

緒方と密着する形になり、迷惑《めいわく》半分照《て》れ半分の顔をした大柄《おおがら》な少年は、誤魔化《ごまか》すようにペットボトルの清涼飲料水《せいりょういんりょう》を一気《いっき》飲みした。一息ついて、自分たちの前を流れすぎる人々を細い目で眺《なが》める。

「爆発って言や……駅の補修《ほしゆう》工事、結構《けつこう》進んでるみたいだな」

視線の先にあるのは、歩行者天国の終点である御崎市《みさきし》駅。

一月と少し前、世の裏を跋扈《ばつこ》する〝紅世《ぐぜ》の徒《ともがら》〟、その一人との戦いによって周囲の高架《こうか》ごと全壊《ぜんかい》した駅舎《えきしや》は、ようやく瓦礫《がれき》の撤去《てつきよ》と基礎工事が終わり、鉄骨を組み立て始めていた。

人の身ながら戦いの端《はし》に加わった田中には、感慨《かんがい》深いものがあるらしい。

その際、彼と行動を共にしていた佐藤だが、

（ったく……オガちゃんの話に付き合ってやれよな～）

友人のそういう生真面目《きまじめ》な部分には、思わず苦笑《くしよう》が漏れる。

代わって、佐藤の隣に座った池《いけ》が話題を受けた。

「大きなクレーンとかの作業が終わったら、ここの交通規制《きせい》も解くって聞いたよ」

緒方が驚いた顔を見せる。

「それって、この大通りの歩行者天国がなくなるってこと？　せっかくフリマの場所とか値切り方、覚えたところだったのに……」

彼女と池は〝紅世《ぐぜ》〟の事情を知らない。駅の全壊についても、〝徒《ともがら》〟と戦うフレイムヘイズ側の流布《るふ》した、事件ではなく事故（経年劣化《けいねんれつか》による高架線路《せんろ》の崩落《ほうらく》と、重量バランスの変動に耐え切れなかった駅舎の倒壊《とうかい》）という情報を信じていた。

池は手に持ったウーロン茶を一飲《ひとの》みしてから答える。

「ここに店を出してる人たちも、歩行者天国《てんごく》を残して欲しい、って嘆願《たんがん》してるらしいよ。市の方でも、大通りは無理だけど、側道《そくどう》で代わりができないか検討してるってさ」

悠二《ゆうじ》が、歩道から車道、車道から歩道と横切り歩く人々を見ながら、それに答える。

「駅はともかく、大通りの方はこのままでいい、って思う人もいるだろうな。車を使ってないと、不便って実感もないし」

彼の右隣《どなり》、池《いけ》との間に掛けた吉田《よしだ》が、

「そうですね。なんだか、あのお祭りが、ずっと続いてるみたい……」

自分たちも含めた雑踏《ざっとう》を、ほのかに笑って見つめる。

駅が全壊《ぜんかい》した騒動《そうどう》は、御崎《みさき》市の夏祭り・ミサゴ祭りの当日に起きた。彼女はその際、重要な役割を担《にな》い、同時に悠二へと、自らの熱い想いの丈《たけ》を告げている。

彼女にとって目の前の光景は、そんな思い出の延長線上にあるものなのだった。

と、

「……」

悠二を挟んで反対側に座る小柄《こがら》な少女が、同じ日のことを思い、しかし逆の気持ちを抱いてムッとなった。言うまでもない、シャナである。

高校の制服を纏《まと》っても十一、二歳《さい》という幼さを隠《かく》せない容姿《ようし》に、圧倒的な貫禄《かんろく》と存在感を満たした彼女は、人間ではない。〝徒《ともがら》〟討滅《とうめつ》の使命を持った異能《いのう》者——フレイムヘイズ『炎髪灼《えんぱつしやく》眼《がん》の討《う》ち手《て》』である。坂井《さかい》悠二という特別な少年を監視《かんし》し、守るためにこの街に滞在している。

その行為に、使命という以上の気持ちを自覚しながら。

彼女にとってのミサゴ祭りとは、吉田と同じ想いを悠二に対し抱いている（はずの）自分がなにもできなかった、敗北の日でもある。思い出して愉快《ゆかい》でいられるわけもなかった。そもそも彼女は吉田と違って、

「はむっ！」

悠二に直接的行動を軽々に取ることが、性格の面からも立場の上からもできない。少なくとも、自分ではそう考えている。

「んむっ！」

せいぜいが、険しい表情と大げさな仕草《しぐさ》で、移動パン屋のメロンパンにかぶりつくくらいだった。悠二なら、今の自分の気持ちを感じ取ってなにか言ってくれる、という（無自覚な甘えから来る）抗議《こうぎ》行動だった。

果たして悠二は、望んだとおり困った顔で笑う。笑いかけてくれる。

「シャナ、いっぱい零《こぼ》してるよ」

「……分かってる」

期待通りの声を受けて満足したシャナは、不愉快な振りで、素《そ》っ気無《けな》い振りで、頷《うなず》いて見せる。そうして、メロンパンのせいにしてニコニコと笑う。

「やっぱりここのメロンパン、美味《おい》しい」

「作りたてだからね」

悠二《ゆうじ》も困った笑顔のまま答える。

と、今度は吉田《よしだ》が、寸前《すんぜん》までのシャナのようにムッとなる。悠二にまた話しかけ、なぜかシャナが答える。悠二が焦ってとりなす。他の皆が、そんな三人を見て笑い、からかう。

当たり前の光景は、常のことと受け取る者、いつまであるのかという不安を胸の底に抱く者、今があるのならと開き直って楽しむ者、平然と過ごす者、眼《め》には見えない悲喜《ひき》こもごもを秘めて、ゆっくりと流れてゆく。


それから少し後、一同は寄り道の終わり、最初の別れがある場所に差し掛かっていた。

雑踏溢《ざっとうあふ》れる歩行者天国《てんごく》に、何気なく開いた一つの筋《すじ》。御崎《みさき》市の中央を東西に割って流れる大河・真南川《まながわ》の東北に位置する、旧《きゅう》住宅地への入り口である。

佐藤《さとう》、田中《たなか》、緒方《おがた》の三人は、この地区に住んでいた。

少し奥に閑静《かんせい》な大邸宅《だいていたく》ばかりを並べるこの筋も、入り端《はし》は他の道と同じ、大通りの喧騒《けんそう》に満ちている。

ここまで来てようやく、池《いけ》はほっと一つ、安堵《あんど》の溜息《ためいき》を吐いていた。

（やれやれ……とりあえず、今日は無事に乗り切れたかな）

吉田に頼まれた、悠二に言ってはいけないこと。それについて知っている可能性の高い人物が、この一行《いっこう》の中に混じっていて、今ようやく別れつつあったからである。

つまりは、最近彼らとよく遊ぶようになった女友達、緒方真竹《またけ》。

自分が切り出したときの吉田の驚きようから考えて、他の誰かが先にそのことを口にした可能性は低い……と池は見ていたが、女友達というのはそういう情報を頻繁《ひんぱん》に遣《や》り取りしているように思える。油断《ゆだん》は禁物《きんもつ》だった。

（緒方さんなら、吉田さんが口止めしてても、うっかり喋《しゃべ》りそうだ……）

歩行者天国に設けられたフリマスペースの片隅《かたすみ》、曲がり角の露店《ろてん》に並べられた、趣味がいいのか悪いのか分からないアクセサリーをひやかしている一同の後ろで、つい苦笑《くしょう》を漏らす。

（それに、言った吉田さん本人が、僕に注意したことを忘れてるみたいなんだよな）

まあ、しようがないけど、と苦笑を深める。

悠二と一緒だと、彼女は気分が高揚《こうよう》して冷静さを失ってしまうのだから。

そしてそれは、止めようと思って止められるようなものではないのだから。

悠二になにか言ったり、シャナに対抗したりで一杯《いっぱい》一杯の彼女に、余計《よけい》な心配事に気を払う余裕《よゆう》などないだろうことは、容易に察することができた。

そんな、自分ではない少年へと心を向ける彼女に対して、拗《す》ねるような気持ちもあるにはあ

ったが、

(それでも……いや、だからこそ、やらずにはいられないのかもな)

結局、緒方《おがた》が不用意になにか言わないか、律儀《りちぎ》に一人警戒《けいかい》しながら同行している。

(ホント、変な苦労ばかり背負い込むもんだ)

自分の性分を、溜息《ためいき》一つで受け入れる正義の味方・メガネマンだった。

(ま、緒方さんには明日にでも、僕から念押《ねんお》ししとこう)

思う彼の前で、その緒方が露店《ろてん》の物に関連してか、アクセサリーの話をしている。並べられた品の物色《ぶっしょく》を止めると、皆に向き直って、

「シャナちゃんのそれ——」

と、同じく彼女の、黒い宝石に金の輪を意匠《いしょう》したペンダントを目線《めせん》で指しながら、

「——ほどじゃないけど……じゃーん!」

首にかけていた網紐《あみひも》、その先にある物を胸元から引っ張り出した。

銀色、指先大《だい》の、絡まる蔦《つた》で花弁を象《かたど》ったペンダントだった。

一同が、その素朴で慎《つつ》ましい、しかし巧みな細工《さいく》に目を見張る。

「きれい……」

吉田《よしだ》が芸のない、しかし最上級のほめ言葉を口にした。

緒方は期待通りの答えを受け取ると、

「そう？」

見せびらかすための手をやや上げ、胸を張る。

「……かけて来てたのか」

田中《たなか》が言う、その声色《こわいろ》に照れを感じた池《いけ》は、わざとらしい口調《くちょう》で尋《たず》ねる。

「高そうなペンダントだね。どうしたの？」

緒方《おがた》は再び、待ってましたとばかりに答えた。

「田中に貰《もら》ったんだ、へー」

嬉《うれ》しげな表情から、物《もの》自体を自慢することよりも、貰った経緯《けいい》を明かすことの方を楽しんでいるのがありありと分かる。その理由、意味するところはさらに明瞭《めいりょう》だった。

「へえ、田中に……」

悠二《ゆうじ》が、分かっているのかいないのか、小粒《こつぶ》ながら趣味のいいペンダント、満面に笑みを作る緒方、そしてあらぬ方向に目線を泳がす田中を順番に見た。

その田中は、ブツブツと言い訳めいた答えを返す。

「体《てい》のいいたかりだよ、たかり。ったく、一月《ひとつき》も前のことなのに……」

その困る様《さま》をニヤニヤと笑って見ていた佐藤《さとう》が、ようやく説明を補足する。

「こいつ、ちょっとしたことでオガちゃんを泣《な》かしたのが、マージョリーさんにバレてさ」

「マージョ……？　ああ、佐藤ん家に滞在してるっていう、女社長さんか」

池は少し前、緒方からそのような説明を受けていた。実際に会ったことはなかったが、佐藤と田中が惚《ほ》れ込んでいる人であるらしい（以前に変な質問をされた、その対象ではないかと、彼は睨《にら》んでいる）。

無論《むろん》、その女社長の正体はシャナと同じ、〝徒《ともがら》〟を討滅《とうめつ》するフレイムヘイズの一人、『弔詞《ちょうし》の詠《よ》み手《て》』マージョリー・ドーである。

佐藤は、その居《い》候《そうろう》を自慢するような得意顔《がお》で答える。

「ああ。で、オガちゃんになにか、そのお詫《わ》びをしてやれ、って言われたのさ」

「そういうこと」

緒方は深々と頷《うなず》き、尊敬《そんけい》する女性の言葉を、まるで聖書《せいしょ》を読む司祭《しさい》のように繰り返す。

「――気持ちの交わりをキッチリと物でやり取りするのは、『そういう関係』の基本――なんだってさ。やっぱ、マージョリーさんは分かってるよね。田中、今度ちゃんとお礼に伺《うかが》います、って言っといてね」

「へーへー」

ぞんざいに答える田中だが、『そういう関係』であることについては否定しない。

（いいなあ、二人とも……）

吉田《よしだ》は、そんな緒方と田中の、遠回しな自他公認《じたこうにん》の仲を羨《うらや》ましく思い、

（あいつら、余計《よけい》なことばっかりするんだから）

シャナは、同業者としてマージョリーの深入りを不用意であると思っていた。

そういや、と佐藤《さとう》が緒方《おがた》に言う。

「オガちゃん、最近マージョリーさんトコに、いろいろ相談に来てるんだよなー」

口を尖《とが》らせんばかりの不満な声色《こわいろ》だった。

彼は田中《たなか》と共に、世界を渡り〝徒《ともがら》〟と戦う美麗《びれい》の女傑《じょけつ》・マージョリーの弟子《でし》を一方的に自認《じにん》している。向こうからは全く相手にされていない、宿主《やどねし》程度にしか思われていない、という自覚があるため、気軽に接しては答えを得ている緒方が羨ましくてたまらないのだった。

羨《うらや》まれる少女は、そんな子供のような嫉妬《しっと》にも、悪びれずスッパリ答える。

「まーね。こういうことを相談できる女の人って、身近《みぢか》にいないし。それに、マージョリーさんって、なんていうか……話しやすいんだ」

そこで突然振《ふ》り向いて、同意を求める。

「ね、一美《かずみ》?」

「つう、うん」

吉田《よしだ》が慌《あわ》てて頷《うなず》く。

「へえ、吉田さんも相談とかしてるの?」

「は、はい……ごくたまに、ですけど」

悠二《ゆうじ》は不思議《ふしぎ》に思った。彼の知る『弔詞《ちょうし》の詠《よ》み手《て》』マージョリー・ドーは、手強《てごわ》い敵として出会い、頼れる味方として共に戦った、討滅《とうめつ》の追っ手・フレイムヘイズでしかない。その際に見知った性格も、豪放磊落《ごうほうらいらく》な戦闘狂《きょう》というもので、とても悩める少女たちの相談を受けつけるような人物には見えなかった。

（特に、吉田さんとは正反対の性格じゃないのかな）

と、単純な線引きをして訝《いぶか》しむ。

「そうは見えないけど……」

思わず口にした未熟《みじゅく》な少年に、緒方は優越感《ゆうえつかん》のようなものを匂《にお》わせて言う。

「男には分かんないのよ。ね、シャナちゃん？」

「えっ」

また突然、同意を求められて、シャナは戸惑《とまど》った。彼女にとってマージョリーは実際に刃《やいば》を交え炎《ほのお》を介《かい》し戦った相手である。互いに使命の上でのこと、特段の隔意《かくい》は持っていないが、かといって話しやすいかと言うと……

（……）

導き出された認識《にんしき》は、否定に類するものだった。しかし、緒方への答えとして、それでは不適当であるように思えた。なんとなく、頷く。

「……うん」

「？」

案《あん》の定《じょう》、悠二《ゆうじ》は妙《みょう》な顔をする。彼はシャナとマージョリーの間柄《あいだがら》を、ほぼ余すところなく知っている。性格的に、あまり馬の合う相手ではないことも、当然。

シャナは、

(変なの)

そう、自分の口にした答えを、自分でおかしいと思っていた。実務的な応対《おうたい》ではない、人との会話というものを覚え始めていることへの自覚は、まだない。

池《いけ》が、その答えに別な感想を漏らす。

「なんだ、マージョリーさんに会ったことないのは僕だけか。佐藤《さとう》、今度紹介《しょうかい》してくれよ」

「えっ、あ、まあ……いろいろ難しい人だから、そのうちな」

佐藤は苦しい笑いで誤魔化《ごまか》した。

「そーそ、優しいのは女の子に対してだけなんだから」

緒方《おがた》は逆に明るく笑って見せ、ペンダントを再び、大事そうに胸元にしまう。

「そうだ、プレゼントって言えば——」

「!」

池はその声の先に繋《つな》がるものを予感していた。

「——明後日《あさって》、一美《かずみ》の誕生日でしょ?」

さっと吉田《よしだ》の顔が青ざめた。

池は、なにも、しなかった。

思わず飛びついて口を押さえようかと思うほどに焦り、しかし結局、なにも。

できなかったのではなく、しなかった。

自分では認めたくない、吉田に対する拗《す》ねた気持ちが、行動を鈍《にぶ》らせていた。

緒方が、無邪気《むじゃき》に言う。

「みんなで誕生パーティーしようよ!」


零時《れいじ》に、ややの間を置いた夜。

坂井《さかい》家は陽炎《かげろう》のドームに包まれる。

時折《ときおり》、紅蓮《ぐれん》の炎《ほのお》を過ぎらせ揺らめくこれは、世界の流れから内部を断絶《だんぜつ》させ、外部から隠蔽《いんぺい》・隔離《かくり》する自在法《じざいほう》、因果《いんが》孤立《こりつ》空間『封絶《ふうぜつ》』である。

その中、屋根の天辺《てっぺん》に当たる棟《むね》の上、狭い庭の地面を背後にする突端《とったん》で、いつものジャージ姿の悠二が、日課となっている夜の鍛錬《たんれん》を行っていた。

目下《もっか》の課題である、ただ立つ中で、

(……本当に、吉田さんは……)

夕方の出来事を思い出して、クスリと笑う。

「なんでありますか」

即座《そくざ》に、眼前で棒立《ぼうだ》ちとなっている監督役《かんとくやく》の女性が注意した。

フレイムヘイズ、『万条《ばんじよう》の仕手《して》』ヴィルヘルミナ・カルメルである。

純白のヘッドドレスとエプロン、丈長《たけなが》のワンピースに編み上げの革靴《かわぐつ》という、一見してメイドと分かる装い。肩までの髪の内にある、情感に乏しい端正《たんせい》な顔立ちが、僅《わず》かに寄せた眉根《まゆね》という形で不機嫌《ふきげん》を表している。

「あ、すいません」

悠二《ゆうじ》は即座《そくざ》に謝る。

と、その視線の行く先、ヴィルヘルミナによって通せんぼされた反対側の端《はし》から、

「なに?」

シャナが声をかけた。こちらは、ヴィルヘルミナが用意した、動きやすい薄手《うすで》のジャケットにスパッツという装い。

「ええ、と」

答えようとした悠二の声を、

「会話無用《むよう》」

とヴィルヘルミナのヘッドドレスから発された、より無愛想《ぶあいそう》な声が遮《さえぎ》った。彼女と契約し、異能《いのう》の力を与えている〝紅世《ぐぜ》の王〟、〝夢幻《むげん》の冠帯《かんたい》〟ティアマトーのものである。

渋々《しぶしぶ》、という感情を隠《かく》さず、シャナは返答する。

「はあい……」

ヴィルヘルミナらは、彼女を拾い育てた養育係《よういく》である。ゆえに当然、親代わりの存在として、シャナと悠二、二人の仲が進展するのを大いに警戒《けいかい》していた。というより、露骨《ろこつ》に邪魔《じゃま》していた。朝と夜の鍛錬《たんれん》に、『より広範《こうはん》かつ高度な指導』を行う、と称して参加しているのも、（明言こそしていないが）その一環《いっかん》だった。

（ヴィルヘルミナの馬鹿……）

シャナは、密《ひそ》かに楽しみにしていた悠二との二人きりの時間を邪魔されて悔《くや》しい思いをしていたが、まさかこの胸の内を明かして抗議《こうぎ》するわけにもいかない。根が実直なので、適任者たる女性が自分たちを鍛《きた》えることに、理屈《りくつ》として納得《なっとく》もしていた。

それでも、やっぱり、少しだけ口を尖《とが》らせずにはいられない。

（ヴィルヘルミナの、馬鹿……）

罵倒《ばとう》では決してない、大好きな人が認めてくれない、という不満を胸に、フレイムヘイズの少女は、自分の鍛錬を黙々《もくもく》と行う。

その小さな掌《てのひら》から、紅蓮《ぐれん》の火《ひ》の粉《こ》が封絶《ふうぜつ》の中に渦巻《うずま》く。

シャナは最近、ヴィルヘルミナらから、先代『炎髪灼眼《えんぱつしゃくがん》の討《う》ち手《て》』の戦術――各《かく》戦局でどのような手段や力を用いて戦っていたか――について詳しく教わっていた。彼女に異能の力を与える〝紅世《ぐぜ》の王〟、〝天壌《てんじよう》の劫火《ごうか》〟アラストールも珍しく多弁《たべん》に、この説明を補足していた。

大抵《たいてい》のフレイムヘイズは、個々人の持つ『強さのイメージ』を、契約した〝紅世《ぐぜ》の王〟の力によって具現化《ぐげんか》するため、聞いたことそのままを真似《まね》することは望まれていない。あくまで自分の戦い方における参考として聞くように、とのことだった。

以来シャナは、いろいろと腹案《ふくあん》を持って、技量《ぎりよう》発展の試行錯誤《しこうさくご》に励《はげ》んでいた。

そんな少女の鍛錬《たんれん》開始を背に気配と感じて満足し、前の少年に向ける顔はあくまで厳《きび》しく、ヴィルヘルミナらは促《うなが》す。

「さあ、あなたも」

「集中」

「はい」

鼻先が触れ合う程《ほど》に詰め寄る給仕服《ふく》の美人（程度にしか表現の幅のない少年だった）を前にして、しかし恐さ以外の動悸《どうき》を感じない悠二《ゆうじ》だった。なんといっても、彼女らには本当に殺されかけたことさえあるのだから、他を感じられようはずもない。

海賊《かいぞく》に海上の細板《ほそいた》へと追い詰められるような心持ちで、今までとっていた姿勢に、より力を入れる……否、〝存在の力〟で、自分の形を構築する。

両手を横に広げた、まるで案山子《かかし》のような片足立《だ》ちの形。

三十分以上、ずっとこの姿勢のままで、彼は立っていた。

(そこに在ることに、力を使う……だったよな)

常人《じょうじん》には不可能なことを行って、しかし彼にはさほどの疲労もない。

なぜなら彼、坂井《さかい》悠二は、常人ではない。

どころか、厳密《げんみつ》には坂井悠二ですらなかった。

『本物の坂井悠二』は、かつて御崎《みさき》市を襲《おそ》った〝紅世《ぐぜ》の徒《ともがら》〟一味に、この世に存在するための根源の力、〝存在の力〟を喰われて、とっくに死んでいた。ここにいる彼は、その残り滓《かす》から作られた代替物《だいたいぶつ》・トーチなのだった。

(そう、僕は人間じゃない)

トーチは、火の点《つ》いた蠟燭《ろうそく》のように、残された〝存在の力〟を時とともに消耗《しょうもう》してゆく。それに連れて、周りの人々はトーチとなった人間を忘れ、本人も気力や意欲を減退《げんたい》させる。そうして存在感や居《い》場所、役割を失った頃、誰にも気付かれることなく消える。

世の裏に跋扈《ばっこ》する〝徒《ともがら》〟が、人を喰らうことで生まれる歪《ゆが》みを一時的に和《やわ》らげる、歪みの発生を感知《かんち》する討滅《とうめつ》者・フレイムヘイズの追跡から逃れるために作った、道具だった。

(僕は、坂井悠二の残影《ざんえい》みたいな存在だ)

ただ、悠二はトーチの中でも特別な存在だった。

その身に宝具《ほうぐ》を宿すトーチ、『旅する宝の蔵《くら》』〝ミステス〟だったのである。

彼の内に何処《いずこ》からか転移《てんい》してきた宝具は、時の事象《じしょう》に干渉《かんしょう》する〝紅世《ぐぜ》〟秘宝《ひほう》中の秘宝『零時《れいじ》迷子《まいご》』。毎夜零時《れいじ》に、宿主《やどぬし》たるトーチが一日に消耗《しょうもう》した〝存在の力〟を回復させるという、一種の永久機関《きかん》だった。

(こうして日々を送っていられるのも、『零時迷子《れいじまいご》』による、偶然の結果だ)

悠二《ゆうじ》はこの宝具《ほうぐ》の働きにより、人格や存在感を維持したまま、日々を送っていた。

命が失われた時の姿で。

永遠の時の迷子として。

(それでも、確かに今ここにいて、感じて、思っている……)

その感じたことの一つを、今また思い浮かべる。

緒方《おがた》による、なんでもない言葉、

(——「——明後日《あさって》、一美《かずみ》の誕生日でしょ?」——)

友達として至極《しごく》当たり前の提案を聞いた吉田《よしだ》一美の表情を、思い浮かべる。

自分の誕生日を隠《かく》す内気な少女、ひけらかして騒いでもらうことへの遠慮《えんりょ》……そんなものでは在り得ない、明かしたくなかったことを明かされたという衝撃《しょうげき》、知られたくないことを知られてしまった悔恨《かいこん》、そして、恐怖。

(……)

悠二は、吉田がなにを気遣っていたのか、一瞬で気付かされた。彼女に告白されてからハッキリと感じるようになった気持ちと、その表情が全く同じ性質のものだったからである。

『本物の坂井《さかい》悠二』が持っていた、

『今の坂井悠二』が持っていない、

〝ミステス〟となって失った、人間としての未来。

そんな彼に、

人間である自分は生きている、

人間である自分は成長してゆく、

今いる坂井悠二とは違う、と示してしまう日。

吉田にとって、人間である自分の生命は、悠二のことを想っているからこそ禁忌《きんき》となり、ゆえに隠そうと思い、遂《つい》には明かされることへの恐怖となっていた。

(……分かるよ、吉田さん)

確かに悠二はそのことを聞いて、胸の内に木枯《こが》らしの吹くような、どうしようもない寂寥《せきりょう》感《かん》を覚えていた。自分が、もう彼女たち人間とともに普通に年を重ねてゆくことができない、それ以外のものとして決定的に道を違《たが》えてしまった、と改めて思い知らされた。

(でも)

そんな彼女の気遣《きづか》いを、嬉《うれ》しく思い、哀《かな》しく思う。

嬉しく思ったのは、彼女らしい、自分を殺した思い遣《や》りが染みたから。哀しく思ったのは、その思い遣りが、自分を人間ではない存在と認識《にんしき》した上でのものだったから。

(そう思えるってのは、僕が、ちゃんと僕として生きているってことだ)

悠二《ゆうじ》にとって、彼女が思い煩《わずら》うことは全くの杞憂《きゆう》に過ぎないものだった。

彼は、自分の境遇《きょうぐう》に対する憐《あわ》れみを、とっくに失っていたのである。心が磨耗《まもう》しきったからなのか、悟《さと》りでも開いて吹っ切ったからなのか、単に状況に慣れたからなのか、それとも元々の性格がドライだったからなのか、判別はつかない。それでも、実際の心象《しんしょう》として彼は、自分は生きている、と思っていた。

(もしかして吉田《よしだ》さんは、こうして僕に『自分は何者なのか』って思わせること自体を、止めさせたかったのかな)

いつかシャナに言われたことがある。

(——「寒々しさやよそよそしさというのは、始まりにあって、これからを築いてゆくものじゃない。始まりにあるのは、お前が今日感じた、いつもの日常、いつもの風景、いつもの友達。それを、寒々しさとよそよそしさが、削《けず》ってゆく……それが、これからの日々」——)

悠二は思う。

(吉田さんが隠《かく》したのも、その一つの表れなんだろうか)

うそ寒い思いを僅《わず》かに過ぎらせて、しかし自分の境遇《きょうぐう》は憐れまない。それよりも、こんな自分を好きだと言ってくれた少女のために考える。

(いや……こんなことのせいで吉田さんに、本当は楽しく過ごせるはずだった誕生日を、辛《つら》い

思い出になんか、させられないよな)

(――「みんなで誕生パーティーしようよ!」――)

という緒方《おがた》の提案を聞いて、自分の方を見て、吉田が苦しげな顔をしたとき、咄嗟《とっさ》にそれを払うように明るく、有無《うむ》を言わせない大きな声で、

(――「いいね、みんなで賑《にぎ》やかにやろう!」――)

そう答えた自分の行動は、間違っていないはずだった。

事情を知っている佐藤《さとう》と田中《たなか》も、一瞬遅《おく》れて、

(――「オッケー! いいよな、吉田ちゃん!」「パーッとやろうぜ、楽しく!」――)

と応じてくれた。なぜか池《いけ》は変な顔をして黙っていたが、結局同意《どうい》した。言いだしっぺの緒方には異論《いろん》のあるはずもない。シャナだけは意味が分からないのか、キョトンとして成り行きを見ていたが、周りの様子《ようす》から、とりあえずと同意していた。

そして、こういうイベントの好きな佐藤が、

(――「んじゃ、どんな誕生パーティーにする?」――)

と張り切って意見をまとめ、その場でパーティーの細則《さいそく》も決まった。

日時は明後日《あさって》の放課後。

場所は吉田家の居間。

参加者はそれぞれプレゼントを持ち寄る。

主催者の吉田《よしだ》は、ご馳走《ちそう》でお返しする。

最後の項目を、せめてと付け加えた少女は、一同に向けて頭を下げ、言った。

(――「ありがとう」――)

と。

上げた顔は、ほんの少し、なにかを引き摺《ず》っていたが……たしかに喜びの笑顔だった。

(吉田さんには、笑ってて欲しい)

それだけを、思う。

思って、笑う。

その表情を、真ん前に立つ監督役《かんとくやく》の女性に見咎《みとが》められた。

「真面目《まじめ》にやるのであります」

「懲罰《ちょうばつ》」

バシッ、とどこからか純白のリボンが走り、屋根の端《はし》に立っていた片足を払われる。

「つう」

その一撃《いちげき》で、悠二《ゆうじ》は宙に放り出されていた。

「わあっ!?」

自分の下に遠い地面しかないという、位置の実感。空中にある一瞬の、不気味《ぶきみ》な怖気《おぞけ》を伴った浮遊感《ふゆうかん》。双方《そうほう》が雪崩《なだ》れるように、落下という根源《こんげん》の恐怖に変わる。

変わったときにはもう激突《げきとつ》が眼前に――

「――」

ビシ、と、

目を見開いた数センチ先で、地面が止まる。

「――ッ!」

足首に、先と同じ白いリボンが巻きつき、捕《と》らえていた。

瞬《まばた》きをようやく思い出した途端《とたん》、どっと冷や汗が噴《ふ》き出す。

「悠二《ゆうじ》、大丈夫!?」

屋根の上から心配げに覗《のぞ》き込むシャナに、悠二は目と鼻の奥を押さえつけられるような、逆さ釣《づ》りの感覚の中で答える。

「あ、ああ、なんとか……」

「ヴィルヘルミナ!」

声を確認するや、シャナは摑《つか》みかからんばかりの勢いでヴィルヘルミナに詰め寄った。彼女らには、実際に悠二を殺しかけたという前科《ぜんか》もある。心底からの恐怖が表情の中に僅《わず》か、残滓《ざんし》を垣間《かいま》見せていた。

それを見て取る詰め寄られた側は、しかしいつもと同じく、平然と返す。

「鍛錬《たんれん》の最中に気を散らして、だらしなく笑う方に非《ひ》があるのであります」

「正当懲罰《ちょうばつ》」

「笑う……？」

ようやく、この懲罰に理由があることに思い至り、怪訝《けげん》な声で訊《き》いたシャナへと、元養育係《もとよういく》の女性は――今度は他意ありありと――答える。

「大方《おおかた》、吉田《よしだ》一美《かずみ》嬢《じょう》のことでも考えて、ニヤついていたのでありましょう」

「弛緩面相《しかんめんそう》」

悪意からの憶測《おくそく》で図星《ずぼし》を突かれて、つい悠二は逆さ釣りのまま、

「へ、変な意味で笑ってたわけじゃ――あ」

叫んでから、自分の間抜《まぬ》けな自白《じはく》に気付いた。恐る恐る、静まり返った屋根の上へと、声をかける。

「……シャナ、さん？」

「落として」

冷酷《れいこく》な少女の指示を、『万条の仕手《ばんじょうしして》』は躊躇《ちゅうちょ》なく実行する。

足首のリボンが解《ほど》けた。

「待《ま》ぐげっ!?」

地面に顔から落ちた悠二は、変な叫び声を上げて倒れた。

「痴《し》れ者が」

アラストールの声が、聞こえたような聞こえなかったような。

家の台所にあるテーブルで、吉田《よしだ》は気のない視線で料理の本を眺《なが》めていた。見慣れたメニューを目に流す、という以上の速さで、パラパラとページをめくってゆく。

(……)

最後までめくると、傍《かたわ》らにある、料理の本のぎっしりと詰まったカラーボックスから、また一冊を取る。すでにテーブルの上には、本の山ができていた。

(……あれで、良かったのかな)

またページをぞんざいにめくりながら考える。

自分の表情のせいだったのだろうか。すぐに隠《かく》していた意図に気付かれてしまった。どうしてこう、変なところで正直に顔に出してしまうのだろう。いくら自分が決意したり他人に口止めしたりしても、これでは全く意味がなかった。

(私って、本当にダメだ)

もしかして、隠そうとしたこと自体がお節介《せっかい》だったかもしれない。それも、『坂井《さかい》悠二《ゆうじ》は人間ではない』という認識《にんしき》を前提《ぜんてい》とした、お節介である。こういう気の回し方に、彼は不機嫌《ふきげん》にならずにいてくれるだろうか。

（……ダメだけど）

暗く沈みそうになる気持ちを、なんとか押し上げる。尊敬《そんけい》する強い人、傷だらけの少年の言葉を、これまで何度か決意の度《たび》そうしたように、また胸の中で唱《とな》える。

（──『それでも、良かれと思うことを、また選ぶのだ』──）

あのときも、そうやって選んで、悲しく苦しい事実に直面させられた。

しかし代わりに、彼に本当の意味で近付き、想いを告げることができた。

良いことと悪いことは、複雑怪奇《かいき》なまでに絡み合っている。

決して、彼への歩み寄りを、止めてはいけない、止める気もない。

なにせ、恋敵《こいがたき》の少女・シャナは、世界にこれ以上ないほどの、超《ちょう》強敵なのだ。

自分よりもっと坂井悠二の近くにいて、自分よりずっと接する時間が多くて、自分より遥かに強くて可愛《かわい》くて頭も良くて──

（いけない、「それでも、王子《おうじ》は怪物《かいぶつ》に立ち向かいました」ですよね……カムシンさん）

心を奮《ふる》い立たせるために、少しオーバーな表現で恋敵を捉《とら》えてみる。

（ごめん、怪物はないよね、シャナちゃん）

自分で考えたことに、思わず笑っていた。

ようやく、気分が落ち着いてきたことを感じる。

悩み事があると、こうして台所でいろんな料理の本を静かに眺めて、心を静めるのが吉田の習癖《しゅうへき》だった。こうして立ち直るまでの時間が、最近では少し短くなったような気がする。気がする。虚勢《きょせい》だが、ないよりはマシだろう。

（素直に受け取ろう、楽しく過ごそう、そうすれば坂井《さかい》君も少しは喜んでくれる）

できるだけポジティブに考える。考えて、今度こそ本当に、自分の誕生日を祝ってくれる皆に振る舞うための料理を選ぼうと本をめくる。来てくれる皆が美味《おい》しいと思ってくれれば、とても嬉《うれ》しい。坂井悠二《ゆうじ》が美味しいと言ってくれれば、とてもとても嬉しい。

（坂井君には、笑ってて欲しい）

そうして、皆と笑い合いたい。もちろん、ライバルであるシャナとも。

そのとき、

ガチャリ、とドアが開いて、パジャマ姿の少年が入ってきた。

面差《おもざ》しは吉田《よしだ》と似ているが、目が少々釣《つ》り上がっていて、受ける印象《いんしょう》は随分《ずいぶん》と違う。

「なんだ姉《ねえ》ちゃん、またブルー入ってんの？」

弟・吉田健《けん》だった。

三つ違いの中学一年生。姉とは対照《たいしょう》的な、はしこい少年である。

「また、は余計《よけい》でしょ」

「じゃあ、長々と？」

少し膨《ふく》れる姉を背に、健は冷蔵庫を開ける。

「もう。これでも少しは短くなってるんだから」

「どーだか」

ジュースのパックを取り出した少年は取り合わず、水屋《みずや》からコップを出した。

「姉ちゃんってばさ、積んでる本の量と顔色で、どれくらい沈んでるか、一目《ひとめ》で分かるんだよなー。なんか、見え見えっつーか」

「余計なお世話です」

結局、姉が大いに膨れてしまう、いつもの姉弟の口喧嘩《くちげんか》……その最後に、

「そう、かな」

ズケズケものを言う弟らしくない、妙《みよう》な返事が来た。

「ま、今日はまだ……マシな方みたいだけど」

「？」

吉田は弟の態度に、ようやく違和感《いわかん》を覚えた。

自分の悩みについて、からかう軽さではなく、絡むような細かさで、弟が指摘《してき》したことは、今までなかったように思う。目の前でコップへとジュースを注《そそ》ぐ弟に、声をかける。

「健？」

「……」

健が、即答《そくとう》しない。彼女と目を合わせるのを避けるように冷蔵庫にパックを戻し、そのまま

振り向かない。

ほんの僅《わず》かな沈黙《ちんもく》を経て、

「姉《ねえ》ちゃん」

健《けん》は妙《みょう》に平淡《へいたん》な声で答えた。

「俺、今日、学校の帰りに大通りのゲーセンにいてさ」

「うん……？」

吉田《よしだ》は、弟が何を言おうとしているのか、さっぱり分からなかった。

テーブルに片手をかけた健は、さり気ない風《ふう》を装って、言う。

「そっから出たときに、見たんだ」

「なにを？」

「あの『写真の兄《にい》ちゃん』が、別の女と一緒にケーキ屋に入ってくの」

「あ……っ」

吉田は弟の勘違いに、思わず息を呑んでいた。

「なんか、すんげえ仲良さそうだった」

2 たくらみ

吉田健は、軽い口調《くちょう》を装って、姉に訊《き》く。

「その、『写真の兄ちゃん』と一緒にいた子、姉ちゃんは知ってるのか？」

半《なか》ば以上の確信を持って、それでも吉田一美《かずみ》は問い返す。

「坂井《さかい》君と、一緒に……どんな子、だったの？」

声の上擦《うわず》る理由が、単なる弟へのばつの悪さなのか、自分の知らない坂井悠二《ゆうじ》ともう一人の少女の行動を知ったことへの動揺《どうよう》なのか、自分でも分からない。

健はテーブルにもたれて（まだ腰掛けられるほど背は高くない）、思い出す風に手を顎《あご》に当てる。どこか芝居《しばい》がかっていて、わざとらしかった。

「えっと、ちっちゃくて、髪の長い……まあ、可愛《かわい》い子だった、かな」

（やっぱり）

吉田は、心に重しのかかるような事実を、なんとか受け止める。

その子の名はシャナ。

坂井悠二《さかいゆうじ》を巡り、自分と張り合っている、異能《いのう》の討《う》ち手・フレイムヘイズたる少女。

『写真の兄《にい》ちゃん』──サカイっての？　彼女付きだったんだ」

まったく、健《けん》の口ぶりには遠慮《えんりよ》というものがない。

その一方的な決め付けに、吉田《よしだ》は頬《ほお》を僅《わず》かに膨《ふく》らませて抗議《こうぎ》する。

「か、彼女なんかじゃ、ないよ……シャナちゃんは」

「そうは言うけどさ」

姉の、僅か、というだけの抗議の姿に、なぜか健は苛立《いらだ》ちのようなものを覚えた。自分でも気付かぬ間に、姉を挑発《ちようはつ》するような、あてつけがましい口調《くちよう》になる。

「写真の兄ちゃん、その『シャナちゃん』と楽しそうに話してたぞ。買ったケーキを分けるとか分けないとか」

実のところ、そのシャナと悠二の会話というのは──

「いくら物欲《ものほ》しそうに見ても、分けたげないわよ」

「べ、別にそんなこと、思ってないよ」

「嘘《うそ》。悠二はモンブランが大好きだって千草《ちぐさ》が言ってた」

「それを知ってて、僕の前で五つも六つも買うか？」

「欲しくなったから買っただけ。でも絶対分けたげない」

「あのなー」

――などという、非常にさもしい会話だったのだが、距離を開けて見聞きしていた健にはそこまでの詳細《しょうさい》は分からない。ただ、二人の近しい雰囲気《ふんいき》を感じ取っただけ、その印象《いんしょう》をまま、姉に伝えただけだった。

「彼女でもなけりゃ、そんな話しないんじゃないの？」

「そ、それは……」

吉田は言い澱《よど》む。弟が口にしたのは、単なる印象だった。理屈《りくつ》で否定するのは難しく、その持ち合わせもない。自分の覚えている感情が、ただの反発にしか過ぎないものであることも分かっている。が、それでも言葉は湧《わ》き上がった。胸の奥から、熱く激しく。

「とにかく違うの！」

「っ⁉」

健は目を丸くして、キョトンとなる。

普段は穏《おだ》やかな姉による、この強気の反撃《はんげき》は、弟を相当に驚かせたようだった。

抑えきれなかった気持ちを話相手にぶつける、そんな自分の行動に、今度は言った吉田自身が驚いた。慌《あわ》てて謝る。

「あ、ご、ごめん……怒鳴《どな》ったりして」

ところが、怒鳴りつけられた（というほどの迫力はなかったが、吉田自身はそう思った）健は突然、ニヤリと笑った。

「ははーあ」

「な、なに？」

その、意地の悪そうな、人の心を見透《みす》かしたような弟の笑いに、姉はこれまで一度もやり返せたことが無かった。果たして健《けん》は今度も、図星《ずぼし》を突く。

「さては、そのサカイって奴《やつ》を、シャナちゃんって子と取り合ってるわけだ」

「!!」

吉田《よしだ》の顔が、驚きの上に羞恥《しゅうち》の朱《あか》を加える。

「よく考えてみりゃ、毎日弁当《べんとう》まで作ってやってたもんなー。ファンパーにもデート行ってたみたいだし。なるほどなるほど、姉《ねえ》ちゃんには珍しい、積極的なアピールってわけだ」

「そ、あ、でも……」

「たしかに、違う女を彼女なんて言ったら『ちがうのぉ～！』って叫びたくもなるか」

「うう……」

しきりに感嘆《かんたん》するふりをしてからかう健に、吉田は口答えの一つもできない。

これまでは、『写真の兄《にい》ちゃん』の件でからかわれるのは悪い気分ではない、むしろ照れくさくも嬉《うれ》しいことだった。しかし今は、写真をネタにした軽い会話とはいえ、『坂井悠二《さかいゆうじ》』のことを実際に知られた、シャナという少女と張り合っていることを知られた、その上でのからかいである。恥ずかしくてたまらなかった。しばらくはこのネタで弄《いじ》られることを観念《かんねん》する。

と、健《けん》が続けて、そんな姉の懸念《けねん》を先取りするように言う。

「んで、さっそく自分のお誕生会にでも招待して、二人っきりで甘い夜を過ごすつもり、と」

「えっ、あ！」

吉田《よしだ》は、自分が悩みの内にめくっていた料理のタネ本から、自然と取り分けていた数冊の表紙に『誕生日のお料理特集』、『お誕生日に喜ばれるメニュー』等の文字があることに気が付いた。自分の誕生日は明後日《あさって》である。秘めていたはずの想い、隠《かく》していたはずの計画を見破るヒントを自分で並べていたことに、思わず頭を抱えたくなる。

「姉《ねえ》ちゃんって、ホントなんでも見え透いてるんだよなー」

「べ、別に、二人っきり、ってわけじゃや……みんなと一緒にするんだから」

弟の痛い指摘《してき》にも、小声で弁解《べんかい》をするのが関《せき》の山《やま》という、威厳《いげん》の欠片《かけら》もない姉だった。

「でも、本音《ほんね》は二人っきりがいいんだろ？」

「健！」

吉田の怒る振りは、ケンカを終わらせるいつもの合図である。事情が多少変わっても、この効果は幸い、同じだった。

慣例《かんれい》通りに健は笑って逃げる。もちろん捨て台詞《ぜりふ》は忘れない。

「けっこーけっこー、恋せよ乙女《おとめ》ってやつ？」

コップを放り出して、彼はようやく台所から駆け去った。

「もう」

残された吉田は、珍しくしつこく絡んできた弟への不審《ふしん》を一瞬だけ抱き――しかしすぐに忘れて――机の上に積み重なった料理の本を片付け始めた。

その外、

「……」

健は廊下に突っ立っていた。その表情は、台所にあったときの生意気《なまいき》そうな笑顔ではなく、不機嫌《ふきげん》に顰《しか》められている。

姉から離れた途端《とたん》、滲《にじ》んでくる気持ちがあった。

(……なんか、ムカつく)

姉に対してではない。

(サカイ、か)

姉の言っていた男に対しての、腹立ちである。

(よりにもよって、姉ちゃんみたいなのを、他の女と天秤《てんびん》にかけてる、ってか)

彼自身《じしん》にとって、全く意外《いがい》な気持ちだった。

今まで、こんな気持ちを『写真の兄《にい》ちゃん』に対して抱いたことはなかった。

姉に彼氏《かれし》がいる、あるいは、そう言ってるだけで憧《あこが》れているに過ぎない（憧れるほどの美男《びなん》子《し》か、とは思っていたが）のだとしても、それはそれで姉の勝手《かって》だと全く無視して、からかいの材料程度《ていど》にしか思っていなかった。

ところが今日の夕方、そいつが別の女と親しげに話し、一緒に歩いている光景を見た途端《とたん》、自分でも意外《いがい》な……驚くほどの動揺《どうよう》を感じた。そして今、姉にその真偽《しんぎ》を問い質《ただ》して、一緒にいた小さな、しかしやけに凄《すご》みのある可愛《かわい》い子が、本当に奴を間に挟んだライバルであると確認したことで、動揺は怒りに変わった。

彼氏だというのなら全然許せた。

というより、どうでもよかった。

いくらでも勝手にイチャついていればいい、と思っていた。

しかし、相手の男が、姉を誰か他の女と比べていたり、そのために姉を辛《つら》い目に遭《あ》わせているとなれば、話は全く別なのだった。

感情が怒りに変わった後に、自分がそう思っていたと気付いた。

とにかく、サカイとやらが気に食わない。

（まさかあいつ、姉ちゃんにいいように尽くさせといて、シャナちゃん、だったか……その子にも同じように……）

わざと悪い方に考える。

（比べるどころか、二股《ふたまた》かけてるんじゃないだろうな）

無根拠《むこんきょ》、完全な邪推《じゃすい》である。

であると分かっていて、なおも怒りを激しく燃やす。

敵愾心《てきがいしん》を、まるで自分から煽《あお》るように膨《ふく》らましてゆく。

理由は分からなかったが、悪いことだとは思わなかった。

あの姉を、自分が守らなくていったい誰が守るというのか。

あの姉、あんな姉に対し不誠実《ふせいじつ》な真似《まね》をしているサカイとかいう奴に、任せられるわけもない。むしろ、そのサカイから、サカイの行状《ぎょうじょう》から、姉を守らねばならない。

シャナとかいう子と歩いていた、文句《もんく》を言いつつも楽しそうな、緩んでだらしない顔を思い出して、眉根《まゆね》を寄せる。なんとかしなければ、という衝動《しょうどう》に駆り立てられる。

（でも、どうしたら……）

居ても立ってもいられなかったが、具体的になにをするか、ということまでは思いつかない。

迂闊《うかつ》に動いて姉を泣かせるような結果に……仲を険悪《けんあく》にしてしまったりしては、元も子もない。

サカイ自体は、全く、完璧《かんぺき》に、気に食わない奴《やつ》だというのに。

（姉《ねえ》ちゃんを、サカイを……つまり、なんだ……？）

結局自分がなにをしたいのか分からなくなり、健《けん》は俄《にわ》かな混乱に陥る。

と、その中で不意に、

（そうだ！）

とある少女、よく家に遊びに来る姉の知り合いの顔が、脳裏《のうり》に浮かんだ。

（あの人に相談してみよう）

そう心に決めて、健《けん》は階段を上がっていった。


シャナは、存在を喰われて死んだ、平井《ひらい》ゆかりという少女の存在に割り込み、己《おのれ》の身分を偽《ぎ》装《そう》している。当座の居宅《きょたく》もその自宅たるマンションの一室であり、ともに喰われたらしい家族の消えた後は、一人暮らしとなっていた。

ここに、彼女の養育《よういく》係であったフレイムヘイズ『万条《ばんじょう》の仕手《して》』ヴィルヘルミナ・カルメルが訪れ、諸事情から同居するようになって、少し経《た》つ。

一人暮らしだった頃は（坂井《さかい》家に入り浸《びた》っていたこともあって）必要《ひつよう》最小限のものしか備えていなかった殺風景《さっぷうけい》な部屋も、ヴィルヘルミナ来訪《らいほう》以降は、普通の家庭ほどに飾り気も生まれている。

今、かつて『本物の平井ゆかり』のものだったシャナの部屋に、零時《れいじ》を過ぎた夜半《やはん》にもかかわらず、一人の来客の姿があった。

「粗茶《そちゃ》ですが」

正座して、紅茶を淹《い》れたカップとモンブランケーキの皿を載せた盆《ぼん》を差し出したのは、ヴィルヘルミナ、

「はいっ、すいません！」

同じく、こちらは座布団《ざぶとん》の上に正座して、ペコリとお辞儀《じぎ》で返したのは、夜中に自転車を飛ばして平井家を訪れた緒方《おがた》真竹《またけ》である。

「はむ、もむ」

シャナはその傍《かたわ》ら、机の前の椅子《いす》に座って、さっそく自分に出されたモンブランケーキを満面の笑みで頬《ほお》張《ば》っている。

今日買って帰った六つの――帰った直後にヴィルヘルミナと一つずつ、晩御飯《ばんごはん》後のデザートにまた一つずつ食べた――残り二つである。悠二《ゆうじ》にはあげなかったが、緒方になら簡単にご馳《ち》走《そう》する気になれた。

「それでは、どうぞごゆっくり」

「はい！」

襖《ふすま》を閉めてヴィルヘルミナが去ると、緒方は覿面《てきめん》に体から力を抜き、

「……ふう」

目の前にある盆を見て、ぽりぽりと困った風《ふう》に頬を掻《か》く。

彼女は人生の師・理想の女性と仰ぐマージョリー・ドーを佐藤《さとう》家に訪ねた際、一緒に飲んで

いる給仕服《ふく》の女性と何度か遭遇《そうぐう》して顔見知《かおみし》りとなっていた。ただ、快活《かいかつ》を旨《むね》とする彼女には、その杓子定規《しゃくしじょうぎ》な佇《たたず》まいや堅苦《かたくる》しい雰囲気《ふんいき》が少々窮屈《きゅうくつ》に感じられるものらしい。

対して、小さな頃からヴィルヘルミナと暮らしていたシャナは、当然のように自然体である。

ようやくくつろいだ風《ふう》の緒方《おがた》に軽く言う。

「食べないの？　美味《おい》しいよ、んむ」

言って、また頬張《ほおば》った。

「あ、うん。もらうね」

輝くような笑顔を見せるクラスメイトに緒方は答え（彼女は〝紅世《ぐぜ》〟についての事柄《ことがら》をなにも知らない）、慌《あわ》ててケーキの皿を取る。

「でも、いいのかなあ……玄関先《げんかんさき》で立ち話するだけ、のつもりだったんだけど」

「ヴィルヘルミナは、お客様をお持て成しするのが好きなの」

「ふうん」

そういえば、と緒方は、ヴィルヘルミナについて『堅苦しい人』という感想を漏らした自分を、マージョリーが笑ったことを思い出す。

（――「そりゃ、観察眼《がん》が未熟《みじゅく》なだけ。彼女は私よりよっぽど優しいわよ。単にその優しさが相談役に向いてないってだけのこと」――）

意味を図りかねながらも、彼女はマージョリーの言うようなヴィルヘルミナをなんとか見出そうと傾注《けいちゅう》していたが、それでもやはり、実際に顔を合わせると緊張《きんちょう》が先に立ってしまう。やはりそう簡単に、師匠《ししょう》の域《いき》には届かない。

（優しい、か……そりゃ、悪い人じゃない、ってことくらいは分かるけど）

つい考え込んでいた緒方に、

「迷惑《めいわく》だった？」

人の気分を慮《おもんぱか》ることをようやく覚え始めた少女は、感じたことをストレートに尋《たず》ねた。

意外《いがい》な問いに緒方は驚き、大きく首を振る。

「えっ？　う、ううん！　全然そんなことないよ。ただ、家には、『ちょっとコンビニに行ってくる』って言って出てきたからさ。ほら、あんまり女の子がゆっくりしてっていい時間でもないでしょ？」

変に饒舌《じょうぜつ》な答えを受けたシャナは、

（でも――）

部屋に通されたことで、用件を簡便《かんべん》に伝える以上の時間を浪費《ろうひ》している。

御崎市《みさき》における夜間の治安《ちあん》情勢は、人間の少女が一人で出歩くには、少々危険《きけん》である。

虚偽《きょぎ》報告によって外出許可《きょか》を得た彼女が、帰宅の遅いことで家族から不審《ふしん》を抱かれる。

等々の事項は、彼女にとって都合《つごう》の悪いことであるはず。

（――それは迷惑ってことじゃないのかな？）

と対人関係《たいじんかんけい》に疎《うと》い身で、率直《そっちょく》に遠慮《えんりょ》の修辞《しゅうじ》を検証《けんしょう》する。そうして結局、検証した上で得た矛《む》盾《じゅん》に納得《なっとく》できないまま、また率直に尋《たず》ねる。

「それで、用件はなに？」

「うん」

緒方《おがた》は頷《うなず》いて、ようやくの本題に入る。

「一美《かずみ》の誕生日のこと。なにか、特別なプレゼントをあげよう、って思いついてさ。で、善は急げ、ってことで真夜中に自転車飛ばしてきたわけ」

「特別？」

シャナは、悠二《ゆうじ》を巡って戦う強大な敵（と彼女は捉《とら》えている）たる吉田《よしだ》一美に対して、悪《あく》感情は持っていない。どころか、むしろ彼女の素朴で穏《おだ》やかな性質を好いてさえいた。

そんな彼女の誕生日である。

緒方が来る直前、坂井《さかい》家での夜の鍛錬《たんれん》から帰る道すがら、ヴィルヘルミナに誕生日とはなにか、誕生パーティーでは普通どんな催《もよお》しをするのか、等を訊《き》いていた。それは祝うべき行事であること、親しい者はプレゼントを贈ること、等も理解した。

悠二に関することで譲《ゆず》る気は全くなかったが、それ以外で彼女を喜ばせるのは、大いに結構《けっこう》だと思っている。明日にでも、千草《ちぐさ》かヴィルヘルミナに、なにを贈れば喜ばれるのかを改めて尋ねようと考えていたところだった。

その予定を、緒方が繰り上げて持ってきたわけである。

「そう、特別。せっかくだから、ずっと思い出として残るようなのを」

「……どんなこと？」

ひたすら実質本位《ほんい》で、思考《しこう》や観念《かんねん》においても装飾《そうしょく》というものに無縁《むえん》なシャナは、抽象《ちゅうしょう》的な表現で語られても、いまいちピンと来ない。

それなりの日月、彼女と付き合ってきた緒方も、言う間に気が付いた。目の前でキョトンとしている、同性から見ても可愛《かわい》らしく感じる女の子にも分かるよう、提案を具体的に、簡潔《かんけつ》に言い直す。

「ズバリ、料理！」

「？」

まだ分からないようなので、さらに分かりやすく。

「私たち二人で、一美に美味《おい》しいものを作ったげるの」

「えっ」

ようやくの理解に辿《たど》り着いて、シャナは驚きの声をあげた。

緒方はその驚く様子《ようす》に満足しつつ、自分のプランを披露《ひろう》する。

「なにかある度《たび》、一美にはご馳走《ちそう》を作ってもらってるでしょ。だから、たまには私たちの方で、美味しい料理を振る舞ってあげようって思ったわけ。どう？」

ほとんど不審《ふしん》のように、シャナは訊《き》く。

「そんなものでいいの？」

緒方《おがた》は少し心外《しんがい》な風《ふう》に答えた。

「そんなもの、ってことないでしょ。そりゃ、たしかに一美《かずみ》に比べたら……っていうか、まあ私も、あんまり、そっちは得意じゃ……ないけどさ」

常の彼女らしくない歯切れの悪さは、提案に説得力を与える料理の腕前《うでまえ》が、いま一つ二つ足りないことを表している。とりあえず、心意気《こころいき》だけで抗弁《こうべん》などを試みる。

「出来がどうであれ、心を込めた贈り物ってのは嬉《うれ》しいものなの」

「……」

言われて、シャナは少し前、自分が悠二《ゆうじ》に弁当を作ってあげたときのことを思い出す。

悠二の母・千草《ちぐさ》の指導の下、頑張《がんば》ってフライパンを振るった甲斐《かい》あって、悠二は大喜びで弁当を食べてくれた（実際の感想が見た目と正反対だったことを彼女は知らない）。あれは個人的にも、火力を抑えることのできた自信作だったが、そんな自分自身の感情以上に、悠二の態度から満足感と誇らしさ、嬉しさを得ることができた。

たしかに、悪い提案ではないように思える。

「なんとなく、分かる」

緒方は同意を受けて、得意げに笑った。

「でしょ？　下手《へた》に高級なプレゼントあげるよりも、そっちの方が一美も喜んでくれそうな気がするんだ」

　この提案、実は懐《ふところ》具合がさほど芳《かんば》しくないという、彼女自身《じしん》にとっての裏《うら》事情もあったのだが、ともあれシャナにとっては望むところである。

「うん」

「よっし！　じゃ、明日の放課後に二人で特訓《とっくん》して、明後日《あさって》の誕生パーティーの日に本番、ってことでどう？」

「分かった」

　無論《むろん》、これにも異存《いぞん》はない。

「決まりね。で、なに作る？　やっぱ、オーソドックスにケーキとか――」

「メロンパン」

　シャナは語尾《ごび》に重ねるように即答《そくとう》した。

「……」

「……？」

　二人、数秒見詰《みつ》め合ってから、緒方が訊く。

「……誕生日に？」

「……ケーキでいい」

渋々《しぶしぶ》、シャナは提案を撤回《てっかい》した。

翌日、部活を軽い顔出し程度で切り上げさせてもらった緒方《おがた》は、大急ぎでシャワーを浴びるや、鳥の飛び立つような早足で学校を出た。

向かう先は坂井《さかい》家である。

(よーし！　まずは材料の買い出し、と……坂井君ちの近くに、その手のお店はあったかな？　それとも商店街に回った方がいいかな？)

当初、彼女としては邪魔者《じゃまもの》の入らなさそうな平井《ひらい》家で、全てに厳正《げんせい》的確であるように見えるヴィルヘルミナ・カルメルに、ケーキの作り方を聞こう、指導を受けよう、と思っていた（そのお願いも兼ねて、平井家を訪れたのである）。家政婦《かせいふ》なのだから当然、料理もできると思っていたのである。

ところが意外《いがい》なことに、申し出を受けたヴィルヘルミナは、

「少々、難しくありますな」

とだけ言って、そそくさと逃げるように自分の部屋に引きこもってしまった。

どうやら、料理だけはからっきしダメであるらしい。普段出す食事もほとんどがレトルト食品、得意《とくい》料理はサラダと湯豆腐《ゆどうふ》、というあたりから、その腕前は推《お》して知るべしである。

この意外な事実を知り、困《こう》じ果てた緒方に、シャナが、

「じゃあ、千草《ちぐさ》に教えてもらえばいい」

と提案し返したのだった。

言われて気付けば、いつぞや御崎《みさき》神社に遊びに行った際、あの優しく温和《おんわ》な女性には美味《おい》しいお弁当をご馳走《ちそう》になっている。悠二《ゆうじ》に、四苦八苦《しくはっく》料理する様《さま》を見られるかもしれないのが難《なん》点《てん》と言えば難点ではあったが、今日は彼も吉田《よしだ》へのプレゼントを買いに出かける、とのことである。特別な問題はなさそうに思えた。

(あっ、そうだ！　たしか副道脇《ふくどうわき》に、新しいスーパーできたんだっけ……そこに寄ってけばいいかな)

ポケットから、材料をメモした紙片を取り出して確認する。

今日は誕生パーティーに参加する他の皆、田中栄太《たなかえいた》や佐藤啓作《さとうけいさく》、池速人《いけはやと》らも、それぞれ用意するものがあるということで、各人バラバラに帰っている。

なんだか自分だけ出遅れたような気にさせられていた緒方は、スラリと長い足を小気味《こきみ》良く振り、乾かす間を惜しんだ髪を残暑《ざんしょ》の風に靡《なび》かせ、大通りを行く。

と、そこに、

「あっ！　あの――」

大通り沿い、屋根つきバス停で待っていたらしい人影《ひとかげ》が、声をかけてきた。平均よりも背の

高い緒方《おがた》から見て、かなり小柄《こがら》な少年である。

「あれっ……健《けん》君じゃない？」

吉田《よしだ》家に遊びに行くようになってから、何度も一緒にゲームなどをして顔見《かおみ》知《し》りになってい
る吉田一美《かずみ》の弟・健だった。

「どしたの、こんなとこで。お姉《ねえ》ちゃんなら、今日はもう帰ったと思う、けど？」

言う間に、気が付いた。

なんだか今日の彼は、姉をからかって遊ぶ、明るくてはしこい少年、という常の感じではな
い。その硬い表情の中、重たげに唇《くちびる》が開く。

「いえ、今日は、姉ちゃんのことじゃ……あ、違わないのか……」

口の中だけで、モゴモゴと声を転がすように言った。

「？」

いよいよもって、らしくない。

緒方は、そんな少年の様子《ようす》を不審《ふしん》に思い、改めて訊《き》き直す（例え急いでいる時であっても、
困っている者を邪険《じゃけん》に扱わないのが、彼女の美点である）。

「なにかあったの？」

「はい、その……」

促《うなが》されても、健はなかなか言葉を濁《にご》して答えない。が、やがて躊躇《ためら》いがちに、おずおずと本

題を口にした。

「姉《ねえ》ちゃんのカレ……いえ、その……」

言い辛《づら》そうに口ごもる様《さま》を見せて待たせること数秒、ようやく意を決して声を出す。

「サ、サカイって、どんな奴《やつ》なんですか？」

「えっ」

緒方《おがた》は、思わず素《す》っ頓狂《とんきよう》な声をあげていた。

一旦《いったん》口にして楽になったのか、次の質問は素早く、単刀直入《たんとうちよくにゆう》に来る。

「そのサカイは、シャナって子と、どういう関係なんですか？」

「え、えー、と……それは……」

今度は、緒方が返答に困って立ち尽くした。


弟が友達を問い詰めているのと反対側、学校に近接する商店街に、姉の吉田《よしだ》一美《かずみ》はいた。

傍《かたわ》らに在るのは、渦中《かちゆう》の元凶《げんきよう》・坂井《さかい》悠二《ゆうじ》——ではない。

「へえ、スーパーよりずっと安いな」

メガネマンこと池速人《いけはやと》である。八百屋《やおや》の店先に並んだ、普段の登下《とうげ》校《こう》ではただ通り過ぎるだけの背景に初めて注目した彼は、その安さに驚いていた。

「これも四個でいいんだっけ、吉田さん？」

明日の誕生パーティーで出す料理の材料を書き記したメモを手に、吉田が頷《うなず》く。

「うん。重かったら言ってね、池君」

「まだ全然《ぜんぜん》大丈夫だよ」

答えた池は、右手に学校の鞄《かばん》、左手に店備《そな》え付けの買い物籠《かご》を提《さ》げている。

吉田と家の近い彼は、プレゼントの一環《いっかん》、彼女へのお祝いのオマケとして、明日たくさん出されるだろう料理の材料買出《かいだ》しを申し出ていたのだった。

悠二に対するよりやや近しい調子で、吉田は何度目かのお礼を言う。

「本当にありがとう」

その笑顔にも、肩肘張《かたひじは》らない自然さがあった。

彼女にとって、池は対等に会話できる、唯一《ゆいいつ》の男友達なのだった。

反対に、池の吉田に対する感情は、実のところかなり複雑なものがある。もっとも、それを表《おもて》に出すほど、彼は不安定な人間ではない。いつものように接して、いつものように言う。

「いいよ。明日のついでってことで」

「じゃあ、ご馳走《ちそう》して、お返しするから」

「それは素直に楽しみだな」

笑って池は、自分が普段寄っているスーパーに比べてかなり安いジャガイモを、買い物籠に放り込んだ。荷物はそれなりに重かったが、ここは男という見栄《みえ》っ張《ぱ》りな生き物として耐える。

持ちやすいよう、手の握りを直しつつ尋《たず》ねた。

「この後さ」

できるだけ、さり気なく。

「駅前のアクセサリーショップに行こうと思ってるんだけど」

「え、池《いけ》君が？　珍しいね」

本気で感心する吉田《よしだ》に、池は苦笑《くしよう》を漏らす。

「そうじゃなくて、吉田さんの誕生日プレゼントを買いに行くってこと」

「あっ――」

吉田は自分の返答の間抜《まぬ》けさを恥じ、また思いもしなかった親切に驚く。

「なにか希望はある？」

「私、いいよ、そんなの」

慌《あわ》てて手を振る彼女だったが、池もさすがにこの頼みだけはきけない。

「いいわけないよ。折角《せつかく》の誕生日なんだ、むしろ大いに希望を述べて欲しいな」

「でも……」

「遠慮《えんりよ》はこの際、要らないよ」

「うん」

ようやく吉田は頷《うなず》く。済まなさそうに。

「僕は意外性《いがい》よりは確実性で行きたいからね。気に入ってもらえるデザインを選べるかどうかはともかく、ジャンルくらいはご期待に沿いたいわけ」

言われて彼女は少しだけ考え、やがて遠慮がちに答えた。

「じゃあ……アクセサリーとはちょっと違うけど、ハンカチなんか、あると嬉《うれ》しいかも」

あまり高いものにならないように、という彼女なりの気遣《きづか》いを察しつつ、池は軽く頷く。

「りょーかい。こりゃ、意外とセンスの問われるお題だな」

「ありがとう、池君」

「お礼を言うのはまだ早いよ。とりあえず、今持ってるこれを吉田さん家《ち》に運んでから、聞こうかな」

「うん」

二人は微笑《ほほえ》みを交わし、歩いてゆく。

佐藤啓作《さとうけいさく》の家は、かつて地主階級《かいきゅう》であった人々が集住《しゅうじゅう》する旧住《きゅう》宅地でも、指折《ゆびお》りの豪邸《ごうてい》である。かつて彼はここで、家事をハウスキーパーに任せた独り暮らしをしていた。かつて、というのは、数ヶ月前に居候《いそうろう》が一人、家に転がり込んだからである。

その居候《いそうろう》とは、他でもない『弔詞の詠み手《ちょうしよみて》』マージョリー・ドー。前裾《まえすそ》を縛《しば》ったワイシャツに膝《ひざ》までのスラックスという、いかにもいい加減《かげん》な即興《そっきょう》の格好《かっこう》をすら、貫禄《かんろく》のごり押しで着こなす異能《いのう》の討《う》ち手は今、

「う～、ん……」

メジャーカップを手に、一つの実験を行っていた。夏《なつ》特有の白けた夕日の差し込む室内は、静寂《せいじゃく》に緊迫《きんぱく》を加えた厳《おごそ》かさの中にある。

「……もう、ちょっとなのよね」

周りに並べられているのは、メモにグラスにバースプーン、果物《くだもの》にナイフに搾《しぼ》り器にアイスペール……ここは、広大な佐藤《さとう》家の中にある室内バーだった。カウンターとバックバーを備えた本格的な作りで、ごく最近、工事が行われて水場《みずば》も付いた。

「……あとは、ライムの量だと思うわけよ」

伊達眼鏡《だてめがね》越しの鋭い視線でカップの傾きを調整し、一滴一滴《いってき》を計りつつ、シェーカーへとライムの搾り汁を注《そそ》いでゆく。

部屋には他に、ソファ一式とクローゼット数揃《すうそろ》い、大きな姿見《すがたみ》等が置かれている。彼女は、この室内バーを佐藤家における居室《きょしつ》と勝手に定め、御崎《みさき》市における活動拠点《きょてん》としていた。

と、その傍《かたわ》ら、バーカウンターの上に置かれた、画板《がばん》を纏《まと》めたような大きさの本が、

「ヒッヒッ、半日かけて、ようやくレシピ一つ完成か。まったくご苦労なこったぜ、我が執拗《しつよう》

なる鯨飲者《げいいんしゃ》、マージョリー・ドー？」

と耳障《みみざわ》りな声で喚《わめ》いた。声の主《ぬし》は〝蹂躙《じゅうりん》の爪牙《そうが》〟マルコシアス。マージョリーと契約し、異能《いのう》の力を与える〝紅世《ぐぜ》の王〟である。

常の彼女であれば、相棒《あいぼう》が意思を表《ひょう》出《しゅつ》させる本型の神器《じんぎ》〝グリモア〟を乱暴に叩《たた》くところだが、今は慎重《しんちょう》にも慎重を重ねる作業の途中である。

「お黙り、バカマルコ」

と、小さく、ゆっくり、呟《つぶや》くのみだった。

「黄金率《おうごんりつ》の探求は、カクテル飲みの醍醐味《だいごみ》なの、よ……」

繊細優雅《せんさいゆうが》な指先が、精密《せいみつ》機械のようにメジャーカップを傾け、完成に向かう、最後の一滴を加えようとする。そのとき、

「たーだ今帰りました！」

「ちゃーっス！」

ドカン、と、

「っ！」

扉を開けて入ってきた佐藤と田中《たなか》の大声に押されるようにつんのめったマージョリー、その手元で、ライムの搾り汁が全部、シェーカーの中に注がれた。

「……」

静止ボタンを押されたように固まる彼女を、

「ヒャーッハハハハブッ!?」

大きく笑い飛ばしたマルコシアスが、鞭《むち》のようにしなる腕に払われて吹っ飛んだ。ドでかい本である〝グリモア〟はそのまま、狙いすましたかのように、

「んごわっ!?」

「どはっ!?」

現れた二人にぶち当たり、廊下へと諸共《もろとも》に転がり去った。

「あー、もー!」

マージョリーは頭をガシガシと掻《か》いて、栗色《くりいろ》の髪を掻き混ぜる。

少しして、放り出された廊下、ドアの端《はし》からおずおずと、

「あ、あのー」

「姐《あね》、さん?」

もう一度二人が覗《のぞ》き込んでみると、マージョリーはカウンターの中で眉根《まゆね》を寄せて、投げやりにシェーカーを振っていた。不機嫌《ふきげん》さも露《あらわ》に口を開く。

「別に、怒ってないわよ」

「キイーッヒヒヒ、顔はそう言ってなブッ!?」

佐藤《さとう》が抱えていた〝グリモア〟に、アイスが弾丸《だんがん》のように打ち込まれた。

「ったく、一言多いのよ」

「また、カクテル作ってたんですか？」

カウンターの散らかり具合を見た田中《たなか》は、ようやく自分たちが彼女のお楽しみを邪魔《じゃま》したらしいことに気付いた。その証拠《しょうこ》のように、

「そう、作ってたの」

と大人気《おとなげ》なく過去形を強調した声が返ってくる。もっとも、不機嫌ではあっても、その言うとおり、怒りの深刻《しんこく》さはない。二人は胸を撫《な》で下ろし、ようやく部屋に入った。

佐藤啓作《けいさく》と田中栄太《えいた》は、美貌貫禄《びぼうかんろく》、強さと恐さを併せ持つフレイムヘイズたる彼女に憧《あこが》れ、その子分《こぶん》を自称《じしょう》している。称するだけでなく、色々と自分たちなりの猛《もう》勉強とトレーニングを行って、子分たるに相応《ふさわ》しい存在になろうとしていた。

学校から帰っての読書もその一つである。

「田中、あれ、ちゃんと買ったか？」

「ああ」

内容こそ雑学《ざつがく》の方面に偏《かたよ》ってはいるものの、彼女と出会ってからの数ヶ月で、それなりの量をこなし、また量に見合った（あまり役には立ちそうもない）知識を蓄えている。

が、それでも今日、ソファに座った彼らが取り出した本は、マルコシアスを驚かせた。

「よう、ご両人。ノンジャンルっつっても程《ほど》があるんじゃねえか？」

言われて、佐藤《さとう》が苦笑《くしょう》する。

「ああ、これか？」

彼が手にしていたのは女性ファッション雑誌、

「違う違う、今日のは、プレゼントを選ぶための本だよ」

慌《あわ》てて手を振った田中《たなか》が持っていたのは、アクセサリーの専門書だった。

「プレゼントォ？　こないだマタケにやったばかりだろ。ご両人、意外《いがい》にもてんだな。それとも、誰かに迫る気かあ？」

ガタガタと騒がしく身を揺する〝グリモア〟に、佐藤は肩をすくめて見せた。

「残念ながら、そーいうのじゃないんだな」

「明日……マルコシアスも知ってるだろ、吉田《よしだ》ちゃんの誕生日でさ」

田中も言って、本を開く。

「オガちゃんにあげたみたいなアクセサリーにするか、もっと普通っぽい感じの、別のなにかにするか、姐《あね》さんにも話を訊《き》こうと思ってさ」

「つーか、女の子へのプレゼントなんて、俺らにはよく分かんねーし……」

佐藤から、期待の籠《こも》った視線を向けられたマージョリーは、シェーカーから注《そそ》いだ、ライム入りすぎのカクテルを一気《いっき》飲みして、少し考える。

「ヨシダ？　ああ、カズミのことね」

緒方《おがた》と比べて回数こそ少ないものの、ごくたまに深刻《しんこく》な顔で相談に訪れる――主に〝紅世《ぐぜ》〟と人間の関わりについての助言を得るため――押しの弱い少女のことを思い出した。

「ふうん、あの子のバースデー・パーティーやるんだ」

「さーぞかし炎髪灼眼《えんぱつしやくがん》の嬢《じょう》ちゃんの周りは騒がしくなんだろうなあ、ヒッヒッヒ！」

なんだか自分たちには見えない所まで見通しているようなマルコシアスに、

「どーだろな」

と返してから、佐藤は改めて尊敬《そんけい》する女傑《じょけつ》に尋《たず》ねる。

「なんなら、マージョリーさんも出席しますか？」

「とりあえず、オガちゃんは誘いに来ると思いますよ」

田中も続けたが、当の本人はカウンターに肘《ひじ》を着いて鼻で笑う。

「ふん、ジョーダンでしょ。なんで私が、少年少女のホームパーティーなんかに出なきゃなんないのよ」

やっぱり、と少年二人は肩を落とす。実のところ、緒方にかこつけた自分たちからの誘いだったわけだが、その程度の魂胆《こんたん》はお見通し、以前にそもそも行く気は全くないようだった。

（ま、ダメ元だったしな）

（そうそう上手《うま》くは行かねーか）

と、当面は諦《あきら》めて思う二人の頭上に、古臭《ふるくさ》い響《ひび》きの、キンコーン、という音が鳴った。佐藤家の呼《よ》び鈴《りん》である。

「ん――？」

佐藤《さとう》が本から顔をあげた。

田中《たなか》が腰を浮かしかける。

「俺が出ようか」

「いいよ。プレゼント選んでてくれ」

言って、家主《やぬし》たる少年は廊下に出てゆく。

家の仕事を受け持つハウスキーパーの老婆《ろうば》たちは、彼らの帰宅《きたく》前後に昼 謹《ちゆうきん》を終えて帰ってしまうので、夜の来客への応対《おうたい》は、必然的に彼がやることとなっている。

旧《きゆう》住宅地には、土地柄《がら》としてセールスマンなどはやって来ない。恐らく郵便物でも届いたのだろう、と田中は思い、言われた通り、アクセサリーの本をめくる。

「オガちゃんのときも、全然分かんなかったんだよなあ」

「ヒーッヒッヒッ、マタケ嬢《じよう》ちゃんは、おめえから貰《もら》ったもんなら生ゴミだって祭壇《さいだん》に飾るだろうさブッ!?」

「乙女《おとめ》の気持ちを生ゴミに例えたりするんじゃないわよ、バカマルコ」

再びアイスを鋭く投げつけられて、〝グリモア〟は黙った。

そうして、マージョリーはレシピのメモに英語の走り書きを記し、田中はアクセサリーの本に目を落とすという、不意な静寂《せいじゃく》が室内バーに訪れる。

ややの間を置いて、佐藤の帰ってくる足音が廊下から響《ひび》くと、

（ん？　……妙《みょう》ね）

マージョリーは不審《ふしん》げな顔を上げた。

足音が、彼一人だけのものではない。もう二組、来客用スリッパの音がパタパタと鳴っているのを、フレイムへイズの鋭い聴覚が捉えていた。

キイ、と扉が開いて、戸惑《とまど》いを顔に表した佐藤が入ってくる。

「あのー」

「誰？」

すでに彼だけでないことは分かっているので、マージョリーは残る二人が誰なのか、というところから質問を始めた。

答える前に、見慣れた顔が戸口から顔を出す。

「こんにちは、マージョリーさん」

「なんだ、マタケじゃない」

マージョリーは拍子抜《ぬ》けした。

現れたのは、僅《わず》かに緊張《きんちょう》した様子《ようす》の緒方《おがた》だった。

（ん？）

しかし、それならそれでおかしい。この二人という組み合わせなら、からかい合い笑い合って廊下をやってくるはずだった。つまり、佐藤《さとう》に戸惑《とまど》わせ、緒方《おがた》を緊張《きんちょう》させているのは、残るもう一人の来客である。

緒方が廊下の方を見て、

「さ、大丈夫……相談に乗ってくれる、いい人だから」

と促《うなが》す。

相棒《あいぼう》が〝グリモア〟を僅《わず》かに揺すり、笑いをこらえている気配を不愉快《ふゆかい》に思いつつ、その来客の入ってくるのを待つ。

ようやく、パタリ、とスリッパを鳴らして小柄《こがら》な影が、戸口に現れた。

「……？」

田中《たなか》も、初めて見る顔に怪訝《けげん》な面持《おもも》ちとなる。

気の強そうな容貌《ようぼう》に、僅かな怯《ひる》みの色を浮かべた、彼らより幾《いく》つか幼い少年だった。

マージョリーは、最も基本的な質問を、この来訪者に投げかける。

「あんた誰？」

少年は背筋《せすじ》を伸ばし、大きな声で答えた。

「はじめまして！　吉田健《よしだけん》っていいます！」

3　いたずら

その日は皆、微妙《びみょう》によそよそしい。

坂井悠二《さかいゆうじ》も池速人《いけはやと》も、佐藤啓作《けいさく》に田中栄太《えいた》、緒方真竹《またけ》、シャナでさえ、一人の少女に対し、不可視《ふかし》の薄壁《うすかべ》を隔《へだ》てるような態度で接している。それはひんやりとした疎外《そがい》ではなく、むしろ逆の、うずうずするような弾《はず》みの蓄積《ちくせき》と隠蔽《いんぺい》だった。

少女・吉田一美《かずみ》の誕生パーティーは、いよいよ今夜である。

「じゃ、私たち、先に帰るからねー！」

手荷物を提《さ》げた緒方が言って、友達の手を空《あ》いた方の手で取った。

その友達・シャナは戸惑いと驚きを表して、しかし逆らわずに連行《れんこう》されてゆく。

「ひ、引っ張らなくても――」

「勢い勢い！　さ、早く！」

ドタバタと教室から出てゆく二人を見送って、佐藤がクックッと笑った。

「オガちゃん、またやけに熱入ってんな」

少女二人が、吉田《よしだ》へのプレゼントとして、誕生パーティーに出すケーキを作ることは、すでに参加者一同《いちどう》へと伝わっている。それはある意味、今日一番の見物《みもの》と言えた。

「こういう賑《にぎ》やかなの、好きだからな」

田中《たなか》は言ってから、うーむ、と唸《うな》る。

「シャナちゃんと組んで、か。どんな代物《しろもの》ができきんだろな……こういうの、アレだ、なんて言ったっけ、えーと、ヘビがどうとか」

「鬼《おに》が出るか蛇《じゃ》が出るか？」

即答《そくとう》した池《いけ》に向き直り、指を差した。

「そうそう、それだ」

鞄《かばん》を取った悠二《ゆうじ》が、苦笑《くしょう》して言う。

「ひどいなあ。せっかく吉田さんに喜んでもらおう、って張り切ってるのに」

「そりゃー、そうだけど、なあ？」

「炭の塊《かたまり》を食べて喜べるかは微妙《びみょう》だろ」

「んー、料理は愛情って言うけど……あれは、ね」

佐藤《さとう》、田中、池が、各々《おのおの》好き勝手なことを言った。

緒方《おがた》はともかく、シャナの作る料理（と名乗る黒焦《くろこ》げのなにか）の実態は、彼ら親しい仲間内ではすでに周知《しゅうち》の事実である。本人が満足げに悠二へと差し出し、食べさせる光景も――その後に彼が見せる『耐える男』の形相《ぎようそう》も――もはや一度二度で済まない回数、見ている。不安にならない方がおかしかった。

それでも、その主な被害者たる少年・悠二は精一杯《せいいっぱい》の弁護《べんご》を試みる。

「緒方さんも一緒だし、母《かあ》さんもフォローするって言ってたから、なんとか、なるんじゃや、ないかな、うん」

その二人による昨晩の予行《よこう》演習が『坂井《さかい》家に立ち込める刺激臭《しげきしゅう》』という結果に終わっていることは、あえて言わない。

「ま、なるようになるか……とりあえず、俺たちも一旦《いったん》帰ろうぜ」

弁護が効いたのか、あるいは諦《あきら》めるしかないと観念《かんねん》したのか、田中も鞄を手に立った。

「こっちはこっちで打ち合わせもあるしな」

佐藤も頷《うなず》いて続く。

「吉田さん、お先に」

池が、窓際《まどぎわ》でコンコンと咳《せ》き込みながら黒板消《こくばんけ》しを叩《たた》いている吉田に、ひとまずの別れを告げた。今日一日、なんとなく距離を取っていた少女も、微笑《ほほえ》んで返す。

最後に悠二が、軽く手を振った。

「今晩、またね」

途端《とたん》、

「はい!」

微笑が花の咲くように明るくなる。

本人に自覚はないらしいが、男四人はその喜びの姿に、目を釘付け《くぎづ》にされた。

皆して思わず赤面《せきめん》すること一秒の後、

「あ痛っ!」

悠二《ゆうじ》は佐藤《さとう》に肩を、

「痛っ、な、なんだよ!?」

田中《たなか》に背中を小突《こづ》かれていた。

「別に、憎《にく》たらしいだけだ」

「そうだな、うん、憎いぞ」

そして、その傍《かたわ》ら、

「……」

人知れず、小さな溜息《ためいき》を吐く少年が一人。

四人は別れ際、大通りに面した正門で、改めて最後の打ち合わせを行う。

「ふうん。幸い、全員プレゼントは被《かぶ》らなかったわけだ」

皆から大まかな品目（いちおう、お互い詳細《しょうさい》は隠《かく》す）を聞いた池《いけ》が、安堵《あんど》の声を漏らした。

「昨日、相談とかしてなかったからな。結構《けっこう》心配だったんだ」

田中が、周到《しゅうとう》すぎる『メガネマン』の杞憂《きゆう》を笑い飛ばす。

「貰《もら》う方がそこまで気にするか？　もし被っても、両方ともプレゼントなら嬉《うれ》しいだろ」

「あー、でも」

と佐藤が人差し指を立てる。

「同じものプレゼントして、なんか見劣《みおと》りとかしたら、確かに嫌だなー」

悠二は笑って、池に向き直る。

「結局はバラけたみたいだし、いいじゃないか。で、なにか他に決めることは？」

「いや。僕からは、その確認《かくにん》以外は特に。こういうことは佐藤の方が詳しいだろ。用意するようなものとかあるか？」

頼られた佐藤は、腕を組んで考える。

「そーだな……盛り上げるためのパーティーグッズくらいは揃《そろ》えとこう。吉田《よしだ》ちゃんがそういうの、買ってるとは思えんし」

「そりゃそーだ。駅前辺《あた》りに寄ってみるか」

田中が言って、

「細かい品目はいいだろ。各人、テキトーに行きがけにでも探すように」

池《いけ》がまとめ、

「分かった。集合、遅れないようにな」

悠二《ゆうじ》が答えて、パーティーに招待された男四人は、再びの集合に備えるため、解散した。


一方、同じくパーティーに招待された女二人、シャナと緒方《おがた》は、自宅には戻らず、坂井《さかい》家に直行していた。

「ごめんくださーい！」

呼《よ》び鈴《りん》を押すと同時に声をかけると程《ほど》なく、

「はーい」

トタトタと廊下をやってくる音と気配がして、すぐ扉が開いた。

「いらっしゃい。待ってたわよ、二人とも」

柔らかな声とともに、和やかな笑顔の女性が顔を出す。悠二の母・千草《ちぐさ》である。

「用意はしてあるから、さっそく取り掛かりましょうか」

「ん」

半年からこの家に出入りするシャナは軽く、

「お邪魔《じゃま》します」

慣れていない緒方は畏《かしこ》まって答え、玄関《げんかん》に靴を揃《そろ》える。

ちなみに、緒方が提《さ》げている荷物は、パーティーのための着替えで、ケーキ作りの材料ではない。その手の準備は前日に万端《ばんたん》整えている（足りなくなったもの、足りなくなりそうなものは、千草が今朝《けさ》の内にこっそりと買い増しに出ていた）。

時間ギリギリまでケーキを作り、着替え等の支度《したく》も坂井家で行う、というのが二人の計画だった。もちろん、提案したのは千草である。

「じゃ、昨日決めた通りに分担《ぶんたん》しましょうね」

その千草が言って、二人をそれぞれの戦場へと案内する。

緒方は台所、シャナは食卓のある、続きの居間である。

昨日、とある用事から、やや遅れて坂井家にやってきた緒方と、張り切って千草と準備し待ち構えていたシャナは、予行演習という名の惨劇《さんげき》、食材に対する最大限の侮辱《ぶじょく》、二つの試練《しれん》を経て、一つの方針を定めていた。

即《すなわ》ち、

ケーキのスポンジ部分は緒方が、

飾り付け部分はシャナが担当する、

というものである。

シャナは火を使わせるといかなる品目も十中八九十《じゅっちゅうはちきゅうじゅう》、『黒焦《くろこ》げのなにか』に変えてしまうのだから、この担当区分《たんとう》は至極《しごく》妥当な配置と言えた。緒方《おがた》は特段《とくだん》、料理の腕前《うでまえ》に長《た》けているわけではない……どころかケーキ作り自体、実は初めての経験だった。が、それでもシャナよりは任せられる、と千草《ちぐさ》は判断したのである。

シャナは自分より遥かにその道を極めている女性の判断を（渋々《しぶしぶ》と）支持した。今はただ、自分に振り分けられた作業、飾り付けの方に全力を傾注《けいちゅう》するつもりである。それでも、

「まずは、生クリーム作りからね」

そう言って、エプロンとボウルを渡す千草に、

「分かってる。昨日何度《なんど》もやった」

答えつつ、僅《わず》かに口を尖《とが》らせてしまう。

もちろん千草は、そんな態度を取る少女を可愛《かわい》らしく思う。

と、二人の傍《かたわ》らで、昨日買ったばかりのエプロンを身に付けた緒方が、

「よーし、私も……お願いします！」

まるで部活のように、大きく鋭く叫んだ。

千草は変わらず笑って、ポンと肩を叩《たた》く。

「緒方さん、そう力《りき》まないで。お菓子作《かしづく》りは気軽に楽しく、ね？」

「はいっ！　……あ」

「ふふ、それじゃあ、まずは昨日の復習からね。スポンジケーキ作りで注意することは、覚え

てる？」

「はいっ、生地《きじ》を型に入れるとき、真ん中に集まらないように――」

「千草、変な色になった」

「……シャナちゃん、なに混ぜたの？」

偉大《いだい》なる主婦による督励《とくれい》の元、少女二人の奮闘《ふんとう》が始まった。


ところでもう一人、商店街にある喫茶店の片隅《かたすみ》で、

「……」

「どう？　できるでしょ？」

吉田《よしだ》一美《かずみ》の誕生パーティーに向けた準備に余念《よねん》のない少年がいた。

「……」

「ふむ。なんとか、なるでありましょう」

吉田の弟・健《けん》である。

「……ホント、ですか？　俺――僕の考えてたのは、もっと簡単な……」

「ま、たしかに信じられないでしょうけど、このオネーサン、そういうことは名人級なのよ。私を紹介したマタケに恥《はじ》かかすような真似《まね》はしないから、安心なさい」

「吉田《よしだ》一美《かずみ》嬢《じょう》には、いつぞや迷惑《めいわく》をおかけした借りが、あるのであります。お返しという意味で、今回の件における協力は、むしろ望むところであります」

彼は、彼個人の準備とともに、一つの計画を、とある女性らと密《ひそ》かに進めていた。

「はあ……よろしく、お願いします」

「はーいはい。んで、私はどーやって参加すればいいのかしら」

「貴女《あなた》はごく普通に、正面から入場すればよろしいのであります」

姉の誕生パーティーにおける、一つの計画を。

「それじゃ僕、家で待ってます。え、と……」

「いーわよ、払っとくから」

「でも」

「どうぞ、ご遠慮《えんりよ》なきよう。これも、お返しの一環《いっかん》であります」

とある、二人の女性らとともに。


夕飯時というにはやや遅い、午後八時前。

街灯が明るさを主張し始めた御崎市《みさきし》商店街には、客よりも家路《いえじ》を急ぐ会社員の姿が目立つようになっている。

軒《のき》を連ねる店々は、御崎市東側の繁華街《はんかがい》などとは違って、個人商店が主であるため、午後八時を店仕舞《じま》いの刻限《こくげん》とする所も多い。

この、人通りも疎《まば》らとなった通りの西口（学校の塀《へい》沿いに出る東口と反対側）に、ラフな私服姿《すがた》の少年四人が、最後に合流する少女二人を待っていた。

「こーいうイベントってのはさ、バラバラに訪ねたりしたら微妙《びみょう》にシラけんだよ。全員で一気に賑《にぎ》やかに押しかけようぜ」

佐藤《さとう》、確信を持っての提案を受けた、悠二《ゆうじ》らパーティーに参加する男性陣《じん》である。

この待ち合わせの提案者である佐藤が、襟《えり》の中に首を竦《すく》めて言う。

「坂井《さかい》、ケーキ、どれくらいできてたんだ？」

まだまだ残暑《ざんしょ》の残る季節ではあったが、夕暮れも過ぎた後に吹き行く風が、彼らになんとはなしの寒々しさを演じさせていた。

悠二は頭を掻《か》いて返す。

「出るときは、今にも完成するようなこと言ってたんだけどなあ。すぐ追いかけるから、って緒方《おがた》さんも言ってたし……」

「もう吉田さん家《ち》に行く時間になるぞ」

池《いけ》が携帯の時計を見て言った。

田中《たなか》も顎《あご》に手を当てて唸《うな》る。

「うーむ、なんとも捻《ひね》りのない話だ」

結果としては、この場の誰もが予想していた通りの展開となった。

ケーキ作りに勤《いそ》しんでいるシャナと緒方《おがた》が、集合に遅れていたのである。そのための時間を余計《よけい》に取っての、やや遅めに集合というスケジュールだった（招待側の吉田《よしだ》に料理を作る余裕《よゆう》を持たせるためでもあった）のだが……やはり二人は悪戦苦闘《あくせんくとう》しているらしい。

「集合に手間《てま》取って吉田さんを待たせたんじゃ本末転倒《ほんまつてんとう》なんだけどな。坂井《さかい》の家に電話して、まだダメなら、僕らだけで先に行――」

「ごめーん！　お待たせ!!」

池《いけ》の勇み足を、間一髪《かんいっぱつ》で緒方《おがた》の声が遮《さえぎ》った。

見れば、商店街の疎《まば》らな人影《ひとかげ》の間を、少女二人が歩いてくる。

「おーいおい、遅いぞ、二人とも……」

佐藤《さとう》が口を尖《とが》らせた。尖らせて、そのまま口笛《くちぶえ》を吹《ふ》いた。

二人は、大袈裟《おおげさ》過ぎないほどに、しかし疲れて帰路に着く雑踏《ざっとう》の中で輝くほどに薄く化粧を施《ほどこ》し、また着飾《きかざ》っていたのである。

緒方は淡い緑を基調にしたパンツルック、シャナは逆にモノトーン風《ふう》な柄《がら》のブラウスとプリーツスカートで、背の高低とも相俟《あいま》った、見事な好《こう》対照を成していた。それぞれが持つ、ケーキらしい綺麗《きれい》な包装紙《ほうそうし》に包んだ箱が、道行く目的を明確に示している。

もっとも、男どもの感性は、それらを表現するには、あまりに無粋《ぶすい》である。

「また今日は気合入ってんな」

という田中《たなか》の言葉に、緒方はプーッと頬《ほお》を膨《ふく》らませた。

「まず『綺麗だな』でしょ？」

遅れて、池が苦笑《くしょう》とともにフォローする。

「うん、よく似合《にあ》ってると思うよ。それはもちろん思うけどさ。今、先に行くかどうか、考えてたとこなんだ。間に合ってよかったよ」

「走ったら振動でケーキが崩れるし、千草《ちぐさ》も『汗ばんでお化粧が台無《だいな》しなる』って言った」

シャナが実直かつ明快に回答した。

そうして、悠二《ゆうじ》をじっと見る。

「あ、シャナも、綺麗だね、うん」

悠二は期待に背中を一突《ひとつ》きされるように、頷《うなず》いていた。

その、いかにも適当な反応に、シャナも頬を膨らませる。

そして、

「話すんなら、歩きながらにしよう。もう時間がないからさ」

「よっしゃ、行くか。俺、吉田ちゃん家《ち》、初めてなんだよな」

池と佐藤が、

「シャナ、ケーキの箱、持とうか？」

「いい。自分で持ちたい」

悠二《ゆうじ》とシャナが、

「で、オガちゃん、結局どうだったんだよ」

「ま、着いてからのお楽しみってとこね」

田中《たなか》と緒方《おがた》が、
ようやくメイン会場へと足を向ける。

ピンポーン、
と芸のない呼び鈴《よりん》が鳴って、

「っ！」

リビングで待ち侘《わ》びていた吉田《よしだ》が、跳ねるように立ち上がった。自分の格好《かっこう》、飾り気のない上品《じょうひん》なワンピースという姿を、柱にかけた小さな鏡《かがみ》で確認して、少し髪飾《かみかざ》りを直す。

「……よしっ」

小さく頷《うなず》いて、短い廊下へと出た。

「はーい！」

大きくない声をかける間に着く玄関《げんかん》は、やけに静かである。

(誰か、一人で来たのかな?)

家が近い池《いけ》君かな、などと思いつつ、ドアを開けたそこには、

「おっ、やっぱめかし込んでるじゃん?」

「……健《けん》」

毎日家《いえ》で見ている顔があった。ガックリと肩を落とす。

そんな姉の様子《ようす》に、密《ひそ》かに、しかしかなりムッと来た健は、からかいながら中に入る。

「そんな顔してたら、そこにいる坂井《さかい》悠二に嫌われるぞ」

「えっ」

顔を上げた先には、暗い夜の玄関のみ。

「姉《ねえ》ちゃん、引っかかりすぎー」

「もう、健!」

さすがに吉田は怒って、ドアをやや乱暴に閉めた。逃げる弟を追って振り向く、その背中に、
ピンポーン、
と再びの呼び鈴が。

「あっ!」

さっきのドアを閉めた音や自分の怒鳴《どな》り声(客観《きゃっかん》的にはさほど大きくも無い声である)が

聞こえていなかったか心配する。

（落ち着いて、落ち着いて……）

今度こそ、と胸に手を当てて深呼吸し、

「今開けまーす！」

と、ややわざとらしくその場で声を上げてから、ドアを開ける。

「こーんばんは、カズミ」

「マージョリーさん!?」

思いもかけない美麗《びれい》の女傑《じょけつ》が、なんということもなく玄関先《げんかん》に立っていた。

「来てくださったんですか」

「まー、気が向いちゃったのよね、なんか」

「いよーう、嬢《じょう》ちゃん。ハッピーバースデー、ヒヤッヒヤ」

彼女の右脇《わき》にある〝グリモア〟から、周囲に気を配ってか、やや小声のマルコシアスが挨拶《あいさつ》した。

「はい、どうも、ご丁寧《ていねい》に……、あ、どうぞお入りください」

戸惑《とまど》いがちに、しかしよく恋愛についての相談を緒方《おがた》とともに持ちかけている女性を、内に招く。来客用のスリッパを出した、その前、ドアの閉まる音と重なるように、

「はい、プレゼントのシャンパン。ノンアルコールだけど」

ドン、と大きな瓶《びん》の束《たば》が置かれる。

「あ、ありがとうございます」

驚く彼女を他所《よそ》に、マージョリーは周りを見る。家そのものではなく、来訪者の有無《うむ》を気配に確かめて、鼻をフンと鳴らした。

「連中《れんちゅう》、まだ来てないのね」

少女が待っていた、そのことを、それだけで、それゆえに、憤《いきどお》る。待たせた仲間たち、特に一人の少年の仕打ちに、呆《あき》れの溜息《ためいき》を吐いた。

「ったく、しようのない」

吉田《よしだ》も察し、慌《あわ》てて手を振る。

「いえ、約束の時間は——」

ちらり、と靴箱《くつばこ》上の置時計を見て、

「——今、ちょうど、過ぎましたけど……」

少しだけがっかりした。

瞬間、
ピンポーン、
と三度《みたび》の呼び鈴《よびりん》が。

「あっ」

思わずマージョリーを見て、そこから一転《いってん》した笑顔を受け取る。本当に今度こそ、とドキドキしながら玄関《げんかん》のドアに手をかけた。

と、その髪飾《かみかざ》りの位置を、マージョリーがひょいと直した。

吉田《よしだ》は気付き、

「どうも、ありが——」

「いーから」

言う途中《とちゅう》で促《うなが》されて、微笑《ほほえ》み返すだけに止める。マージョリーの、笑顔に手に言葉に勇気を貰《もら》ったような強い気持ちで、ドアを開けた。

途端《とたん》、
パパパパパーン!!

と連続したクラッカーの破裂音《はれつおん》が鳴って、

「——ふわぁっ!?」

貰った勇気も瞬時《しゅんじ》に消し飛んだ少女は、一《ひと》たまりもなく後ろに倒れた。

「おっ誕生日おめでとー!」「おめでとさん!!」「おめでとー!」「おめでとう!」「おめでとう、吉田さん!」「おめでとと」

佐藤《さとう》の音頭《おんど》に重ねて続けて、田中《たなか》と緒方《おがた》と池《いけ》と悠二《ゆうじ》とシャナが口々に言い、そして倒れかけた吉田と彼女を支えるマージョリー、二人を見て驚いた。

「マージョリーさん!?」「姐《あね》さん、なんで?」「一美《かずみ》!」「吉田《よしだ》さん、大丈夫!?」「わっ、ご、ごめん吉田さん!」「あっ」

騒がしい来訪者たちに転ばされて、

「――」

しかし吉田はクスクスと笑っていた。

「――、ふふ、あはは」

「大丈夫……みたい、ね」

抱きとめていたマージョリーも、表情に安堵《あんど》と等分《とうぶん》に笑みを混ぜ、やがて全員にその表情は伝わっていった。

そうして、招待主《ぬし》たる少女は――ようやくの、心からの笑顔で、客人たちを迎えた。

「ようこそ。いらっしゃい」

(よし、行くぞ)

作戦《さくせん》開始である。

「あ、今からなんだ?」

さりげなく、廊下の奥から出て行く。

さりげなく、さりげなく、軽く請《う》け負《お》う風《ふう》に。

「姉《ねえ》ちゃん。俺がスリッパ出すよ」

「そう？　じゃ、お願い——あ、弟の健《けん》です。こっちですから！」

はじめまして、と挨拶《あいさつ》する間に、姉ちゃんはマージョリーさんからプレゼントされたシャンパンを抱えて、リビングに入ってゆく。これで大丈夫。

マージョリーさんが、ドキリとするような目配《めくば》せをして、声をかけてきた。

「あがらせてもらうわよー」

「はい。どうぞ」

その足元に、スリッパを置く。

次に、あの『シャナ』が靴を脱いだ。

「ええ、と——オジャマシマス」

なんだか言い慣れない平坦《へいたん》なアクセントで言う、その足元に同じく、

「……どうぞ」

スリッパを出す。と、目の端《はし》で、坂井《さかい》悠二《ゆうじ》が靴を脱いでいる。

今だ。来客用スリッパの箱の中、別に分けておいた特製品を、何食わぬ顔で。

「どうぞ」

「ありがとう」

履《は》いて踏み出した瞬間、坂井《さかい》悠二《ゆうじ》は、すっ転んで頭を打った。

まずは一つ。

吉田《よしだ》の父母から、『ゆっくりしていってください』、『みんな楽しんでちょうだいね』、という穏《おだ》やかな挨拶《あいさつ》を受けてすぐ、一同は吉田家のリビングにあるテーブルを囲んで立った。

上座《かみざ》に招待者兼《けん》主役の吉田。

右側に、悠二、シャナ、池《いけ》。

左側に、緒方《おがた》、田中《たなか》、佐藤《さとう》。

対する下座《しもざ》に、マージョリー（彼女は吉田の父母から、まるで保護者代行《だいこう》のように扱われ、「これじゃ飲もうにも飲めない」と愚痴《ぐち》を零《こぼ》していた）という席取りである。

健《けん》はごく普通に家で過ごすように、リビングと続きの台所から、その様子《ようす》を眺《なが》めている。

「それにしても……」

緒方が、コンプレックスもありありという風《ふう》に、口を開いた。

「ケーキは私たちが作る、ってこと、前もって言っといて良かったわ」

「ま、この腕前《うでまえ》と競わされちゃあな」

田中の率直《そっちょく》な感想にも、反発の声を出せないほどの、それは豪勢《ごうせい》な眺めだった。

テーブルの上には、吉田の作った様々な料理が所狭《ところせま》しと並べられていたのである。一口で摘《つま》めそうなクラッカー類、食べ応えのありそうな惣菜《そうざい》、透《す》き通ったスープに切り分けられた果物《くだもの》類……高級感と贅沢《ぜいたく》さではなく、手間暇《てまひま》と心尽《づ》くしからなる品目が揃《そろ》っている。漂う匂《にお》いが、空腹感《くうふくかん》を助長させていた。

吉田は少し照れて言う。

「ちょっと、張り切りすぎたみたいで……」

「ちょっと、ね。はは」

さすがのメガネマンが、感嘆《かんたん》に僅《わず》か呆《あき》れさえ混ぜて笑った。

悠二もただただ圧倒されるばかりである。

「でも、これはこれで、吉田さんの誕生日らしいかも」

さっき廊下で打った頭を押さえつつ、一番労力《ろうりょく》を使っただろう招待者に笑いかけた。

「そ、そうですか？」

それを受けて、輝くような笑顔になる少女、

（なに平然と『シャナ』を隣《となり》に立たせてんだよ）

逆に、不機嫌《ふきげん》極まりない顰《しか》めっ面《つら》になる少年、

双方《そうほう》をチラリと見やったマージョリーが、誰とはなしに声をかける。

「論評《ろんぴょう》は、実際に食べてからにした方が盛り上がんじゃないの？」

それはそうだ、と立ちっ放しだった一同が椅子《いす》を引きかけたとき、

「待った待った！」

こういうイベントだと必ず進行役になる佐藤《さとう》が、声を張り上げた。

「せっかくマージョリーさんがシャンパン持ってきてくれたんだ、座る前に、一つ乾杯《かんぱい》といこうぜ！」

「お、いいな」

「さんせー！」

田中《たなか》と緒方《おがた》が即座《そくざ》に賛同して、悠二《ゆうじ》と池《いけ》とシャナが、裁可《さいか》を求むべく吉田《よしだ》を見た。

もちろん、拒否の来ようはずもない。

「はい、じゃあグラスを——」

「姉《ねえ》ちゃん。俺が出すよ」

台所にいた健《けん》が言って、戸棚《とだな》を開けた。

吉田は、妙《みょう》に甲斐甲斐《かいがい》しい弟の様子《ようす》に首を傾《かし》げる。

「今日はずいぶん親切なのね？」

「そんなことないって」

首を振って言う健に、マージョリーが意地悪《いじわる》く笑いかける。

「実はお姉ちゃんのパーティーに混ぜて欲しいんじゃないの？」

「えっ?」

吉田は少し意外《いがい》だった。

弟が、こういう姉の関係する話や催しに立ち入ってきたことは、今までになかった。好き嫌いよりも、少年としての照れ臭さやバツの悪さが先立つのだろう、と思っていた。

しかし、さっきからスリッパやグラスを出したり、台所に用もなく座っていたりと、妙な態度を取っているのも確かである。

「そうなの、健?」

訊《き》いてみると、さらに意外なことに、

「いいかな?」

と遠慮《えんりよ》気味な態度での、許可さえ求めてきた。

友人たちが白けないだろうか、と一同を振り返るが、もちろんそんなことを言い立てる者はいない。池が皆を代表するかのように、

「いいんじゃない?」

と軽く言った。周りも頷《うなず》いて返す。

「じゃあ!」

健も、わざとらしいほど朗《ほが》らかに笑って、まるで仲間入りの儀式《ぎしき》のように、皆にグラスを配ってゆく。

その中、悠二《ゆうじ》もグラスを受け取った。デジャヴを覚えるシチュエーションに、ほんの僅《わず》か緊《きん》張《ちょう》する。玄関《げんかん》での悪夢《あくむ》が、痛みとして脳裏《のうり》に蘇《よみがえ》る。

（このスリッパ……なんだかやけに、底がツルツルしてるような……まさか、ね）

そのまさか――健《けん》の手による『底に蠟《ろう》を摺《す》り込む』などという古風《こふう》な悪戯《いたずら》――を、可能性としては捉《とら》えても、実際にそんなことあるわけがない、と楽観《らっかん》する、お人好《ひとよ》しな彼である。

（……）

グラスになにか塗られていないか、ふと確認して自己嫌悪《けんお》を覚える。

（……はは、馬鹿みたい）

会ったこともない吉田《よしだ》さんの弟に悪戯なんかされるわけがない、スリッパのことも思い過ごしだろう、と彼は常識から結論付けた。

健はその間、

「この私が、ノンアルコールで乾杯《かんぱい》する羽目《はめ》になるとはねー」

とぼやくマージョリーに、最後のグラスを差し出している。

「どうぞ」

言った刹那《せつな》、その瞳《ひとみ》が、確認を求め窺《うかが》うような色、稚気《ちき》を帯びた弾《はず》むような気配を、僅かに過ぎらせた。もちろん、特定《とくてい》個人にとっての危険なそれらは、他の誰にも見えない。

そしてマージョリーは、

「あんがと」

と一言だけを返した。

やがて、新たに健も加えた全員のグラスにシャンパンが満たされたのを見た佐藤《さとう》が言う。

「よーし、それじゃ、まずは吉田さん」

「はい？」

「誕生パーティー開会の宣言から、どーぞ！」

「え、ええっ!?」

全く予測だにしていなかったことを求められた吉田は、危うくグラスの中身を零《こぼ》しかけるほどに動揺《どうよう》した。

「いよっ、待ってました！」

「頑張《がんば》ってー！」

田中《たなか》と緒方《おがた》が囃《はや》し立てる。悠二は暢気《のんき》に笑い、池《いけ》などは拍手までした。

「え、え、でも……」

口ごもって、その場でオドオドして立ち尽くす。少人数の仲間内とはいえ、他者から注目されることを苦手《にがて》とする彼女にとって、これは十分な難業《なんぎょう》なのだった。こうして慌《あわ》てていることへの済まなさまで加わり、混乱に拍車《はくしゃ》がかかる。

なかなか言い出せない彼女に、悠二が傍《かたわ》らから一言だけ、助け舟を出した。

「今日はありがとう、でいいと思うよ」

吉田《よしだ》は、少年の声に弾《はず》みと笑顔を貰《もら》って、

「は、はい」

それでも少し詰まりながら、

「今日は、どうも、ありが、とう……ございます」

ようやく言い切って一息《ひといき》吐いた。

応えて佐藤《さとう》が、正《せい》反対の大声で叫ぶ。

「つしゃ、それじゃ、吉田一美《かずみ》さん十六歳《さい》の誕生日を祝して……カンパーイ！」

皆が一斉《いっせい》に、少し遅れてシャナも、声を合わせて唱和《しょうわ》した。

「かんぱーい!!」


（まだ、半信半疑《はんしんはんぎ》って感じだな）

他が一気に飲み干《ほ》す中、坂井悠二《さかいゆうじ》だけが味を確かめるように、警戒《けいかい》しながらシャンパンを飲んでいる。もちろん、仕掛けなどしていない。

グラスには。

そうして安心させ、皆と予想通りの席に着いた瞬間、

ブー、
と、座布団《ざぶとん》の下から音が出た。

「えっ⁉」

「おい」「悠二、下品《げひん》」「ちょっ、ヤダ、坂井君」「坂井……」「おまえなー」「クックッ……」

大柄《おおがら》な人、『シャナ』、緒方《おがた》さん、メガネの人、賑《にぎ》やかな人のジトッとした目線《めせん》に、マージョリーさんの忍《しの》び笑いがオマケについた。

坂井悠二は、慌《あわ》てて立ち上がる。

「い、いや！　違うよ、してないって⁉」

姉《ねえ》ちゃんは、なにが起こったのか分からずキョトンと見上げて、

「あ……」

すぐ、顔を真っ赤にして俯《うつむ》く。

「だから違うってば！　ここに座ったら……あっ！」

坂井悠二が、ようやく座布団《ざぶとん》の下から、ブーブークッションを引き出した。

犯人への追及が始まる、その機先《きせん》を制して、さっさと認める。

「うっかり置き忘れてました。すいません」

「えっ……そ、そう」

坂井悠二始め、一同は気勢《きせい》を削《そ》がれる。

「健《けん》！」

姉《ねえ》ちゃんだけが怒った。これも予想通り。

「い、いいよ吉田《よしだ》さん。別に」

そう言うだろう。言った以上、話は流れる。

「ま、これもイベントに付き物の、笑えるアクシデントってやつだ。場も解《ほぐ》れたところで、楽しく飯食おうぜ！」

賑《にぎ》やかな人が、笑って仕切りなおした。

上手《うま》い言い訳だ、見習おう。


「そ、それじゃ、どうぞ食べてください」

気を取り直した吉田が言って、パーティーは一見、和やかに始まったが、各々の心境《しんきょう》は複雑である。

「いっただきまーす。お、これ美味《うま》そう！」

「アスパラのベーコン巻きか。なんか別の野菜も挟んであるな」

田中《たなか》と佐藤《さとう》は実のところ、健が悠二《ゆうじ》にした悪戯《いたずら》を、偶然ではない、と当たり前に認識《にんしき》していた。さっき転んだ経緯《けいい》を目の前で見ていた、というだけでなく、少年の開き直った白々《しらじら》しさ、明るさに透《す》けて見えるわざとらしさは、彼らのよく知る感覚だったからである。

とはいえ、なにを積極的にするでもない。

（あー、やっぱ昨日、佐藤の家まで相談に来たのって、そういうことだったのか）

（こりゃ、止めても無駄《むだ》なんだろーな）

所詮《しょせん》このことには部外者、諦《あきら》めと好奇《こうき》の視線でもって成り行きを見守るのみだった。

一方、

「このサーモン、いい香りがするね」

緒方《おがた》は、そう手放しに構えてもいられない。健に悩みを持ちかけられ、マージョリーに紹介したという責任もある。

（マージョリーさん、けしかけるようなこと言ったんじゃ……？）

姉を思いやる彼が悠二を警戒《けいかい》するだろうことは分かっていたが、誕生パーティーにかこつけて、嫌がらせ紛《まが》いの行為……ではなく、嫌がらせそのものを行うとは、正直、予想外だった。自身の知る限り、陰湿《いんしつ》とは程遠《ほどとお》い性格の子だったし、マージョリーがその手のことを黙認《もくにん》するとも思っていなかったのである。

（せっかく一美《かずみ》が、なんの遠慮《えんりょ》もなしに坂井《さかい》君と楽しく過ごせるイベントだってのに……）

まさか弟である健が、その邪魔《じゃま》をするとは思いもしなかった。今の立場にある自分が、どうすれば丸く収められるのか、見当も付かない。

（……でも、もう目の前ではやらないよね）

あえて希望的観測《かんそく》にすがってみる。スリッパも仮に悪戯《いたずら》の一環《いっかん》だとして、もう吉田《よしだ》には目撃《もくげき》されてしまった。さすがにこれ以上は、姉のためにも下手《へた》な真似《まね》はしないだろう。

（そうよね、考えすぎよ、ね……はは）

逃避《とうひ》のように、そう思う。

そう思えない者も、いた。

「ふうん、このニンジンの炒《いた》め物、すごく甘いな。レストランの付けあわせみたいだ」

池《いけ》の睨《にら》んだところ、吉田の弟は、まだなにかしでかしそうな雰囲気《ふんいき》である。

（理由は……考えるまでもないか）

それにしても、嫌がらせをして溜飲《りゅういん》を下げるには、いかにも場違《ばちが》いの観《かん》があった。姉が最も楽しみたい場面で、姉の好きな人を酷《ひど》い目に遭《あ》わせるのは、徒《いたずら》に姉を悲しませてしまうだけなのではないか。

（お茶目《ちゃめ》、って言うには、どうにもやり口がシビアなんだよな……弟とは仲がいい、って吉田さんも言ってたし、玄関口《げんかんぐち》で少し話した限りは、その通りに見えたけど）

なんにせよ、そのせいで吉田の誕生日が台無《だいな》しになってしまうというのはいただけない。軽い警戒《けいかい》くらいはしておくべきだろう、と思う。

（もっとも、主導権《しゅどうけん》は健君《けん》にあるから、どこまで意味があるかは分からないけど）

いつしか癖《くせ》になっている、密《ひそ》かな溜息《ためいき》を一つ吐いて、

（ホント、なんでこう、変な苦労ばかり、勝手に背負い込んでんだろ）

メガネマンは非常の事態へと備える。

全てを感じていながら、大筋《おおすじ》の意図を摑《つか》んでなお、なにもする気のない少女がいる。

「あむ、んむ……このピラフ、バターの香りがして、すごく美味《おい》しい」

シャナは、悠二《ゆうじ》を巡って対立するライバルである吉田を、認めつつも距離を取っている。

個人の性質として彼女を好いているし、仲良くすることにも抵抗はないが、だからといって自分から近付くこともない。今起きていることについての事情を詮索《せんさく》する気も、弟そのものへの興味も特にない。

（まあ、大した害もないみたいだし）

それに、と思う。

（舞い上がってる悠二も、少しくらい痛い目を見た方がいい）

でも、とも思う。

（吉田一美《かずみ》が嫌な気分にならなきゃいいけど）

自分と対するときには恐ろしく強くて頑固《がんこ》だが、それ以外の心身への衝撃《しょうげき》にはてんで弱い少女を、よく知っているからこそ、心配する。せっかく皆で集まって楽しんでいるのである。嫌な事件がないに越したことはなかった。

心配して、それでも自分から動く気はない。

（この程度なら、放っておけばいい）

攻撃自体《じたい》はどうせ、悠二《ゆうじ》に行くのである。

その悠二はといえば、

「あっ、これ、前にお弁当に入れてくれてた奴《やつ》だね。ええ、と……なんだっけ？　温かいと、また別な味がするな」

悪戯《いたずら》をされたことも忘れて……というより、特に深く考えず、暢気《のんき》にパクパクとご馳走《ちそう》を頰《ほお》張《ば》っていた。

弟の悪戯を突発《とっぱつ》性のものと思っている吉田《よしだ》は、なにも知らぬまま、

「はい、キッシュです。温かいときはチーズを多めに入れて、ボリュームを増やすんです」

言って、笑って、今という至福《しふく》の時を過ごす。

それを下座《しもざ》から、

（さて、どうなることやら）

マージョリーが眺《なが》めるでもなく眺めていた。

吉田が彼女のために改めて用意した肴《さかな》——軽く湯《ゆ》掻《が》いて醬油《しょうゆ》と摺《す》りゴマをかけたほうれん草——を、一人つまむ。元々おしゃべりに来たわけではなく、見届けに来たのである。そのときを待って、酒精《しゅせい》のないシャンパンの甘さに閉口しながら、少年少女の会話を聞き流す。

その端《はし》に、健《けん》は座っていた。

微妙《びみょう》に混じらず騒がず、ただ黙って。

姉の楽しげな様子《ようす》を、密《ひそ》かに覗《のぞ》いて。

様々な思惑《おもわく》を内に秘め、楽しい誕生パーティーは続く。


皆が料理をそれぞれ賞味《しょうみ》した頃合《ころあい》を見計らって、緒方《おがた》がシャナに目配《めくば》せした。

「一美《かずみ》、それじゃあ、そろそろ誕生日恒例《こうれい》の行事に入りたいんだけどー？」

「え？　うん」

吉田は察して、テーブルの中央を見る。

皆も同じく、一部に不安混じりの視線を、料理に取り囲まれた二つの箱へと注《そそ》いだ。

シャナと緒方謹製《きんせい》、吉田へのプレゼントたるケーキである。

「やっぱ誕生日には、これがなくちゃねー」

緒方はうきうきした様子で席を立つ。

「蠟燭《ろうそく》は？」

「千草《ちぐさ》が用意してくれてる」

吉田に答えて、シャナはポケットから綺麗《きれい》な色合いの、小さな蠟燭を入れたビニール袋を取り出した。この儀式《ぎしき》についてのレクチャーは受け、予行《よこう》演習もしっかりと済ませてある。

「蠟燭《ろうそく》をフー、って奴《やつ》か。高校生にもなってやることか？」

田中《たなか》が無神経に言って、佐藤《さとう》に窘《たしな》められる。

「イベントってのは趣向《しゅこう》が盛りだくさんであるべきなんだよ」

「そうよ、白《しら》けること言わないでよねー」

緒方《おがた》も尻馬《しりうま》に乗って糾弾《きゅうだん》した。

「へーへ、すいませんね。どうせ俺は気が利きませんよ」

口を尖《とが》らせる田中を、池《いけ》がなだめる。

「まあまあ、やることには賛成だろ？」

そこに、悠二《ゆうじ》が尋《たず》ねた。

「ところで、気になってたんだけど……二つあるのはどうして？」

「まあ、その……」

緒方は照れるように頭を掻《か》いた。

「一美《かずみ》とか、坂井《さかい》君のお母《かあ》さんみたいに、大きくって見栄《みば》えのいいケーキは、まだできないからさ。小さめのを作ったの」

「みんなで食べるのなら二つにしよう、ってことになった」

シャナも言って、箱に手をかけた。

慌《あわ》てて緒方も倣《なら》い、

「じゃ、開けまーす！　いち、にの……さん！」

二人は同時に、箱の上蓋《うわぶた》を外した。

「おおっ！」

「すげえ！」

「ケーキだ！」

「白いじゃないか痛っ!?」

佐藤が田中が感嘆《かんたん》し、池が驚き、悠二がシャナに殴《なぐ》られた。

箱の中から、男性陣《じん》の不安を吹き払うような、真っ白い生クリームの塊《かたまり》にイチゴを円環状《えんかんじょう》に載せた、簡素《かんそ》な拵《こしら》えの物体が二つ、現れていた。

多少型崩《かたくず》れしていて、生クリームの表面にも不器用《ぶきよう》に塗りつけた工程《こうてい》がありありと窺《うかが》えるものの、ともかくもケーキという見かけの要件は満たしている。

立案《りつあん》者として誇らしげに胸を張る緒方、

「どう、一美？　なかなかのもんでしょ？」

同じく人に物を贈る誇らしさを抱くシャナ、

「味は私が確認した。甘くて美味《おい》しい」

二人に見つめられた吉田《よしだ》の許《もと》に、今度はその周りにいる友達から、大切な人から、

「よっしゃ、今度は俺らの番だな！」「ちょっ、バカ、一斉《いっせい》にって言っただろ！」「こういうのは勢いだよ、勢い！」「おめでとう、吉田《よしだ》さん！」

雪崩《なだれ》のように物を押し付けられた。

ケーキと一緒にあげよう、と四人して示し合わせていた、各々《おのおの》のプレゼントだった。

真っ先に差し出した田中《たなか》は、リボンをかけたフライパン。制した池《いけ》は要望どおり、箱に入ったシックな色合いのハンカチ。前のめりに捧げる佐藤《さとう》は、マーガレットの小さな花束。そして悠二《ゆうじ》は、なんとも工夫《くふう》のない、犬のぬいぐるみ。

「田中、誕生日にフライパンはねーだろ」「花束か。そういうプレゼントもあったんだ」「おっ、高そうなハンカチ」「そんなことないって、それより犬の人形って平凡《へいぼん》すぎだろ」

わーわー言い合う少年らを、今度は、

「ちょっと、あんたたち。騒ぐんなら一美《かずみ》にちゃんと渡してからにしなさいよ」「あげる方は逃げないんだから、順番に渡せばいい」

と少女らが諭《さと》し、騒ぎに拍車《はくしゃ》をかける。

その中、

「……」

夢のような自分への、全てに、吉田は胸の詰まる思いだった。

「…………」

詰まったそこを越えて、歓喜《かんき》と感激《かんげき》と感謝が、涙となって溢《あふ》れ出す。

「…………あ……、がとう……っ」

止めどなく、震える声と涙が、溢れ出す。

「……あり、がとう……」

「吉田、さん……」

悠二始め、ぴたりと騒ぐのを止めた皆は、しかし謝まらず、宥《なだ》めもしない。吉田がポロポロと零《こぼ》す滴《しずく》が、笑顔の涙と分かるからだった。皆してその姿に、嬉しいと思ってもらえた、という実感をもらい、照れ臭さと喜びを半々に、胸を熱くする。

と、その中、緒方《おがた》が唐突《とうとつ》に、

「か、一美ったら、大げさなんだから……シャナちゃん、蠟燭《ろうそく》立てよ」

もらい泣きしそうな声を明るく励《はげ》まして、中断したイベントを続行させる。

「ん」

シャナも、頰《ほお》が熱くなるのを無視し、努めて平静な態度で、緒方に蠟燭を半分《はんぶん》渡した。

ケーキ二つに八本ずつ、蠟燭が立てられてゆく。静まった部屋の中、まるで神聖《しんせい》な儀式《ぎしき》であるかのように、マッチによる火が点《とも》されてから――緒方が促《うなが》す。

「一美」

「うん」

その間、皆にクラッカーが配られる。受け取って、隣《となり》に回して、吉田《よしだ》以外に行き渡る。マージョリー以外、誰も気にしてはいなかったが、配ったのは健《けん》である。

涙を指先で拭《ぬぐ》いつつ吉田は立って、自分の前に置かれた二つのケーキ、その上で不思議《ふしぎ》と周りを暗く見せる、十六の小さな灯火《ともしび》を見つめる。

「……」

まだ少し涙で滲《にじ》む、その揺らめきから、一人の少年に目を移した。

少年は涙の微笑に打たれ陶然《とうぜん》と見つめ返し、その隣にある少女は気に食わないながらも『今くらいは』と見て見ぬふりをする。

そうして吉田は、想いを胸に溜《た》めるように息を吸い、

「――ふぅっ」

小さく緩やかな吐息《といき》で、灯火を消す。

一度では足りず、

「ふぅっ」

涙混じりの照れ笑いを混ぜた二度目で、十六の灯火は全て消えた。

(いよいよ、か……)

どうやらパーティーの進行役を自認《じにん》しているらしい、賑《にぎ》やかな人が、

「誕生日おめでとー!!」

叫んでクラッカーをパンと鳴らした。

「おめでとう！」

続いて大柄《おおがら》な人やメガネの人、緒方《おがた》さんに『シャナ』、坂井悠二《さかいゆうじ》が次々と続いて、大きな音と声で姉《ねえ》ちゃんを祝福する。その中、マージョリーさんは少しだけ笑って、指先でクラッカーを玩《もてあそ》んでいる。

(よし)

どことなく、自分に促《うなが》している、ように思う。

(やるぞ)

もちろん、勝手な妄想《もうそう》だ。

「……」

一秒二秒遅れて、皆が騒音で耳を麻痺《まひ》させた隙《すき》を突く。手にした自分の得物《えもの》、火薬《かやく》だけでなくテープや紙吹雪《かみふぶき》などの中身までも増量して、容器も一巻き多く固めたという、特製のクラッカーを、坂井悠二に向ける。

「……――」

その瞬間、『シャナ』がこっちを睨《にら》んだような気もしたが、構わない。

邪魔《じゃま》されないままに、グイと紐《ひも》を引っ張る。

「——っ!!」

バアン！

という凄《すご》い音とテープの束が、

「わあっ!?」

坂井《さかい》悠二《ゆうじ》の顔面を直撃《ちょくげき》して、ひっくり返らせた。

姉《ねえ》ちゃんが叫ぶ。

「坂井君!!」

やるつもりだった。

やって、しまった。

仕掛けたイベントは、あと一つ。

騒音《そうおん》に痺《しび》れた空白の中、一同が、起きた事件を反芻《はんすう》する。

今度こそ、間違いなかった。

幸せ一杯《いっぱい》な雰囲気《ふんいき》を破壊する所業《しょぎょう》。

健《けん》による、坂井悠二への悪戯《いたずら》……否、嫌がらせだった。

佐藤《さとう》と田中《たなか》は改めて健の意図を確認し、緒方《おがた》は悪い予感が当たったことに絶句《ぜっく》する。池《いけ》は結局なにもできなかった自分に憤慨《ふんがい》した。シャナは無害とたかを括《くく》って動かなかったことを悔《く》やみ、マージョリーは、ただ知らん顔。

悠二は倒れたまま、呆然《ぼうぜん》としている。体に怪我《けが》らしい怪我はなかったが、受けたショックで僅《わず》かに放心していた。

そして、

「……」

吉田《よしだ》は、

「……」

涙を流して、

「……健!!」

怒っていた。

さっきとは違う涙を流して、肩を震わせて、心の底から、怒っていた。

「!」

驚いて目を見張る健に、ゆっくりと歩み寄る。涙を流しながら、怒りの表情もそのままに。

弁解《べんかい》しようと思った緒方《おがた》、宥《なだ》めようとした池《いけ》、二人に身動きを取らせないほどに、吉田《よしだ》一美《かずみ》は怒りで一杯《いっぱい》になっていた。

覚悟《かくご》して待つ健《けん》の前に、立つ。

(ふう、ん……『健の馬鹿!』って泣き喚《わめ》いて逃げなかったな)

健は気弱な姉が、これまで見せた怒りの姿を一つずつ、脳裏《のうり》に巡らせてゆく。

(じゃあ……『どうして、こんな酷《ひど》いことするの!』かな)

逃げたり、泣いたり、平手打《ひらてう》ちしたりの、感情を爆発させた姉の姿を。

(それとも……『健なんか嫌い!』かな)

巡らせて、その中から来るだろう、自分への断罪《だんざい》を待つ。

「健」

「……」

涙を流す姉を、弟は見上げる。

「直して」

「……えっ?」

見上げた先で待っていた静かさ、意味不明《ふめい》な言葉、これまでにない態度、全てに面食《めんく》らう弟へと、姉は示す。

指で、テーブルの真ん中を。

テーブルの真ん中にある、ケーキを。

「直して」

「あ……」

テーブルの真ん中で、特製クラッカーが吐き出した紙テープと紙吹雪《かみふぶき》に塗《まみ》れた、シャナと緒《お》方《がた》からのプレゼントであるケーキを。

泣きながら、しかし強く、吉田は言う。

「お願いだから、直して」

「……」

ようやく正気に戻り、身を起こした悠二《ゆうじ》が、

「つ、つ……、あ――!?」

全く今さら、深刻《しんこく》な事態のあることを知る。

姉弟は、余人《よじん》の入り難い対峙《たいじ》の中にあった。

他の面々が、長すぎるほどに長く感じた、しかし実際には僅《わず》か十秒ほどのそれは、

「……」

「……分かったよ」

健の一言で、ようやく解けた。

怒り、震える姉の横を通って、緒方の傍《かたわ》らから、テーブルに手を伸ばす。

「ごめんなさい、緒方《おがた》さん、シャナ……さん」

「う、うん」

「……」

戸惑《とまど》う緒方、黙っているシャナ、二人を見るでもなく、健《けん》は自分の仕出《しで》かした惨事《さんじ》の後始末《あとしまつ》を行う。

生クリームの上にへばりついた紙テープを、イチゴに降りかかった紙吹雪《かみふぶき》を、一つずつ、型崩れしないように取り除いてゆく。

その作業が終わる寸前《すんぜん》、今まで傍観《ぼうかん》していたマージョリーが、不意に口を開いた。

「で、どうなの？」

答えて健が、

「はい」

と一言だけ。

気まずく張り詰めた空気の中で交わされた会話、その意味を、誰も理解できなかった。二人の仲介《ちゅうかい》をした緒方、その様子《ようす》を見ていた佐藤《さとう》と田中《たなか》らも、『やっぱり二人には、なにか示し合わせるところがあったのか』と改めて確認しただけである。

やがて、始末を終えた健は、手に取った紙テープと紙吹雪を台所のゴミ箱へと捨て、シンクで手を洗う。

「泣いたり怒ったり、ただキレるだけだろ、って舐《な》めてたんですけど……なんか、妙《みょう》に打たれ強くなった感じです。誰のせい……いや、おかげ、なのかな」

弟たる少年は、結局まだ謝っていない人間をチラリと見て、リビングの出口に向かう。

「……健?」

「姉《ねえ》ちゃん」

怪訝《けげん》な面持《おもも》ちになる姉に、背中越《ご》しの一言。

「これで、最後だから」

「っ!?」

彼の手が、出口脇《わき》の壁に添えられている。

その下にあるのが、台所とリビングの照明スイッチだと皆が気付いた瞬間、
視界《しかい》が暗転《あんてん》した。

「健君、やめなさい!」

緒方は健を制止しようと、寸前《すんぜん》まで彼の見えた方向に走った。

「危ないって!」

田中は緒方の飛び出す気配を感じて、その肩を摑《つか》もうとした。

「マージョリーさん！」

佐藤《さとう》は訳知《わけし》りらしいマージョリーの方へと、声を張り上げた。

「坂井《さかい》！」

池《いけ》は、今度こそはと悠二《ゆうじ》にもう一度伏《ふ》せるよう手を伸ばした。

シャナは、

（むっ！）

リビングへと躍《おど》り込んでくる何者かの存在を察知《さっち》し、その進路を遮《さえぎ》ろうとした。遮ろうとして、クルリと闇《やみ》の中で視界《しかい》が回転、放り出されていた。驚愕《きょうがく》に目を見開く。

「――なっ⁉」

悠二は、

（いけないっ⁉）

自分が近くにいると、また何か酷《ひど》いことが起きてしまうのでは、と咄嗟《とっさ》に考え、慌《あわ》てて飛びのこうとして――全身をなにか、紐《ひも》のようなものでぐるぐる巻きに拘束《こうそく》された。

「ぐうっ⁉」

一方、闇の中、周りのドタバタした気配に立ちすくんだ吉田《よしだ》は、

（え、えっ？）

その肩と腰を、誰かの手で柔らかく捕《と》らえられた。固まる間に自分の体が浮き上がり、服を紐《ひも》

解《と》くように脱がされる、代わりになにか別のものを纏《まと》わされる、不可思議《ふかしぎ》な感触《かんしょく》が数秒の内に通り過ぎてゆく。

「な、な——」

「お静かに」

闇の中から突然、平坦《へいたん》な女性の声で囁《ささや》かれて、

「!?」

吉田は凍りついた。

その声を聞きつけたシャナが、驚き叫ぶ。

「ヴィルヘルミナ!?」

パチン、

と突然、電灯が点《つ》いた。

いつの間にか、緒方《おがた》も佐藤も田中《たなか》も池もシャナも……健《けん》までもが、同じ向きで並ばされていた。一列になった彼らの後ろには、部屋の端《はし》に付けられたテーブルがある。

そして前には、

輝くような、純白のドレス姿へと様変《さまが》わりした吉田一美《かずみ》が、立っていた。

それは、ただのドレスではない。柔らかな花のように広がる裾《すそ》、頭に載せた薄いベール、肘《ひじ》までの締まった手袋、そして、手に取ったブーケ——全てが純白の、

ウェディングドレスだった。

その清楚《せいそ》な佇《たたず》まいに、並んだ一同は揃《そろ》って言葉を失い、ただ見惚《みと》れる。

「……あっ？」

自分の姿に驚いた吉田《よしだ》は、慌《あわ》てて周りを見回して、すぐ隣《となり》に、自分の夢たる姿を見つけた。

「あ、れ？」

同じく自分の格好《かっこう》に驚く坂井悠二《さかいゆうじ》。彼も、純白のタキシードに身を包んでいた。

唖然《あぜん》と、その『三人』を見ていたシャナが、

「っ！」

唐突《とうとつ》に我に返って、自分の傍《かたわ》らに何気なく立っている女性を睨《にら》みつける。

「ヴィルヘルミナ！　どういうこと!?」

マージョリー以外の皆がぎょっとして、ようやくその女性の存在に気付いた。

丈長《たけなが》のワンピースに白いヘッドドレスとエプロン、律儀《りちぎ》に吉田家の来客用スリッパを履《は》いた、情感に乏しい容貌《ようぼう》の女性である。

やはり情感に乏しい声で、シャナの養育《よういく》係にしてリボンを縦横《じゅうおう》に繰《く》るフレイムヘイズ『万条《ばんじょう》の仕手《して》』たる女性は言う。

「吉田《よしだ》健《けん》氏の要請《ようせい》であります」

「健の……？」

吉田が、皆の並ぶ端《はし》で、プイとそっぽを向いている弟を見る。

弟たる少年は、逸《そ》らした先から、明らかに照れ隠《かく》しという、そっけない口調《くちょう》で言う。

「ま、ここまで豪勢《ごうせい》なの着せてくれるとは、思ってなかったけどさ」

適当に着飾《きかざ》らせて『写真の兄《にい》ちゃん』とのツーショットを撮り、それをプレゼントにしてやろう、と当初計画していた少年は、それまではせいぜい悪戯《いたずら》、嫌がらせをしてやろうと計画していた少年は、マージョリーの紹介で助力してくれた女性の、あまりに見事な手際《てぎわ》（フレイムヘイズとしての力を使ったのだから当然ではあったが）に驚嘆《きょうたん》し、同時に感謝していた。

「まあ……あれくらいやらなきゃ、これと釣《つ》り合わないだろ？」

吉田は思わず、

「健――――！」

意地悪《いじわる》な弟に、抱きついていた。

「わっ!? あ、相手が違うだろ!!」

真っ赤になって抗議《こうぎ》する健に、しかし吉田は頬《ほお》を寄せて頷《うなず》く。

「うん……でも、でも、ありがとう……」

「……ん。誕生日おめでとう、姉《ねえ》ちゃん」

今度は、その目に涙はない。

溢《あふ》れているのは、ただ喜びだけだった。

部屋の隅《すみ》で壁にもたれ、一部始終《しじゅう》を見物していたマージョリーが、悠二《ゆうじ》に向かってニヤリと笑いかける。

「ま、今日くらいはいーんじゃない？」

「はあ……」

頼りなく返す悠二、

「と、いうことであります」

「もう――！」

状況から怒るに怒れないシャナ、
二人を、姉弟を囲んで、皆が笑う。

その中で、吉田は心から、ここにいる皆に、ここにある全てに、言った。

「ありがとう」

吉田一美《かずみ》の机の上に、写真立てがもう一つ、増えた。

新しい写真の中に在るのは、皆。

片されたリビングで、結婚式の一場面《いちばめん》のように集《つど》う、皆。

ぷーと頬《ほお》を膨《ふく》らまして横を向くシャナ、苦笑《くしょう》してそれを宥《なだ》める池《いけ》、前に座って皆のプレゼントを掲げる佐藤《さとう》と田中《たなか》と緒方《おがた》、照れ臭そうに鼻を掻《か》く健《けん》、後ろで無表情に立つヴィルヘルミナ、並んで呵呵大笑《かかたいしょう》しているマージョリー。

そして中央、二人して盛装《せいそう》し、真っ赤な顔で腕を組む、吉田《よしだ》一美《かずみ》と坂井《さかい》悠二《ゆうじ》。

弟に貰《もら》った、皆と撮った、大切な人との、写真だった。

少女の日々は、想いを乗せて巡り行く。

喜びと優しさと、温かさに包まれて。

苦しみも悲しみも超えて、ずっと。

灼眼のシャナ

キープセイク

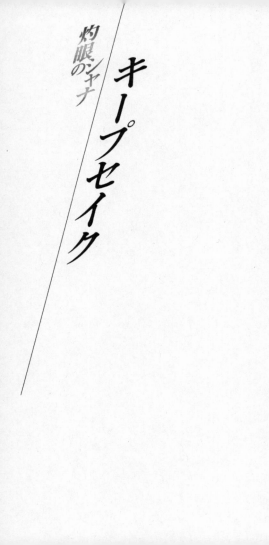

低い瘤《こぶ》の群れとも見えるハルツ山地に、霧はない。

蒼穹《そうきゅう》は爽快《そうかい》に雲を疾駆《しっく》させ、山麓《さんろく》は一望《いちぼう》の深緑を敷いている。

その澄明《ちょうめい》な風光の中、白黒の蝶《ちょう》も共に踊る、花崗岩《かこうがん》の突き出し転がった岩場で、

「花が、お好きですか？」

小さく咲いた花を、馬鹿のように呆然《ぼうぜん》と見下ろしていたらしい。

「っ!?」

背後からかかった女性の声に、〝闇《やみ》の雫《しずく》〟チェルノボーグは不意を突かれた。世界有数《ゆうすう》の規模を持つ〝紅世《ぐぜ》の徒《ともがら》〟の軍団［とむらいの鐘《トーテン・グロッケ》］大《だい》幹部『九垓天秤《くがいてんびん》』の一角、隠密頭《おんみつがしら》の地位に在る者として、あってはならない失態《しったい》である。誤魔化《ごまか》し半分に生《なま》返事をした。

「ん、ああ」

黒衣《こくい》と黒髪《くろかみ》、獣《けもの》の耳、痩身《そうしん》に右の巨腕、という剣呑《けんのん》な姿をした己《おのれ》が、花などに見入っていた、というのは、少々……と言わず、大いに大いに体裁《ていさい》が悪い。なにより、

（もしソカルあたりに知られれば、百年はもの笑いの種《たね》にされてしまう）

なんとか話を逸《そ》らす。

「主《あるじ》は、まだ到着されぬか」

主とは、彼女ら［とむらいの鐘《トーテン・グロッケ》］の首領《しゆりよう》、〝棺《ひつぎ》の織手《おりて》〟アシズのことである。

声をかけた〝徒《ともがら》〟は、自分の問いを流されたことに頓着《とんちやく》しない。美女の顔を中心に抱いた花、という異形《いぎよう》を僅《わず》か前に傾けて頷《うなず》く。

「はい、殿軍《しんがり》よりの脱落者がないか、道具どもの追撃《ついげき》がないか、お気を配られながらの行軍《こうぐん》ですから……常のように、ゆるりと参られるのでは？」

この〝徒《ともがら》〟の名は〝架綻《かたん》の片《ひら》〟アルラウネ。援護《えんご》や補助の力に長《た》けた自在師《じざいし》で、チェルノボーグと同じ『九垓天秤《くがいてんびん》』の一角たる先手大将《さきてたいしよう》〝巌凱《がんがい》〟ウルリクムミの副官《ふくかん》を務めている。ちなみに、言葉を疑問系で結ぶのは、彼女の癖《くせ》である。

「そうか……」

チェルノボーグは短く返し、

「……おまえなら」

訊《き》こうとして、止めた。

アルラウネは、隠密頭《おんみつがしら》たる〝紅世《ぐぜ》の王〟の立場と気質、普段の親交から、止められた問いの内容と意味を、容易に察する（質実剛健《しつじつごうけん》にして不言実行《ふげんじつこう》、おまけに文字通りな鉄面皮《てつめんぴ》の持ち主を上官《じようかん》に持つ彼女にとって、表《おもて》に出ない意図や感情を汲《く》み取ることは、副官として必須《ひつす》の職能でもあった）。

「この花、ですか？」

口だけの否定に、アルラウネはにっこりと笑い返す。

「いや……」

「この花は――」

「待て」

と、解説の出だしに、今度は本気の制止がかかった。

チエルノボーグの耳がぴんと立って、表情も鋭くなっている。

が、これも同じであることが、アルラウネには分かっていた。

案《あん》の定《じょう》、カラカラと乾いた足音が、背後の山道から近付いてくる。

「おお、こんな所におられましたか」

「なんの用だ、痩《や》せ牛」

チエルノボーグの、これ以上ないほど険悪《けんあく》な声に出迎えられたのは、彼女らに負けず劣らずの異形《いぎょう》。派手《はで》な礼服で着飾った、直立する牛骨《ぎゅうこつ》だった。

〝大擁炉《だいようろ》〟モレク。『九垓天秤《くがいてんびん》』の一角、宰相《さいしょう》の地位にある強大な〝王〟である。が、

「は、はい、実は入城の件に関して、ソカル殿から一つ、提案が……仮本営《かりほんえい》に『九垓天秤《くがいてんびん》』総員、集まっております」

出迎えにオドオドと答え、骨の身を震わせる姿には、貫禄《かんろく》の欠片《かけら》もない。

その様《さま》に、チェルノボーグはむかっ腹を立てる。目に見えるように。

「また、なにか妙《みよう》な難癖《なんくせ》をつけているのか」

「いえ、そんな、難癖と言うほどのことでは」

モレクは目に見える部分に対して慌《あわ》てふためき、同輩《どうはい》を庇《かば》った。

「だいたい、痩《や》せ牛」

チェルノボーグは攻勢を緩めない。

「貴様《きさま》、なぜ下僚《かりよう》の〝徒《ともがら》〟を使わん。宰相《さいしよう》自身が伝令《でんれい》に走るなど、軽率《けいそつ》にも程《ほど》があるぞ」

「も、申し訳ありません。なにせ皆が皆、入城の準備に忙しい折でして」

「それを申し訳と言うのだ」

ペコペコするモレクに叱声《しつせい》を飛ばして、しかし促《うなが》す彼に続いている。

そんな素直でない彼女を、同性としておかしく思うアルラウネに、

「そうだ、アルラウネ殿」

モレクが足を止め、声をかけた(彼は下僚にも殿と付ける)。

「ウルリクムミ殿が、郭内《かくない》に割り振る人員の配置について、ご相談があるとか。同道《どうどう》を願えますか?」

これは、求められるまでもなかった。

「私、少々他用が……やや後刻《ごこく》に参上《さんじよう》するご許可を?」

「はあ。入城後の事案《じあん》ですから、特段の問題はないはずですが」

ところが、この鈍い男は、そんな気遣《きづか》いには全く気付かず、別の話を続けようとする。

「ウルリクムミ殿といえば、『建造《けんぞう》の護衛《ごえい》に当たった者らに、なんらかの褒章《ほうしょう》で報《むく》いたい』という伺いを、私とニヌルタ殿も含めた連名で主《あるじ》に出そうという話も——、っと!?」

いい加減《かげん》焦れたチェルノボーグの巨腕が、礼服の襟首《えりくび》を摑《つか》んだ。

「なにをグズグズしている、行くぞ痩《や》せ牛!」

「は、はい、すいません。アルラウネ殿、この話はまた後刻に……」

ズルズルと引き摺《ず》られてゆく宰相——職制上、彼の上あるのは首領《しゅりょう》たるアシズのみ、つまり組織のナンバー2——の情《なさ》けない姿を、しかしアルラウネは敬意を込めた目礼《もくれい》で送った。そうして、花たる身をひらりと回し、対面に鎮座《ちんざ》する山を、その頂《いただき》に聳《そび》える威容《いよう》を見やる。

アシズ率《ひき》いる殿軍《しんがり》の合流を仮本営《かりほんえい》にて待つ［とむらいの鐘《トーテン・グロッケ》］総軍が、本夕《ほんゆう》入城する新たな本《ほん》拠地《きょち》。なだらかな山に被《かぶ》せられた冠《かんむり》とも見える、金城鉄壁《きんじょうてっぺき》の大城塞《だいじょうさい》。

ブロッケン要塞《ようさい》である。


これから入城する要塞を眺《なが》める絶好《ぜっこう》の位置、ブロッケンと並ぶ頂に、［とむらいの鐘《トーテン・グロッケ》］の仮本営が敷設《ふせつ》されていた。物資運搬用《うんぱんよう》の荷台の間に飾り幕を張っただけ、という簡素な様式《ようしき》で、全体に大雑把《おおざっぱ》な方陣《ほうじん》——正方形の部隊配置《はいち》——を組んでいる。

人ならぬ異形《いぎょう》の〝徒《ともがら》〟たちがひしめき合う……のみならず、迫る入城の準備に駆け回る、この本営《ほんえい》の中央に、特別広大《こうだい》な、『九垓天秤《くがいてんびん》』らの集《つど》う空間があった。

彼ら［とむらいの鐘《トーテン・グロッケ》］最高幹部《かんぶ》たる九人の〝王〟の総称、『九垓天秤《くがいてんびん》』は、一つの宝具《ほうぐ》の名を流用したものである、その宝具は、中央の支点から九岐《くぎ》の腕を広げる黄金の上皿天秤《うわざらてんびん》、という奇怪《きかい》な形状をしており、特筆すべき機能として、〝徒《ともがら》〟の持つ〝存在の力〟を支点から皿へと、皿から皿へと再分配《さいはい》することができた。サイズも伸縮《しんしゅく》自在で、上皿に家さえ載せるほどに大きくもできれば、逆にテーブルに載るほどに小さくもなる。

今、宝具『九垓天秤《くがいてんびん》』は人の背丈大《せたけだい》に縮められ、集った九人の、『九垓天秤《くがいてんびん》』らの中央に据《す》えられている。

この、彼らが在るべき場所の目印を囲む一人、

「つまり、ですな」

一枚の葉もない石の大木《たいぼく》が、口のようなウロから甲高《かんだか》い声を吐き出していた。双眸《そうぼう》と見紛《みまご》う割れ目とともに黄土《おうど》色の光を染み出させる姿は、まるで木に宿った幽鬼《ゆうき》である。

〝焚塵《ふんじん》の関《せき》〟ソカル。『九垓天秤《くがいてんびん》』の一角にして先手大将《さきてたいしょう》――同様《どうよう》の地位にあるウルリクムミと二人、全軍の先駆《さきが》けを任される、名うての戦上手《いくさじょうず》だった。

「要塞《ようさい》の城門から本郭《ほんかく》まで抜けるには、今《いま》説明した中央の大廊下を通るしか、道がないわけでして……まあ、防衛上の観点から、当然の構造ですな」

「はあ」

とモレクがとりあえずの相槌《あいづち》を打つ隣《となり》、

「さっきから、なにが言いたいのだ、ソカル」

厳《きび》しく締まった声が、くすんだ色合いの、大きなガラス壺《つぼ》から響《ひび》く。その壺には槍《やり》に剣に棍《こん》棒《ぼう》、様々な武器が刺さり、中からはチラチラと雪のように黝《おおぐろ》の火《ひ》の粉《こ》が零《こぼ》れていた。

〝天凍《てんとう》の倶《ぐ》〟ニヌルタ。『九垓天秤《くがいてんびん》』の一角にして中軍首将《しゅしょう》――首領《しゅりょう》たるアシズを守り、全軍の中核《ちゅうかく》となる主力軍を率《ひき》いる、堅実《けんじつ》にして冷静な指揮官《しきかん》である。

さらにその隣、牛の十倍はある巨体を蹲《うずくま》らせ、熊《くま》の十倍はある太い四肢《しし》を苛立《いらだ》ちに揺すり、胴《どう》の半《なか》ばまで裂けた口に牙《きば》を並べる狼《おおかみ》が、溜息《ためいき》のように焦茶《こげちゃ》の火を噴《ふ》いて文句を言う。

「てめーの話は回りくどいんだよ」

〝戎君《じゅうくん》〟フワワ。『九垓天秤《くがいてんびん》』の一角にして遊軍首将《ゆうぐんしゅしょう》――戦機《せんき》に応じて敵の虚《きょ》を急襲《きゅうしゅう》する、または危険な任務に率先《そっせん》して当たる、遊撃《ゆうげき》部隊の勇猛《ゆうもう》なる長《おさ》である。

ソカルは察しの悪い同輩《どうはい》たちに、嫌味《いやみ》たっぷりな溜息を吐《つ》いて見せた。

「ふう……つまり、つまり、ですな。この式典《しきてん》で、我ら『九垓天秤《くがいてんびん》』の姿を、同志たちに適正な形で見せねばならない、ということです」

飾り幕の中、黄金の上皿天秤を囲む九人の間に沈黙の時が過ぎ……結局、分からない、という八人の意見を代弁《だいべん》するような声が、大きく響《ひび》く。

「適正な、形だとおおお？」

語尾《ごび》を大きく震わせて、城壁のような分厚い鉄板を組み合わせた巨人が、興《きょう》も薄げに訊《き》いた。

胡坐《あぐら》をかく身に首はなく、胴体《どうたい》部分には白い染料で双頭《そうとう》の鳥が描かれている。

〝巌凱《がんがい》〟ウルリクムミ。『九垓天秤《くがいてんびん》』の一角にして先手大将《さきてたいしょう》——ソカルとともに先陣《せんじん》を切る、卓抜《たくばつ》した戦術眼《がん》と統率《とうそつ》力の持ち主である。

今度は嫌味《いやみ》以上、馬鹿にした色も露《あらわ》に、ソカルは言い直す。

「我らが［とむらいの鐘《トーテン・グロッケ》］総員の見守る中での入城……衆目《しゅうもく》を集め記憶《きおく》に留まるこの式典《しきてん》は、当事者たる我ら自身が考える以上に大きな意義を持っている……そうですな、宰相《さいしょう》殿？」

突然、話を振られたモレクは、慌《あわ》てて頭を巡らせた。

「は、そう、でしょうね。我々の入城は、この欧州《おうしゅう》へと主《しゅ》戦場を移す決意を表明したようなものですから、フレイムヘイズだけでなく、同胞《どうほう》たちも注目するはず。式典が、彼らに我々のことを伝え聞かせる、最も端的《たんてき》な姿となることは間違いないでしょう」

やや早口で説明する、論理《ろんり》自体は非常に明晰《めいせき》的確である。

が、その聡《さと》さをこそ、チエルノボーグは難詰《なんきつ》する。心中《しんちゅう》で。

（馬鹿が、何故《なぜ》こんな奴《やつ》の言《げん》を補足する……ますます弄舌《ろうぜつ》が滑るばかりではないか）

思った通り、裏付けを得たソカルの主張は、ますます勢いを増した。

「つまり、つまり、つまり、ですな。この長く語り継がれる入城式典では、大《だい》廊下を一列に進まねばならない、しかも後世《こうせい》に笑われぬよう、適正な形で行うべし、ということですよ」

つまりつまりと重ねるほどに、論旨《ろんし》は整理されない。

いい加減《かげん》、訊《き》き直すのも馬鹿らしくなった面々に代わり、今まで蹲《うずくま》っていた長老《ちようろう》が鎌首《かまくび》を持ち上げた。分厚い甲羅《こうら》と鱗《うろこ》で巨軀《きよく》を覆《おお》った、四本足の有翼竜《ゆうよくりゆう》である。一言、論点《ろんてん》を纏《まと》める。

「つ、つ、つまり、入城式典における行進の順序を定めたい、ということか」

〝甲鉄竜《こうてつりゆう》〟イルヤンカ。『九垓天秤《くがいてんびん》』の一角にして、『両翼《りようよく》』の左――［とむらいの鐘《トーテン・グロツケ》］の力の象徴《しようちよう》とも呼ばれる最強の二将《にしよう》、その盾《たて》たる片割《かたわ》れである。

石の大木《たいぼく》は、太い幹《みき》をガサガサと震わせて笑う。

「さすがはイルヤンカ殿、ご明察《めいさつ》です」

言葉だけだと長老を誉《ほ》めているようでも、口調《くちよう》の方では、明察できない、い、い、い、い連中《れんちゆう》を馬鹿にしたように聞こえる。なんとも癇《かん》に障《さわ》る男だった。

モレクが、ようやくの理解とともに首を傾《かし》げる。

「しかし、それほどこだわることでしょうか？　なんなら我々九名、主《あるじ》を囲んで空から『首塔《しゆとう》』へと降り立つ形式にしても……」

「これは、賢者《けんじや》として名高い宰相殿の言葉とも思われませんな!?」

「はっ!?　はあ、申し訳ありません」

ソカル、即座《そくざ》の反発に、牛骨《ぎゆうこつ》は飛び上がって慄《おのの》く。

（まったく、無様《ぶざま》な……もう少し大度《たいど》に構えればどうなんだ）

チェルノボーグはイライラする内心《ないしん》を隠《かく》さず、組んだ左腕の指を叩《たた》いた。

その間も、ソカルは自説の主張を続けている。

「我ら［とむらいの鐘《トーテン・グロッケ》］は、軍団として成り立つ組織！　漫然《まんぜん》と空から飛び降りての入城など、聞こえが悪いにも程《ほど》があるというものでしょう！　我らが堂々の行進を示威《じい》として見せ付けてこそ、語り草になるのです!!」

「友よ！」「夢幻《ゆめまぼろし》がなにを意味しているか！」「言って欲しい！」

いつ果てるともない大木《たいぼく》の主張を遮《さえぎ》るように、魔物《まもの》と女と老人の面《めん》を貼《は》り付けた人間大《だい》の卵が、それぞれから飄《ひょう》げた声で、意味不明《ふめい》の言葉を張り上げた。

〝凶界卵《きょうかいらん》〟ジャリ。『九垓天秤《くがいてんびん》』の一角にして大斥候《だいせっこう》――無数の蝿《はえ》を操《あやつ》る自在法《じざいほう》『五月蝿《さばえ》る風《かぜ》』によって、広く情報を収集する組織の枢要《すうよう》たる変人《へんじん》である。

彼の言葉は、基本的に大意を込めただけの出鱈目《でたらめ》で、会話は成立しない（付き合いの長い他の面々《めんめん》が察するに、先の言葉は『よく分からん』という意味のはずである）。ゆえにソカルは、彼を無視して話を続ける。

「同志たちも、上から降ってくる我らを眺《なが》めて、なんの楽しみがありましょう！　それに、他の方々《かたがた》はともかく、大地に根を張る我が身を空から降らそうとは……なんたる侮辱《ぶじょく》！」

たしかに、石の大木が空から舞い降りる姿は、絵になり難《がた》そうではあった。

モレクには無論《むろん》、他意など欠片《かけら》もない。

「い、いいえ、そういうつもりで言ったわけでは」

脅《おど》しとも取れる難詰《なんきつ》に、声で態度で平謝《ひらあやま》りする宰相《さいしょう》を見かねたニヌルタは、反《そ》りの合わない同輩へと逆襲《ぎゃくしゅう》を始める。

「ふん、己《おの》が身形《みなり》に劣等感《れっとうかん》を抱いての反駁《はんばく》とは。語るに落ちる、とはこのことか」

「……なんですと？」

「だいたい、主《あるじ》が不在の間にそのような案件《あんけん》を勝手に決めて良いわけがあるまい。主がなんでも許される、と軽んじているからこそ、このような忙中《ぼうちゅう》に無駄《むだ》話を持ち出す気になるのだ。そういうのを、姑息《こそく》という」

「ほう……私が、主を軽んじている、と？」

バキバキ、と大木の幹が鳴動《めいどう》する。根が花崗《かこう》岩《がん》に食い込んで見る間に太くなり、枯れた枝から黄土《おうど》色の火《ひ》の粉《こ》が落ち葉のように無数、舞い始める。激しく光を明滅《めいめつ》させるウロの中から、険悪《けんあく》さを加えた甲高《かんだか》い声が漏れ出した。

「他の戯言《ざれごと》はともかく、そればかりは聞き捨てなりませんな」

「ふん、失言の次は失態《しったい》を見せる気か？　虚妄《きょもう》に満ちた言葉ではなく、行為で答えるがいい。勝手な提言、主を軽んじていること、無駄話、姑息……本当は、どれが気に障《さわ》った？」

挑発《ちょうはつ》する声の冷たさが形となったかのように、刺された武器の表面に霜《しも》が白く張る。同時にガラス壺《つぼ》の中から、すう、と氷の粒《つぶ》が舞い始めた。数秒の内に、氷の粒は吹雪《ふぶき》のように渦《うず》を巻き、壺を浮き上がらせてゆく。

「お、お二方《ふたかた》とも、どうか落ち着いてください！」

モレクが慌《あわ》てて両者の間に入ろうとする。

（馬鹿が！　何度打ち砕かれれば気が済む——!!）

その、容易に己《おの》が身を捨てる宰相《さいしょう》のやり方を、チェルノボーグは心中で罵《ののし》った。見かけなど飾りに過ぎない、異常な大きさと規模の力を持つ彼は、揉《も》め事があった場合、自分の骨体《こったい》を壊させ砕かせることで、当事者間《かん》にある鬱憤《うっぷん》を晴らす。意味や効果は分かっていた。が、それでも彼女は、モレクのやり方が気に食わない。

（お前がそうだから、こいつらも甘えて、いつまでも幼稚《ようち》ないざこざを起こ——）

刹那《せつな》、

岩を掘る根、風に舞う氷、触れかけた双方《そうほう》の間に、一条《いちじょう》の虹《にじ》が迸《ほとばし》った。

爆発とも破裂とも付かない衝撃音《しょうげきおん》が辺りに木霊《こだま》し、鮮烈《せんれつ》な七色《なないろ》の光が一同の目を焼く。

「貴公《きこう》ら、新たな居城《きょじょう》へと胸躍《むねおど》らし参られる主《あるじ》を、無様《ぶざま》な内紛《ないふん》で出迎える気か」

イルヤンカの足にもたれ、昼寝に興《きょう》じていた男が、七色の破壊光《こう》——当代《とうだい》最強を誇る攻撃系

自在法《じざいほう》『虹天剣《こうてんけん》』――を発した剣を突き付けて、静かに言った。銀の長髪《ちょうはつ》に金冠《きんかん》を模《も》した額《ひた》当《あ》て、青い軍装《ぐんそう》という騎士《きし》、あるいは剣士《けんし》。

〝虹《にじ》の翼《つばさ》〟メリヒム。『九垓天秤《くがいてんびん》』の一角にして、『両翼《りょうよく》』の右――イルヤンカとともに「とむらいの鐘《トーテン・グロッケ》」の力の象徴《しょうちょう》として軍団を支える最強の二将《にしょう》、その剣たる片割《かたわ》れである。

泡《あわ》を食って根を引き戻す大木《たいぼく》、再び地へと落ちる壺《つぼ》に、

「それに、昼寝の邪魔《じゃま》だ」

と付け加えたのは、冗談《じょうだん》や軽口《かるくち》ではなかった。現に、剣を目にも留まらぬ速さで腰間《ようかん》の鞘《さや》へと収め、再び目を瞑《つぶ》ってしまう。

「ちゅ、仲裁《ちゅうさい》に感謝いたします、メリヒム殿」

というモレクの謝辞《しゃじ》への返答すらしない。最強の将ならば、この場を収める言葉の一つもあってしかるべきだったが、口は不機嫌《ふきげん》に引き結ばれて、開く気配もなかった。彼は『九垓天秤《くがいてんびん》』のリーダーが自分でないことを知っているため、余計《よけい》なことを言わないのである。

同じ『両翼《りょうよく》』たるイルヤンカの方は、その本当のリーダーに向けて、穏《おだ》やかに言う。

「宰相《さいしょう》殿は、入城の順序を主《あるじ》の不在中に定めることについて、どう思われる?」

そんな自覚など欠片《かけら》もない、牛骨《ぎゅうこつ》をカタカタ震わせる男は、怯《おび》えてなお明確に答えた。

「いえ、実のところ、入城の準備における全ての事案《じあん》は、先行した私と、建造《けんぞう》期間の守備に当たっていたウルリクムミ殿に任せる、との下達《かたつ》を受けておりまして」

　ソカルは、自分の主張への決定権がモレクにあることを知って気を強く持ち直し（この執念《しゅうねん》と立ち直りの早さが彼の長所である）、割れ目の奥から、皮肉《ひにく》たっぷりな視線を、先走って自分を制した氷の剣に向ける。

「ほう、ではやはり――」

「ウルリクムミ、貴様《きさま》はどう思うのだ」

　ニヌルタはそちらを無視して、人格面《めん》で信頼の置けるウルリクムミに（戦闘面においては、彼自身認《みと》めたくないことではあったが、ソカルにも信頼を置かざるを得ない）尋《たず》ねた。

　公明正大《こうめいせいだい》を以って鳴る鉄の巨人は、声を震わせ、長い一言を吐く。

「俺は巨体ゆえええ、先頭に立っては邪魔《じゃま》だああ、ゆえに最後で良いいいい」

　これはつまり、ソカルの提案を支持し、自分は争いを譲《ゆず》る、という表明だった。戦場外での彼は、全てにおいて慎《つつし》み深いことで知られている。

「では、我々は行軍《こうぐん》によって入城する、ということでよろしいですか？」

　モレクの裁定《さいてい》に、誰も異論《いろん》を挟まない。

　ただジャリだけが、

「さあ！」「冗談はやめにして！」「真面目《まじめ》なことを始めましょう！」

　と三つの声で喚《わめ》いていたが、これは誰も気に留めない。

「早速《さっそく》ですが、先の『戦狩《いくさが》り』で最大の力の収穫《しゅうかく》を得た私が先頭を――」

「これまで果たしてきた功績《こうせき》の順であるべきだ」

さっそく、自己主張しかけたソカルを、ニヌルタが断固《だんこ》とした口調《くちょう》で制した。

モレクが、それでは、と案を提示する。

「そういうことなら、『両翼《りようよく》』のお二方《ふたかた》であるべきなのでしょうが……やはり、無理にでも二列となるわけには……？」

「メリヒムの旦那《だんな》とイルヤンカ爺《じい》さんを横に並べるってのか？」

フワワが素《す》っ頓狂《とんきよう》な声で言った。

たしかに、横に並ぶというのは、注目を受ける『行進』という形式から、好ましくない。メリヒムも、イルヤンカの巨体の向こうにいては、反対側から見えないだろう。

「はあ、やはり駄目《だめ》ですか」

とりあえず、順番争《あらそ》いを半分に減らせるか、と思ったモレクも、これをあっさり撤回《てつかい》した。

「では、『両翼《りようよく》』御《ご》自身、イルヤンカ殿にはご希望が？」

「うむ……」

イルヤンカは、未だにバチバチと火花を散らし合うソカルとニヌルタを見て苦笑《くしよう》する。

誰かが大筋の方針を示さねば、またぞろ二人は撃発《げきはつ》しかねない。ウルリクムミもそれを見越して、まず自分を最後尾《さいこうび》に置いたのであろう。常の如《ごと》く宰相《さいしよう》が事を収めるにしても、苦労を減らしてやるに越したことはない。

徒然《つれづれ》思い、顎《あご》を開いた。

「先陣《せんじん》争いで混乱することの愚《ぐ》を、友軍の間に連携《れんけい》あってこそ敵を破れることを、戦上手《いくさじょうず》のお主《ぬし》らが知らぬわけもあるまい？」

まず一言、争う二人に釘《くぎ》を刺してから、苦労性の宰相に告げる。

「年の功《こう》で、ここは先頭を譲《ゆず》って頂けようかな、宰相殿？」

「は、それでは、先頭をイルヤンカ殿に……メリヒム殿は二番手でも？」

彼の気性の荒さを恐れるモレクが、その目覚めた後のことを心配するが、

「任されよ。儂《わし》から言い含めておこう」

イルヤンカは軽く請合《うけあ》った。その傍《かたわ》ら、自身にもたれて寝入る振りをする青年騎士《きし》へと目を落とす。通したい主張や要求があるときは強引《ごういん》かつ問答《もんどう》無用に押し通すこの男が、無視を決め込んでいる。ということはつまり、イルヤンカに先頭を譲《ゆず》っているのである。

早々に席を埋めてくれた長老《ちようろう》に感謝したモレクは、

「つまり、主《あるじ》の後にイルヤンカ殿、次がメリヒム殿、最後尾はウルリクムミ殿、と……主に付き従った歳月《さいげつ》からすれば、三番手はジャリ殿、ということになりますが？」

続いて律儀《りちぎ》にも、宙に浮かぶ卵へと意見を求めた。

どうせまともな意見など返ってこない、と大半《たいはん》の者が思う。

が、

「彼女を尊敬《そんけい》し！」「優しく扱うのが良い！」「それは、彼女とお前に、諍《いさか》いを起こさせないためである！」

問われたジャリは突然、他の全員がギョッとなるようなことを言った。

女、という類別を受ける人物は、この『九垓天秤《くがいてんびん》』に一人しかいない。今まで意見を言わなかったため無視してきた、しかし一旦《いったん》怒れば、他の面子《めんつ》に負けず無茶《むちゃ》をする腫《は》れ物のような隠《おん》密頭《みつがしら》——チェルノボーグ。

唐突《とうとつ》な指名を受けた彼女は、平然と腕を組んだまま、不機嫌《ふきげん》に顔を顰《しか》めたまま、

（な、なにを言っているのだ!?）

と内心《ないしん》だけで大いに慌《あわ》てた。常に出鱈目《でたらめ》な言葉を吐き散らすだけだと分かっている、順番を自分に譲ると言っているだけかもしれない、この言葉に、思わず勘繰《かんぐ》ってしまう。

（ま、まさか、知っ、て、い、い、い、いるのではあるまいな!?）

奇妙《きみょう》な卵の内心を計ることは、フレイムヘイズを百屠《ほふ》るより困難である。彼女は、組んだ腕を、握る掌《てのひら》を、強く固めることしかできない。顔に力を入れて、なんとか無表情を維持しようと必死になった。表面上は、顰めっ面《つら》がますます不機嫌の度を強めたかのように見える。

一方のモレクはといえば、

「ええ。それはもちろん、チェルノボーグ殿は尊敬しておりますが……しかしジャリ殿は、隠密頭も含めた、我々の活動の基となる情報を集められる組織の要《かなめ》でありますし」

などと人の気も知らないで、懸命《けんめい》に理屈《りくつ》を並べ立てている。

そのことに、チェルノボーグは不意な、燃え上がるような怒りを覚えた。他の面子が恐れた通りの行動（理由は違っていたが）、ソカルやニヌルタも驚く、モレクへの直接行動、

「つわ、だっ!?」

伸びた足による神速《しんそく》の蹴《け》りが、モレクの派手《はで》な礼服の背中に叩《たた》き込まれる。

軽い体は大きく吹っ飛んで、フワワの腹、獣毛《じゅうもう》の中に埋まった。

「……そんなにジャリの後が嫌だったのか？」

その上、腹まで裂けた口が、ウンザリした声を吐き出す。

「つーかよ、モレク。俺はどこでもいーから早く決めてくれや？」

もっともな意見に、頭をカラカラと振って牛骨《ぎゅうこつ》が弁解《べんかい》する。

「も、申し訳ありません」

見れば、チェルノボーグは背中を向けてしまっていた。こうなると、彼女はもうなにを言っても答えない。さっきの言葉の、なにが気に障《さわ》ってしまったのか、サッパリ分からなかった。

（ジャリ殿と、特別仲《なか》が悪いということはなかったはずですが……？）

と、

「ふう……」

イルヤンカが、なにか含みを持たせた溜息《ためいき》を吐いた。

「宰相殿《さいしょう》、チェルノボーグは、なによりまず己《おのれ》のことを考えよ、と言っておるのだろう」

少々意地悪《いじわる》に、色々取《と》れる言い方をする。

案《あん》の定《じょう》、後ろを向いた肩が、僅《わず》かに線を固くした。

（やれやれ、明言などすれば、本気で飛び掛かられるな）

今度は心中《しんちゅう》で溜息《ためいき》を吐いて、周旋《しゅうせん》の言葉を続ける。

「自身、失念《しつねん》されておるやも知れぬが、お主は宰相の地位にある。その身を軽んじるのは、主《あるじ》の意向と信頼を軽んじることに他ならぬ。我ら『両翼《りようよく》』に先頭を譲《ゆず》られたとして、その次はジャリ殿ではなく、お主でなくてはならんはずだ」

「あ」

モレクは指摘《してき》されて初めて気付き――チェルノボーグとイルヤンカが隠《かく》した方の意味には全く気付かず――他の面々に許可を求めるように、空《から》っぽの視線を巡らせた。

ソカルもニヌルタも押し黙ったまま、フワワはフンと鼻を鳴らして文句を言わず、メリヒムは目を覚まさない。騒動《そうどう》の元凶《げんきょう》であるジャリだけが、

「以上の他に欠けてはならない！」「役目が決まれば！」「誰も文句を言ってはならない！」

と意味があるのかないのか分からない言葉を吐き散らしている。

「そ、それでは不肖《ふしょう》、この私が『両翼《りようよく》』の後を……」

宰相の遠慮《えんりょ》がちな決定を、

「席次《せきじ》の序列《じょれつ》から、当然そうあるべきだ」

「まあ、主の定めた職制《しょくせい》ですからな」

ニヌルタとソカルが追認《ついにん》し、イルヤンカが、

「これでよいのだな、チェルノボーグ？」

と後ろを向いたままの黒衣《こくい》の女性に言った。僅かに首元だけが動いて、頷《うなず》きとなる。

そのことにほっとしたモレクは、

「では、後は……」

「貴公《きこう》がさっさと決めろ。時間がない」

「は？」

いつの間にかメリヒムが立って、剣の位置を直していた。

イルヤンカも、首を大きく振り上げ、

「おお――」

感嘆《かんたん》とも陶酔《とうすい》とも取れる唸《うな》りを漏らす。

「これで我々がここへ来た件については終わりにしましょう！」「貴方《あなた》の家臣《かしん》を受け取ってください！」「彼らの誉《ほま》れは貶《おとし》められてはいません!!」

ジャリの声が、さらなる狂騒《きょうそう》に高まった。

一同が見やる、暮れ始めた遠き東の地平《ちへい》。

染み渡る闇《やみ》の中に、全《まった》き青の輝きが見えた。
その下を進んでくる、「とむらいの鐘《トーテン・グロッケ》」殿軍《しんがり》。
見る間に、青の輝きは天と地を明らかにしてゆく。

はらり、

と、輝きの欠片《かけら》のような羽根が一片《ひとひら》、
置かれた宝具《ほうぐ》『九垓天秤《くがいてんびん》』の中央に、集《つど》う九人の〝王〟たる『九垓天秤《くがいてんびん》』の中央に、躍《おど》っていた。羽根はさらに多く広く、山上に降り注《そそ》ぎ、その豊かな光で『九垓天秤《くがいてんびん》』のみならず、仮陣営《じんえい》にある全ての〝徒《ともがら》〟たちをも包み込んでゆく。

入城の準備に立ち騒いでいた者らが皆、一斉《いっせい》に静まり返って、光臨《こうりん》を待った。

誰もが見上げる天上から、重い、壮年の男の声とともに、

「遅く、なったな……九垓《くがい》を平らぐ、我が天秤分銅《てんびんふんどう》たちよ」

仮面《かめん》に角《つの》、逞《たくま》しい体軀《たいく》に翼《つばさ》を持つ、一人の〝紅世《ぐぜ》の王〟が、舞い降りていた。

宝具《ほうぐ》『九垓天秤《くがいてんびん》』が、この到来《とうらい》に反応し、巨大化する。仮本営《かりほんえい》の空間をいっぱいに埋めて黄金の輝きを夕日に輝かす。敬愛《けいあい》して止まない無二《むに》の主《あるじ》へと、『九垓天秤《くがいてんびん》』らは大皿《ヴァークシャーレ》の上で各々《おのおの》の姿に見合った、最敬礼《さいけいれい》の姿勢を取る。

〝棺《ひつぎ》の織手《おりて》〟アシズ。世界最大級の規模を誇る〝紅世《ぐぜ》の徒《ともがら》〟の集団、対フレイムヘイズ軍団［とむらいの鐘《トーテン・グロッケ》］の首領《しゆりよう》、世に名高き自在師《じざいし》にして、世界秩序《ちつじよ》への最大級の背信者《はいしん》。

その優しい彼は、愛する子らに向けるように、一同を宙で一回り眺《なが》め、天秤の中央へと、爪《つま》先《さき》だけで降り立つ。そうして、信頼する宰相《さいしよう》へと、まず問う。

「なにか、変わったことは、あったか？」

問いを向けられていない二人が、密《ひそ》かにビクリとなる。

恐怖から。

力、苦痛、死への恐怖ではない。

優しさを与えてくれる者が悲しむことへの恐怖から、である。

しかし、宰相〝大擁炉《だいようろ》〟モレクは、敬礼の下から平然と答える。

「いえ、特には」

その毅然《きぜん》とした立ち居振る舞《ふま》いには、主を補佐する賢者《けんじや》としての、また『九垓天秤《くがいてんびん》』を纏《まと》める宰相としての風格《ふうかく》が、確かに表れていた。ただし、本人の自覚はない。

「入城式典《しきてん》における、我ら『九垓天秤《くがいてんびん》』行進の序列《じよれつ》を、合議にて定めましてございます。どうぞ、御裁可《ごさいか》を……」

アシズは、僅《わず》か視線を、地に深々と刺さった『虹天剣《こうてんけん》』の跡に流し、微笑した。

「苦労をかける、我が宰相」

「……勿体無《もったいな》き、お言葉」

震えるような喜びを骨の総身《そうみ》に感じつつ、裁定を下す。

「主《あるじ》の後に、イルヤンカ殿、メリヒム殿、不肖《ふしょう》私、ジャリ殿、ソカル殿、チェルノボーグ殿、ニヌルタ殿、フワワ殿、ウルリクムミ殿の順にてございます」

左右の『両翼《りょうよく》』、イルヤンカとメリヒムを先頭に、宰相《さいしょう》モレク、古参《こさん》にして組織の枢要《すうよう》たるジャリ、戦功《せんこう》においては確かに図抜《ずぬ》けた存在のソカル、数々の暗殺《あんさつ》行動で組織を裏から支えるチェルノボーグ、公正でさえあれば文句を言わないニヌルタ、自身を誇ることに全く興味のないフワワ、あらかじめ最後尾《さいこうび》を名乗り出ていたウルリクムミ……全員の意見を入れた、誰からも文句の出ない、絶妙《ぜつみょう》の配置だった。

これを聞いたアシズは再び、天秤《てんびん》の支点の上で、遊ぶように爪先立《つまさきだ》ちの身をくるりと回し、居並ぶ『九垓天秤《くがいてんびん》』たちに視線を巡らす。

平然《へいぜん》当然とそこに在る『両翼《りょうよく》』――今は騒がず浮かぶ大斥候《だいせっこう》――自分の前では大人《おとな》しい、ゆえに可愛《かわい》い先手大将《さきてたいしょう》――また悲しい葛藤《かっとう》を経たのか、少し元気のない隠密頭《おんみつがしら》――正しさから来る情の強《こわ》さを、刃《やいば》に霜《しも》と見せる中軍首将《しゅしょう》――呑気《のんき》に欠伸《あくび》を嚙《か》み殺す遊軍《ゆうぐん》首将――黙《もく》して頑《がん》と聳《そび》える頼もしき先手大将――そして最後に、貫禄《かんろく》のない無自覚な賢者《けんじゃ》へと、告げる。

「許す」

九人揃《そろ》っての返礼《へんれい》を受け取った青き天使は、どこまでも大きく強く翼《つばさ》を広げ、山上の仮本営《かりほんえい》で彼の号令《ごうれい》を待つ子ら、［とむらいの鐘《トーテン・グロッケ》］全軍へと朗々《ろうろう》、声を轟《とどろ》かせた。

「歓呼《かんこ》せよ!!　これより、［とむらいの鐘《トーテン・グロッケ》］はブロッケン要塞《ようさい》に入城する!!」


天地を揺るがす歓声の後、俄《にわ》かに慌《あわただ》しくなった仮本営の端《はし》で、配下《はいか》に軍勢《ぐんぜい》を持たない名のみの隠密頭は、集合する前に立っていた岩場《いわば》を、また一人で訪れていた。

（いったい何度、この失望と怒りを味わったんだ）

全く、馬鹿な話。

自分が悪いのである。

分かっていて、それでも。

（せめて、おまえたちくらいは）

思い、そこに在る花々を静かに見下ろす。

と、そこに、

「こちらですか、チェルノボーグ殿?」

また唐突《とうとつ》な訪問を受けた。

これを想う自分は、冷静になれないらしい。

半《なか》ば諦《あきら》めのように微苦笑《びくしょう》し、振り向く。

「なんだ、痩《や》せ牛」

「いえ、その……」

おどおどする男、確信を持てない、ゆえに他人に気を回し、気を遣《つか》い、振り回され、他人から向けられる思いを感じられず、気付けず、考えられない……そんな、ひたすらに自分だけを磨《す》り減らしてゆく男の姿が、とても疎《うと》ましい。疎ましくて、辛《つら》い。どうして彼だけが、そんな目に遭《あ》わねばならないのか。可哀想《かわいそう》だ、守りたい、襲《おそ》い掛《か》かる全てから——彼を。

しかし、思っていることの一粒すら、声にできない。

口から出るのは、今在《いま》る彼の姿への苛立《いらだ》ちだけ。

「……馬鹿め」

「は？　はあ、どうも、申し訳ありません……」

こうやって、言葉の意味も問い質《ただ》さず、すぐ謝るのも気に食わなかった。なぜ、もっと堂々としないのか。ほんの先刻、主《あるじ》の前で見せた、あの毅然《きぜん》とした姿を、少しでもいい、自分にも他人にも、見せてやったらどうだ。そうすれば、もっと安らげるはずなのに。

（いや、無理なのだ……こいつは、主の『優しさ』に応えているのだから）

思って、想って——自分には、ただそれだけのことが、できない。彼と同じように。苦しさから、目さえ合わせられなかった。語調《ごちょう》だけが、虚《むな》しいほどに強かった。

「なんの用だ。全軍の集合には遅れず行く」

ない男なのだ。慰《なぐさ》めに来てくれたわけでないことくらい分かっていた。そういう気の利いたことが全くでき

「ええ……実は、伝言を二つ、預かってまいりまして」

「伝言？」

妙《みょう》な用事と訝《いぶか》る彼女に、モレクは慌《あわ》てて弁解《べんかい》する。

「あっ、お怒りはごもっともですが、決して立場を軽んじているわけでは。ただ、その伝言を託されたお二方《ふたかた》から共に、私自身が行くように、とのご指示を受けたまででして」

（だから、なぜ宰相《さいしょう》が他人の指示を――）

思ってから、ふと、その指示を下した相手への直感が働く。

誤りはなかった。

「我らが主よりの伝言が一つ――『この一、、、、、時を過ごせ』と。それだけを伝えればよい、と申されました」

「……」

なにもかもお見通しの主、その優しさに、チェルノボーグは思わず顔を伏せた。過ぎたる計らいに、それでももう少し甘えるため、あえて伝言への返事をしない。

そんな彼女の内心《ないしん》など察し得ない鈍感男《どんかんおとこ》・モレクは、己《おのれ》に託された仕事として、さっさと二つ目の伝言を読み上げる。

「もう一つは、アルラウネ殿からで――『レーヴェンツァーン《セイヨウタンポポ》です』と。その花ですか？」

「！」

「花が、お好きですか？」

モレクが図らずも、アルラウネと同じ問いを口にした。

反応は、全然違《ちが》ってしまう。

「違う」

チェルノボーグは無意味な反発と断言を、いつものように返してしまっていた。しかし、伝言を他でもない彼に託した主《あるじ》とアルラウネ、二人の優しさに応えるため、少し、ほんの少し、言葉だけで歩み寄る。

「……色のついた花が、好きなのだ」

「はあ」

色はどんな花でもついているのでは――という無粋《ぶすい》極まりない問いを、モレクは先に怒らせてしまったことを思い出して、なんとか呑み込んだ。

「貴様《きさま》も宰相《さいしょう》ならば、麾下《きか》の諸将《しょしょう》の趣向《しゅこう》程度は覚えろ。私は、こういう花が好きなのだ」

「は、はあ」

モレクにはわけが分からない。今度は蹴《け》り飛ばされないようしっかり覚えようと、その花を見るため、女性の傍《かたわ》らに立つ。

「『レーヴェンツアーン《セイヨウタンポポ》』、ですか」

「そうだ」

さっきまで知らなかった花の名前に、チェルノボーグは偉そうな頷《うなず》きで返し、自分に許した僅《わず》かな、至福《しふく》の一時に浸《ひた》った。

二人は飽《あ》かず、花を見つめる。

なにも言わず、ただ見つめる。

暮れつつある夕の光を輪郭《りんかく》に乗せて、その花は咲いていた。

枯草色《かれくさいろ》――彼女の持つ炎《ほのお》の色、黄色――彼の持つ炎の色、

二つの色が、一緒になって、咲いていた。

狩人のフリアグネ II

「探耽求究《たんたんきゅうきゅう》のダァーンタリオーーン!!」

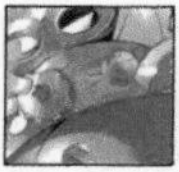

「なんでも質問箱《ばこ》でございますでーす!!」

教授（以下教）「んーふふふ、久しぶりに私たちの全面無《む》敵《てき》華《か》麗《れい》大開放お買い得最先端《さいせんたん》にしてエエーキサイティングな出番がやぁーってきたようですねえ、ドォーミノォー!?」
ドミノ（以下ド）「はいでございますです、教授！」
教「こぉーれこそ、私たちのエエークセレントな活躍が読者諸氏《しょし》に認められたぁーっ、証《あかし》！」
ド「はいでございますです、教授！」
教「さーあ！　早速《さっそく》ゴリゴリムシャムシャ、質問を片付けまぁーすよぉー!?」
ド「はいでございますです、教ひゆ《じゅ》ひ《い》ははは《たたた》!?」
教「さぁーっきから同じ台詞《せりふ》ばかりじゃありませぁーんか！　会話だけで進むこぉーのコーナーを、そぉーんなことで担《にな》っていけると思っていぃーるんですかぁー!?」

フリアグネ（以下フ）「……勝手に担《にな》わないでくれないか」
マリアンヌ（以下マ）「宝具《ほうぐ》『押し出しトンカチ』で、えいっ！」教「ぬぉー!?」ド「むぎゅ」
フ「ふう、やっとページがスッキリしたね」
マ「このコーナーは、会話がくどいと見にくいだけですから」
フ「そう、それにここは、私たち二人がようやく得た愛の城だ。誰にも邪魔《じゃま》させたりなんかしないよ、私の可愛《かわい》いマリアンヌ」
マ「フリアグネ様……」
フ「マリアンヌ……」
マ「……あの、そろそろお仕事をしないと、もう2ページ目も終わってしまいます」
フ「ああ、それじゃ始めようか。本項は、私と私の可愛いマリアンヌが、読者の皆から寄せられた『灼眼《しゃくがん》のシャナ』に対する疑問質問に答えていく、由緒《ゆいしょ》正しきコーナーだ。今回は少し専門的というか、やや深い話題にも触れる予定となっているよ」
マ「またお会いできて嬉《うれ》しいです！　では早速《さっそく》、一つ目のお手紙を……」

Q『宝具の中に、〝徒《ともがら》〟が望みそうにない物が混じっているのは何故《なぜ》ですか？』

A「状況次第《しだい》で、どんな宝具も生まれる余地《よち》はあるんだよ」

フ「これはまた、初《しょ》っ端《ぱな》から私好みの質問が来たね」
マ「お手紙には、人格を交換する『リシャッフル』や、カードを操《あやつ》る『レギュラー・シャープ』と……あと〝燐子《りんね》〟を爆破する『ダンスパーティ』なんかも……人と〝徒《ともがら》〟双方《そうほう》が望んで宝具を作る理由が分からない、そうです……」
フ「ああっ!? そんな悲しい顔をしないでおくれ、マリアンヌ！ ええ、と……まず、大前提《だいぜんてい》の話をしよう！ 封絶《ふうぜつ》発明以前の時代、人間と〝徒《ともがら》〟の距離は、今よりずっと近しいもの、どころか混じり合い暮らしていた、ということだ」
マ「……古くは神や悪魔《あくま》、時代が下がってからは妖精《ようせい》、妖怪《ようかい》、怪物《かいぶつ》に魔法使《まほうつか》い、時には奇人《きじん》変人として認識《にんしき》されたりしていたんですね？」
フ「〝螺旋《らせん》の風琴《ふうきん》〟リャナンシーとドナート青年の逸話《いつわ》が典型例《てんけいれい》かな。近代以降、〝徒《ともがら》〟は正体を隠《かく》し、人間社会に紛《まぎ》れるようになった。彼らの武器や兵隊官憲《かんけん》など、藪蚊《やぶか》程度の存在だけれど、周りで騒《さわ》がれては自分の楽しみに障《さわ》るし、文明文化への敬意と羨望《せんぼう》も、正直持っている。ただ荒れ狂うよりは、その中で過ごしたい、と考える者が大半《たいはん》さ」

マ「本巻に登場した〝穿徹《せんてつ》の洞《ほら》〟アナベルグさんも、その一人でしょうか？」

フ「彼はその部分だけを肥大化させた、極端《きょくたん》な例だね。さて、以上のことを念頭《ねんとう》に、話を宝具《ほうぐ》に戻そう。その大半《たいはん》を占める武器は分かりやすいな。利害が一致し共闘《きょうとう》するようになった人間と〝徒《ともがら》〟の間には、武器が生まれやすい。武器殺しの『バブルルート』、討《う》ち手への復讐《ふくしゅう》に燃える人間と作った『トリガーハッピー』等の変種《へんしゅ》も同系列《どうけいれつ》と言える」

マ「戦闘用の宝具は、特定の戦況《せんきょう》や敵に対応する形で増えていったんですね」

フ「そうでない『リシャッフル』の場合は、互いの境遇《きょうぐう》を悲観《ひかん》した貴族と〝徒《ともがら》〟が生み出した珍品《ちんぴん》だ。入れ替わった後、彼らはどうなったのか……話が長くなるので割愛《かつあい》しよう」

マ「では、『レギュラー・シャープ』は？」

フ「あれの正体は、占《うらな》いに取り憑《つ》かれた人間と〝徒《ともがら》〟による『自動的に切られるカード』で、元はタロット《ト》一《ラ》揃《ひとそろ》《ン》い《プ》の形をしていた。占いに使えるカードを時とともに飲み込んで、今はプレーイングカードとして在る。飲み込んだ中から必要な量を自動的に場に出す……」

マ「つまり、本来は武器ではなく、使う側が大量に出す指示をしていた、カード自体が〝存在の力〟で強化されていた、というだけだったんですね」

フ「あー、あと、『ダンスパーティ』は、対《たい》〝燐子《りんね》〟使い用の宝具で……私が御崎《みさき》市のトーチに施《ほどこ》したような、〝燐子《りんね》〟を起爆《きばく》させるための鼓動《こどう》を植え付けることができる」

マ「……それを、一気《いっき》多数に制御できたフリアグネ様は、やっぱりすごいですね！」

フ「まあ、そう、かな……うん。ちなみに、私は〝狩人《かりうど》〟として『物事の性質を見抜く力』が本領《ほんりょう》、ゆえに手に入れた宝具の使い道を即座《そくざ》に看破《かんぱ》できるわけだ」
マ（あれっ、見抜けるのは『獲物《えもの》の性質』だったんじゃ……？）
フ「あのおちびちゃんの秘《ひ》めたる底力と器を、状況への焦りがあったとはいえ見抜けなかったことが、身の破滅《はめつ》に繋《つな》がってしまったわけだけれど——」
マ「はい？」
フ「——この力のおかげで、君という、真に愛し合うべき人を見出せた。悔《く》いはないよ」
マ「フリアグネ様……」

Q『悠二《ゆうじ》はシャナが出す紅蓮《ぐれん》の双翼《そうよく》で火傷《やけど》しないんですか？』

A「フレイムヘイズも〝徒《ともがら》〟も、出す炎《ほのお》には二種類あるんだよ」

フ「おちびちゃん始め、討ち手や〝徒《ともがら》〟が見せる火《ひ》の粉《こ》や輝きの大半は、物理的な意味での火

マ「紅蓮《ぐれん》の大太刀《おおだち》や炎弾《えんだん》は延焼《えんしょう》もしていますから、本物の火ですか？」
　ではなく、事象《じしょう》への干渉《かんしょう》＝在り得ないことの現れ、その片鱗《へんりん》が視覚化されたものだ」
フ「そう、それらは最も単純な『破壊のイメージ』、熱量の発現だから当然、見たままの火だ。
　一方、紅蓮の双翼《そうよく》は『飛翔《ひしょう》のイメージ』を発現させたものであって、燃やすことが本義《ほんぎ》ではない。望めばそうすることもできるだろうけれど、普段は熱くないだろうね」
マ「なにをするでもなかった〝纏玩《てんがん》〟ウコバクさんは、足跡が燻《くすぶ》っていたようですが」
フ「あれは、彼《かれ》自身を実体化させる『顕現《けんげん》』が不安定だったため、〝存在の力〟が漏れ出していたために起きた現象さ。なんとも、不器用《ぶきよう》なことだ」
マ「フレイムヘイズ、〝紅世〟、火の粉……火を連想させる単語が多くて紛《まぎ》らわしいですね」
フ「まったくだ。作者のフォローは本意ではないけれど、コーナーがコーナーだ、説明はしておこう。知っての通り〝徒《ともがら》〟も討《う》ち手も、持てる力は炎に縛《しば》られない。フレイムヘイズの名の由来《ゆらい》は、契約時に幻視《げんし》する両界の狭間《はざま》が『炎の揺らぎ』に見えるからで、炎そのものとの直接的な関係はない。本当の意味での炎使いは『炎髪灼眼《えんぱつしゃくがん》の討《う》ち手《て》』等、かえって少ないくらいだね」

Q『〝紅世《ぐぜ》の王〟と〝徒《ともがら》〟には、どんな違いがあるんですか?』

A「概《おおむ》ね、統御《とうぎょ》できる〝存在の力〟の規模によって分けられるようだ」

フ「既刊《きかん》で幾度《いくど》か説明したように、私も含む〝王〟とは、強大な力を持つ〝徒《ともがら》〟のことだ。今回は、この『強大な力を持つ』ということについて、少し詳しく説明しよう」
マ「例えば、本編に登場した〝徒《ともがら》〟の〝琉眼《りゅうがん》〟ウィネさんが、『都喰《みやこく》らい』を起こして大きな力を手に入れたら、それで〝王〟になれるんでしょうか?」
フ「それが、そう上手《うま》くはいかないのさ、マリアンヌ。我々〝徒《ともがら》〟が、人間から得た〝存在の力〟を自分の体へと変換することで、この世に存在していることは知っているね?」
マ「はい。私たち〝燐子《りんね》〟も同じように、〝存在の力〟から作られています」
フ「君には、そこいらの〝徒《ともがら》〟が持っている量など、全く問題にならないほどに大きな力を注ぎ込んできたけれどね、ふふふ……」

マ「フリアグネ様っ」
フ「ゴホンッ、とにかく、この基本原則……〝存在の力〟変換を大規模に統御《とうぎょ》できる者のことを『強大な力を持つ』〝徒《ともがら》〟＝〝王〟と呼ぶんだ。この適性を持たない者が莫大《ばくだい》な力を得ても、意志を飲み込まれ、存在を薄められ、遂《つい》には消えてしまうだけだ」
マ「じゃあ、ウィネさんは、大きな力を持っても〝徒《ともがら》〟のままなんですね」
フ「その通り。大袈裟《おおげさ》に例えるなら、〝王〟は戦艦《せんかん》で〝徒《ともがら》〟はモーターボートだ。戦艦に入れるだけの莫大な燃料を背負わされたモーターボートは、即座《そくざ》に沈んでしまうだろう？」
マ「なるほど。では、〝徒《ともがら》〟が〝王〟に成り上がる方法はないのですか？」
フ「〝徒《ともがら》〟も成長はするし、両者に定量化《ていりょうか》された区分はないから、適度に強くなり、多くから恐れられるようになれば、自然と〝徒《ともがら》〟は〝王〟と呼ばれるようになるよ。ただ、人間と同じく、成長の度合いは、先天的な才能や適性、後天的な鍛錬《たんれん》や研鑽《けんさん》に左右される……つまり、一生努力《どりょく》して〝徒《ともがら》〟で終わる者もいれば、生まれつき〝王〟だった者もいる、ということだ」
マ「世の中は厳《きび》しいです。あ、でも〝徒《ともがら》〟の〝愛染他《あいぜんた》〟ティリエルさんは、街一つを包む封絶《ふうぜつ》を張っていました。彼女は力も強く、各地で恐れられていたようですが」
フ「彼女は、実のところ大した規模の力を統御していたわけではないんだよ。自身の能力『揺《ゆ》りかごの園《レイドル・ガーデン》』の拡大と維持、人間の捕食による力の供給、武器である蔦《つた》の具現化《ぐげんか》、それらは全て、特殊な設置型の〝燐子《りんね》〟『ピニオン』が行っていた。彼女自身《じしん》は、事前に仕掛けた多数の『ピニオン』へと命令を送っていただけなのさ」

マ「まさに司令塔《しれいとう》、というわけですね。あ、分かりました。たくさんの『ピニオン』を維持するため、あの宝具《ほうぐ》『オルゴール』を使っていたんですね？」

フ「正解だよ、マリアンヌ。むしろ彼女の才能は、人間に打ち込むだけで多《た》機能な〝燐子《りんね》〟を生み出せる自在式《じさいしき》の構築《こうちく》、という点にある。これは、『他者のために全てを捧《ささ》げる』という彼女の本質を移植《いしょく》する行為……『ピニオン』は、いわば彼女の分離体《ぶんりたい》なんだ。同様の例として、天才的《てんさいてき》自在師《し》〝螺旋《らせん》の風琴《ふうきん》〟リャナンシーがいる」

マ「そういえば、彼女も〝徒《ともがら》〟でした」

フ「彼女は統御できる力こそ小さいものの、異常に高効《こう》率な……つまり、僅《わず》かな力で大きな効果を生む自在法《ほう》を瞬時《しゅんじ》に構築することができるという、まさに天才だ。統御できない分の力も、毛糸玉《けいとだま》に変えて持ち運んでいる。これは滅多《めった》に使わないようだけれどね」

マ「それらの、宝具や自在式の応用で、統御できる力が小さな〝徒《ともがら》〟でも大きな影響《えいきょう》力を持てるんですね。全世界の〝徒《ともがら》〟の皆さん、頑張《がんば》ってください！」

フ「綺麗《きれい》に纏《まと》まったところで、次にいこう」

Q『封絶《ふうぜつ》発明以後《いご》、フレイムヘイズは生まれてますか？』

A「減少傾向《けいこう》にはなったけれど、生まれ続けているよ」

マ「でも、復讐《ふくしゅう》のために生まれるのですから、〝徒《ともがら》〟に襲《おそ》われたことを自覚できないと駄目《だめ》なのでは。封絶《ふうぜつ》に囚《とら》われたら、常人《じょうじん》は静止してしまいますよね？」
フ「イレギュラーというのは、どこにでも発生するものだよ、マリアンヌ。まず、本巻に登場した『魑勢《ちせい》の牽《ひ》き手《て》』ユーリイ・フヴォイカの契約に見られるような……そもそも〝徒《ともがら》〟が封絶《ふうぜつ》を張っていなかった、というケースがある」
マ「あっ、そうでした。あの海魔《クラーケン》が封絶《ふうぜつ》を張っていなかったのは、やはりフレイムヘイズの気配がなかったからですか？」
フ「だろうね。自分が襲う人間から討《う》ち手など生まれない、とたかをくっていたのさ。この世に渡り来て間もない者、若く無鉄砲《むてっぽう》な者は、連中《れんちゅう》の恐ろしさを知らないから、そういう迂闊《うかつ》な真似《まね》を平気でする。［仮装舞踏会《バル・マスケ》］などは、そういう事例《じれい》を減らすため、新参《しんざん》者を見つける度《たび》に訓令《くんれい》を与えているようだ」
マ「彼らは、自分たちの不用意な真似が齎《もたら》す結果について考えてくれないのですね……ハァ」
フ「他には、我々の行為や自在法《じざいほう》を感じる適性《てきせい》に目覚めた本質的な異能《いのう》者が『この世の本当のこと』を知って契約するケース。『儀装《ぎそう》の駆《か》り手《て》』カムシン・ネブハーウの例が分かりやすいな。この種の人間は、数が少ない代わりに強力な討ち手となる傾向を持っている」
マ「それは封絶云々《ふうぜつうんぬん》とは、あまり関係なさそうですね」
フ「時代に拠《よ》らず一定の割合で存在する彼らは、異種族《いしゅぞく》〝紅世《ぐぜ》の徒《ともがら》〟侵攻《しんこう》に対抗するため生まれる『人類の抗体《こうたい》』のようなものではないか、と私は見ている。さて……最後が全く以《も》って忌々《いまいま》しい、一人の男が編み出した、人為《じんい》的なケースだ」
マ「一人の男？　〝探耽求究《たんたんきゅうきゅう》〟ダンタリオン教授、ですか？」
フ「いや、本巻で詳細《しょうさい》に紹介された『愁夢《しゅうむ》の吹《ふ》き手《て》』ドレル・クーベリックだ」
マ「彼は、外界宿《アウトロー》の改革者、でしたよね？」
フ「まさに、そこなんだよ。彼は、外界宿《アウトロー》の経営に人間を組み入れる、という前例のない方式を取っていたんだが……そうする内、討ち手や自在法に多く触れた人間の構成員が〝存在の力〟や消失の違和《いわ》感《かん》を薄々《うすうす》とでも感知《かんち》できるようになっていくことに気が付いた。本編だと、吉田《よしだ》一美《かずみ》嬢《じょう》や佐藤《さとう》啓作《けいさく》・田中《たなか》栄太《えいた》両君に、兆候《ちょうこう》が見られる現象《げんしょう》だ」

マ「あっ、まさか!?」
フ「そのまさかだ。彼は微弱《びじゃく》な感知《かんち》能力を得た構成員の内、信頼を置ける者に『この世の本当のこと』を、外界宿《アウトロー》の真の役割を、教えていたんだ。そして、討《う》ち手と個人的友情、あるいは愛情を育《はぐく》んでいた人間の中から、相手の存在の消滅《しょうめつ》を感じ、喪失《そうしつ》の悲しみと復讐心《ふくしゅうしん》を抱き、新たな討ち手として契約する……そんな異常者が出るようになった」
マ「……」
フ「ドレル・クーベリックによって、外界宿《アウトロー》は、使命感・復讐心・知性・適性《てきせい》等を備えた『フレイムヘイズ養成機関《きかん》』の面まで備えるようになってしまったんだよ。もちろん、絶対量は微々《びび》たるものだが、脅威《きょうい》には違いない」
マ「度々《たびたび》本編で名前が出ていたのも伊達《だて》じゃない、凄《すご》い人だったんですね」

Q『教授の〝徒《ともがら》〟としての能力って発明ですか?』

A「彼の能力は、物質を具現化《ぐげんか》することなんだ」

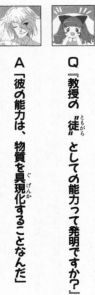

フ「彼の使う『我学《ががく》の結晶《けっしょう》』が宝具《ほうぐ》なのかどうか、という質問にも併せて答えよう。あれは、彼が具現化させた物質によって作り出された、まさに力の結晶なんだ」　教「んー」

マ「普通、御《おん》〝徒《ともがら》〟が生み出すのは現象《げんしょう》……炎《ほのお》や風などの『一時的な干渉《かんしょう》』ですよね？」

フ「ところがあの男は、本来は自身のみに行う『顕現《けんげん》』を、『他の物体』として永続的に実体化させることができる、という特異《とくい》独自な力を持っているんだよ」　教「ふふふ！」

マ「きゃあっ⁉」教「今こそ、華麗《かれい》なるリィーベンジッ＆リィーバイブがスッタアーーート‼」

フ「うわっ⁉」　ド「おじゃましまーす」

教「私の誇ぉーる『我学《ががく》の結晶《けっしょう》』っは！　宝ぅー具にして宝具に非《あら》ず‼」

ド「教授がインスピレーションで生み出した『素材』を、この世の道具に組み込むことで『我《が》学《がく》の結晶《けっしょう》』は誕生するんでございますです。まあ『素材』も、大概《たいがい》は使い物にならないガラクタなんでございますけほひはひひはひ《どぃたぃぃたぃ》」

教「一言多《ひとことお》ぉーいですよ、ドォーミノォー！　こぉーの世を知るには、その場限《かぎ》りの現象など起ぉーこしても無意味！　ナアーンセンスノォーサンキュ―ノォーッフュ―チャー‼」

フ「あー、うるさいうるさいうるさい。マリアンヌ」

マ「はい、もう一度、宝具『押し出しトンカチ』で、えいっ！」教「ふぉー⁉」ド「ぎゅう」

フ「やれやれ、彼らの説明は無駄《むだ》に文字数を食うから、読者の皆が疲れてしまう」

マ「とにかく、ダンタリオンさんだけが特異な宝具《ほうぐ》を多数、自分のためだけに使ってる理由は分かりました。その力を上手《うま》く使えば、凄《すご》く強力な宝具を作れそうですけど……」
フ「そのお願いを、彼が素直に聞いてくれると思うかい？」
マ「……いえ」
フ「そんな彼を比較的上手くコントロールしている〝逆理《ぎゃくり》の裁者《さいしゃ》〟ベルペオルは、自在式《じざいしき》を込めるための『素材』たる金塊《きんかい》『デミゴールド』をせしめて、色々と作っているようだ。〝琉眼《りゅうがん》〟ウィネの持っていた『非常手段《ゴルディアン・ノット》』も、そうして作られた宝具の一つだ」
マ「なるほど、色々繋《つな》がりがあるんですね……あ、フリアグネ様。そろそろページが終わりに近いようです」
フ「楽しい一時は、過ぎ去るのも早い……なんとも切ない、これも世の理《ことわり》なのかな」
マ「また次も、頑張《がんば》りましょう、フリアグネ様」
フ「そうだね、私の可愛《かわい》いマリアンヌ。じゃあ、最後は一気に質問を片付けよう」

Q『ヘカテーのでっかい帽子《ぼうし》の中には何が入っているんですか？』
A「夢と秘密が詰まっているらしい」

Q『シュドナイはシャナを見てなんとも思わないのですか?』

A「『俺はヘカテーを愛しているのであって、決してそういう趣味なのではない!』そうだ」

Q『ヴィルヘルミナの好きな食べ物はなんですか?』

A「ぶつ切りチーズを肴《さかな》にワインを飲むのが密《ひそ》かな楽しみ、とのことだ」

Q『封絶《ふうぜつ》内のものが壊されたとき、トーチがなかったら、どうするんですか?』

A「フレイムヘイズが自前《じまえ》の力で修復《しゅうふく》するよ」

Q『お願いですから「あの高橋《たかはし》」ぶりを治してください』

A「また、返事の手紙が……『ドンマイ』とだけ書いてあるな」

「読者の皆さん、今回はこの辺りでお別れです——えい!」教「ふぐぉっ」ド「わ

「飛び出してくる連中《れんちゅう》の機先《きせん》を制するとは流石《さすが》だね、マリアンヌ」

「フリアグネ様と私の、大切なコーナーですから……それでは」

「またいつか、私とマリアンヌの熱き交歓《こうかん》を見せられるよう願っているよ」

完?

あとがき（すし詰め版）

はじめての方、はじめまして。久しぶりの方、お久しぶりです。
高橋弥七郎《たかはしやしちろう》です。また皆様のお目にかかることができました。ありがたいことです。

さて本作は、痛快娯楽《つうかいごらく》アクション小説です。今回は、書き下ろしのマージョリー編、ｈｐ掲《けい》載《さい》の吉田《よしだ》さん編、短編と掌編《しょうへん》一つずつという構成です。次は、お待たせしました、本編です。テーマは、描写的には「関わりと繋《つな》がり」、内容的には「だれもが」です。外伝《がいでん》は、本編では見られないものと、本編で見えているものを。掌編は、本編の補足《ほそく》説明を書きました。

担当の三木《みき》さんは、ようやく一息つかれたようです。とはいえ、世にお仕事の種《たね》は尽きまじの趣《おもむき》。今回のサービスシーンは特に、手首切断《せつだん》を賭《か》けた腕相撲《うでずもう》の結果、入ることに（以下略）。

挿絵《さしえ》のいとうのいぢさんは、品のある絵を描かれる方です。キャラクターの何気ない立ち居《い》振《ふ》る舞《ま》いに、意思と意図を感じさせられます。ご本業の繁忙《はんぼう》期に差し掛かる中にも変わらず、この度《たび》も拙作《せっさく》への甚大《じんだい》なる御《ご》助力を頂けたことに、深く深く感謝いたします。

県名五十音順に、愛知《あいち》のＳ田さん、青森《あおもり》のＫ田さん、茨城《いばらき》のＴ原さん、岩手《いわて》のＫ田さん、大阪のＨ田さん、Ｋ本さん、Ｎさん、Ｎ谷さん（おめでとうございます、圧巻《あっかん》でした）、Ｏ島さん、T中さん、U田さん、Y田さん、鹿児島《かごしま》のS冥さん、神奈川《かながわ》のF井（G動）さん、K田さん、M野さん、Sさん、岐阜《ぎふ》のT井さん、Y浅さん、京都《きょうと》のK本さん、M林さん、熊本《くまもと》のお名前を書き忘れた方、高知《こうち》のK石さん、埼玉《さいたま》のK川さん（Y川さん?）、佐賀《さが》のK島さん、滋賀《しが》のK島さん、千葉《ちば》のM原さん（いつも細かにありがとうございます）、O村さん、Y谷さん、東京のA安さん、I出さん、K窪さん、M田さん、M松さん、Zさん、徳島《とくしま》のK林さん、U田さん、栃木《とちぎ》のE老原さん、鳥取《とっとり》のH取さん、富山《とやま》のT沢さん、長野《ながの》のK藤さん、O鐘さん、新《にい》潟《がた》のO竹さん、兵庫《ひょうご》のM下さん、O削さん、T井さん、広島《ひろしま》のH沢さん、I井さん、福岡《ふくおか》のH谷さん、H田さん、S山さん（T山さん?）、北海道《ほっかいどう》のK子さん、Y田さん（お見事です）、宮《みや》城《ぎ》のI深さん、K木さん、T中さん、いつも送ってくださる方、初めて送ってくださった方、いずれも大変励《はげ》みにさせて頂いております。アルファベット一文字は苗字《みょうじ》一文字の方で、県が同じ場合はアルファベット順になっています。年賀状も頂きました。どうもありがとうございます。

ところで当方、いささか事情あって、返信ができません。お手紙はしっかり読ませてもらっていることを右に示すことで、これに代えさせて頂きたいと思います。

それでは、今回はこのあたりで。

この本を手に取ってくれた読者の皆様に、無上《むじょう》の感謝を、変わらず。

また皆様のお目にかかれる日がありますように。

二〇〇六年三月　　高橋弥七郎

初出一覧

「灼眼のシャナ　マイルストーン」
書き下ろし

「灼眼のシャナ　セレモニー」
「電撃hp」38号（2005年10月30日発行）から
40号（2006年3月5日発行）まで収録

「灼眼のシャナ　キープセイク」
書き下ろし

「狩人のフリアグネⅡ」
書き下ろし

◉高橋弥七郎著作リスト

「A／Bエクストリーム　CASE-314［エンペラー］」（電撃文庫）
「A／Bエクストリーム　ニコラウスの仮面」（同）
「アプラクサスの夢」（同）
「灼眼のシャナ」（同）
「灼眼のシャナⅡ」（同）
「灼眼のシャナⅢ」（同）
「灼眼のシャナⅣ」（同）
「灼眼のシャナⅤ」（同）
「灼眼のシャナⅥ」（同）
「灼眼のシャナⅦ」（同）
「灼眼のシャナⅧ」（同）
「灼眼のシャナⅨ」（同）
「灼眼のシャナⅩ」（同）
「灼眼のシャナ0」（同）
「灼眼のシャナⅪ」（同）
「灼眼のシャナⅫ」（同）

本書に対するご意見、ご感想をお寄せください。

■

あて先

〒102-8177 東京都千代田区富士見2-13-3
電撃文庫編集部
「高橋弥七郎先生」係
「いとうのいぢ先生」係

■

電撃文庫

灼眼《しゃくがん》のシャナ S

高橋《たかはし》弥《や》七郎《しちろう》

2006年6月25日　初版発行
2023年10月25日　11版発行

発行者　山下直久
発行　株式会社KADOKAWA
〒102-8177　東京都千代田区富士見2-13-3
0570-002-301（ナビダイヤル）
装丁者　荻窪裕司（META＋MANIERA）
印刷　株式会社KADOKAWA
製本　株式会社KADOKAWA

●お問い合わせ
https://www.kadokawa.co.jp/（「お問い合わせ」へお進みください）
※内容によっては、お答えできない場合があります。
※サポートは日本国内のみとさせていただきます。
※ Japanese text only

※定価はカバーに表示してあります。

ISBN978-4-04-868737-9　C0193　Printed in Japan

電撃文庫　https://dengekibunko.jp/

電撃文庫創刊に際して

文庫は、我が国にとどまらず、世界の書籍の流れのなかで〝小さな巨人〟としての地位を築いてきた。古今東西の名著を、廉価で手に入りやすい形で提供してきたからこそ、人は文庫を自分の師として、また青春の想い出として、語りついできたのである。

その源を、文化的にはドイツのレクラム文庫に求めるにせよ、規模の上でイギリスのペンギンブックスに求めるにせよ、いま文庫は知識人の層の多様化に従って、ますますその意義を大きくしていると言ってよい。

文庫出版の意味するものは、激動の現代のみならず将来にわたって、大きくなることはあっても、小さくなることはないだろう。

「電撃文庫」は、そのように多様化した対象に応え、歴史に耐えうる作品を収録するのはもちろん、新しい世紀を迎えるにあたって、既成の枠をこえる新鮮で強烈なアイ・オープナーたりたい。

その特異さ故に、この存在は、かつて文庫がはじめて出版世界に登場したときと、同じ戸惑いを読書人に与えるかもしれない。

しかし、〈Changing Times,Changing Publishing〉時代は変わって、出版も変わる。時を重ねるなかで、精神の糧として、心の一隅を占めるものとして、次なる文化の担い手の若者たちに確かな評価を得られると信じて、ここに「電撃文庫」を出版する。

1993年6月10日
角川歴彦

電撃文庫

灼眼のシャナⅥ
高橋弥七郎
イラスト／いとうのいぢ

今までの自分には無かった、とある感情が芽生えたシャナ。今までの自分には無かった、小さな勇気を望む吉田一美。二人の想いの裏には、一人の少年の姿が……。

た-14-8 0901

灼眼のシャナⅦ
高橋弥七郎
イラスト／いとうのいぢ

坂井悠二はすでに死んでいた。真実を知ってしまった吉田一美。彼女は絶望した。絶望して、そして悠二から逃げ出した。空には、歪んだ花火が上がっていた――。

た-14-10 0957

灼眼のシャナⅧ
高橋弥七郎
イラスト／いとうのいぢ

〝教授〟とドミノが企てた〝実験〟を退けた悠二とシャナ。次に彼らを待ち受けていたのは「期末試験」という〝日常〟だった。シャナは女子高生に戻ろうとするが……!?

た-14-11 1001

灼眼のシャナⅨ
高橋弥七郎
イラスト／いとうのいぢ

「〝ミステス〟を破壊するであります」ヴィルヘルミナの冷酷な言葉に、シャナは凍りつき、そして拒絶する。悠二を巡り二人は対峙した――! 激動の第Ⅸ巻!

た-14-12 1050

灼眼のシャナⅩ
高橋弥七郎
イラスト／いとうのいぢ

一つの大きな戦があった。決して人が知ることのない、〝紅世《ぐぜ》の徒《ともがら》〟とフレイムヘイズの、秘された戦い。それは、もうひとりの『炎髪灼眼の討ち手』の物語だった。

た-14-14 1140

電撃文庫

灼眼のシャナⅪ

高橋弥七郎
イラスト／いとうのいぢ

坂井悠二の許に〝日常〟が帰ってきた。御崎高校には学園祭の季節が訪れ、シャナもそれを楽しもうとするが、吉田一美と仲良くする悠二を見て、気持ちが不安定に……。

た-14-15 1166

灼眼のシャナⅫ

高橋弥七郎
イラスト／いとうのいぢ

日常の中の非日常、御崎高校主催の学園祭「清秋祭」を楽しむ悠二たち。そこに、何処からか風が流れてきた。〝紅世の徒〟の自在法を纏った、妖しい風だった……。

た-14-16 1217

灼眼のシャナ0

高橋弥七郎
イラスト／いとうのいぢ

その少女に名前はなかった。ただ「贄殿遮那《にえとののしゃな》のフレイムヘイズ」と呼ばれていた。いまはまだ、その隣にあの〝ミステス〟はいなかった——。外伝「オーバーチュア」他、二編収録。

た-14-13 1101

灼眼のシャナS

高橋弥七郎
イラスト／いとうのいぢ

『弔詞の詠み手』マージョリー・ドー。「戦闘狂」と畏怖される彼女の過去が、今紐解かれる。吉田一美の清楚可憐な姿を描いた『灼眼のシャナセレモニー』も収録！

た-14-17 1269

A／Bエクストリーム CASE-314［エンペラー］

高橋弥七郎
イラスト／金田榮路

異空間〈ゾーン〉に巣くうグレムリン駆除を生業とするA／B＝アンディとボギーのハイエンドアクション！ 第8回電撃ゲーム小説大賞〈選考委員奨励賞〉受賞！

た-14-1 0659